Читайте смешные детективы
Дарьи Калининой!

Из мухи получится слон
Делай все наоборот
Кража с обломом
Шутки старых дев
Держи хвост пистолетом
Много шума и... ничего
Целый вагон невест
Баран и новые ворота
Жадина платит дважды
Циклоп в корсете
Шустрое ребро Адама
Перчик на десерт
Шаловливый дедушка
Пикник на Лысой горе
Тигр во фраке
Пьяная устрица
Великосветский сходняк
Джентльмены не любят блондинок
Мираж в обручальном кольце
Неделя из семи пятниц
Рандеву с водяным
Любовник для Курочки Рябы
Сглаз порче — не помеха
Селедка под норковой шубой
Любовь и ежики
Дуля с маком
Свинья в апельсинах
Избушка на козьих ножках
Чепуха и сбоку бантик
Пестрые человечки
Ноль в поисках палочки
Детонатор для секс-бомбы
Зонтик для дельфина
Монстр в розовых очках
101 способ попасть в рай
Зимний вечер в проруби
Дама со злой собачкой
Вояж на Кудыкину гору
Звездная пыль на каблуках
Призрак с хорошей родословной
Веник алых роз
Агент семейной безопасности
Танец вокруг живота
Мексиканские страсти
Семь непрошеных гостей
Самба с зелеными человечками
Правила жаркого секса
Леди Бэтмен
Три красавицы на одну ночь
Нимфа с большими понтами
Мулатка в белом шоколаде
Гусары денег не берут
Неполная дура
Рыцарь с буйной фантазией
Серийный бабник
Тренинг для любовницы
Бонус для монсеньора
Да поможет нам Босс!
В погоне за бурным сексом
Сваха для монаха
Клубничка по-шведски
Красотка на все руки
Дайвинг для крокодила
Цирк под одеялом
Свадебное путешествие в один конец
Ателье царских прикидов
Царство нечистой силы
Засада на женихов
Олигарх-подкаблучник
Куда исчезают поклонники?
Возвращение блудного бумеранга
Суперневезучая

Цветочное алиби
Золото фамильного склепа
Казино «Пляшущий бегемот»
Миллион под брачным ложем
Фанат Казановы
Когда соблазняет женщина
Рай на пять звезд
Секреты бабушки Ванги
Гетера с лимонами
Любовник от бога
Наследница английских лордов
Третья степень близости
Миланский тур на двоих
Стучат – закройте дверь!
Берегись свекрови!
Перед смертью не накрасишься
Челюсти судьбы
Дай! Дай! Дай!
Полюблю и отравлю
Три принца для Золушки
Умри богатым!
Ночь любви в противогазе
Дудочка альфонса
Шито-крыто!
Киллер на диете
Бабы Али-Бабы
Королевские цацки

Теща-привидение
Почему мужчины врут
Русалочка в шампанском
Амазонки под черными парусами
Верхом на птице счастья
Волшебный яд любви
Приворот от ворот
Рука, сердце и кошелек
Алмаз в декольте
Игры любвеобильных фей
Рай в неглиже
Царевна золотой горы
Колючки на брачной постели
Поцелуй вверх тормашками
Поваренная книга вуду
Двойная жизнь волшебницы
Босиком по стразам
Развод за одну ночь
На шпильках по джунглям
Жертвы веселой вдовушки
Дело гангстера боится
Гарем шоколадного зайки
Любовь до хрустального гроба
Сердце красавицы склонно к измене
Властелин брачных колец
Огонь, вода и медные гроши

Дарья Калинина

Обещать – не значит жениться

Москва 2013
ЭКСМО

УДК 82-3
ББК 84(2Рос-Рус)6-4
К 17

Оформление серии *С. Киселевой*

Иллюстрация *В. Остапенко*

Калинина Д. А.

К 17 Обещать — не значит жениться : роман / Дарья Калинина. — М. : Эксмо, 2013. — 352 с. — (Детектив-приключение Д. Калининой).

ISBN 978-5-699-64486-5

Инга давно с трепетом ждала открытия международной ювелирной выставки. Ну когда еще разведенной женщине представится возможность насладиться блеском дорогих украшений и изысканных сокровищ? На выставке к ней и подошел красавец-мужчина, назвавшийся Кириллом — представителем одной из ювелирных компаний. Он преподнес ей изумительное кольцо с редким камнем и пригласил на ужин. А через несколько дней Ингу обвинили в убийстве этого самого Кирилла, который на самом деле оказался Михаилом — известным брачным аферистом и мошенником. Дорогущее же кольцо из далекой Танзании в это же время испарилось самым мистическим образом из Ингиной квартиры...

УДК 82-3
ББК 84(2Рос-Рус)6-4

ISBN 978-5-699-64486-5

Глава 1

В последнее время Инга вновь зажила той беззаботной жизнью, какой жила когда-то, будучи двадцатилетней девчонкой. Нет, конечно, она всегда точно знала, что в душе ей неизменно восемнадцать. Но одно дело знать это для самой себя, и совсем другое — жить такой жизнью. А уж когда тебе при этом уже за сорок, да что там, почти все сорок пять, то такая жизнь воспринимается как своего рода подарок свыше.

Впрочем, сначала Инга своего счастья не просекла. Она даже всплакнула в аэропорту, отправляя сына к его отцу. Так уж случилось, что с мужем они развелись пять лет назад. И с тех пор каждый считал себя самостоятельным индивидуумом. Ну а сын благополучно курсировал от одного родителя к другому, взад и вперед бороздя воздушный океан. Дома учеба и мать. А у отца в его красивом доме под Лондоном — каникулы.

Первый раз, вернувшись от отца, Юра был в полном восторге.

— Мама, слетала бы ты в следующий раз со мной. У отца там реально классно! Ты только представь, у него прямо во дворе настоящий бассейн! Для Англии это дико круто. Все местные пацаны мне завидовали.

И есть чему! В этом бассейне можно плавать хоть до усеру!

— Юра, что за выражения? Где вы там с отцом бывали? Откуда ты набрался таких выражений?

— Да уж не по музеям ходили... — непривычно едко отозвался сын.

Инга напряглась, сразу почувствовав интонации своего бывшего мужа, который всегда издевался над тягой Инги к классическому искусству и музыке. Сын понял, что ляпнул что-то не то, и жалобно заканючил:

— Ну, мама, обещай, что слетаешь со мной к папе?

Инга пообещала, хотя в душе твердо знала, что ни в какую Англию к своему бывшему мужу она не полетит. Нет, не хочет она ни бассейна, ни самого Джимми (так теперь звался ее бывший муж Димка).

Хватит с нее попреков в том, какая она несовременная, как тянется к чему-то высокому и потому непонятному. Хватит скандалов на тему того, что она витает мыслями в чем-то заоблачном, вместо того чтобы хватать то, что попадается под руку, и этим быть довольной. Хватит с нее Димы, хватит их семейной жизни, хватит всего, что связано с этим человеком! Она свой долг, если он и был, сполна искупила за годы смиренной супружеской жизни.

Юра тогда все понял и тоскливо вздохнул. В семнадцать лет не так-то легко примириться с тем, что твои родители теперь живут не только в разных квартирах или городах, но и в разных странах.

Но время шло, отец оставался для Юры отцом, а мать — матерью. И юноша привык к такому раскладу. Ничего не поделаешь, предки развелись. Не они первые, не они последние. Юра изо всех сил старался, чтобы между родителями сохранились хорошие отношения. И они ради сына старались изо всех сил. Впрочем, живя на приличном расстоянии друг от друга, сохранять видимость мира оказалось куда легче, чем находясь в одной квартире бок о бок.

— Если Димка меня теперь слишком раздражает, я всегда могу сослаться на технические проблемы и выйти из скайпа, — поделилась она со своей подругой Славой.

— И частенько ты так делаешь?

— Случается.

— И он тоже?

— Что?

— Тоже выходит из скайпа? Ты часто его раздражаешь?

— Наверное. Хотя теперь он все чаще твердит, что я — ангел. И что лучше женщины не сыскать в целом свете.

— Так может, вы еще и помиритесь?

— Ну нет. В молодости нас частенько примирял секс. А сейчас... Не знаю, что могло бы меня примирить с этим чурбаном малограмотным.

— Не преувеличивай. У твоего Димки есть высшее образование, и покруче твоего. Что ты там закончила? Институт культуры? Вот и сиди, не вякай. А у Димки твоего диплом международного образца.

— Он уже давно не мой, в смысле Димка.

Но как уже говорилось, когда самолет сына скрылся в облаках, в душу Инги закралась непрошеная печаль. Вот и она совсем одна. Ни мужа, ни сына — никого. Но уже возвращаясь домой из аэропорта, Инга неожиданно почувствовала, что тоска ее развеялась. А еще она заметила, как много в вагоне метро симпатичных мужчин. Просто даже удивительно много! Откуда они тут все взялись? И какие все симпатичные! Просто с каждым заведи роман и будь счастлива!

Прежде, будучи замужней дамой или мамой взрослого уже сына, Инга себе таких вольных мыслей не позволяла. Но теперь, когда она осталась совсем одна... одна... одна!

Из метро Инга вышла почти веселой. А добравшись до дома и осознав, что отныне ей вовсе не обязательно готовить огромные кастрюли борща, жарить бесчисленные котлеты и стоять над горами картошки, которые ее мужчины поглощали в невероятном количестве, она неожиданно для самой себя рассмеялась тем счастливым и беззаботным смехом, какого не слышала от себя с момента замужества.

Долой домашнее иго! Долой рабство! Она свободна! Одна! Может делать что хочет и когда хочет. Смело! Безудержно!! Безоглядно!!!

Инга даже запела, поднимаясь к себе на этаж, где ждала ее уютная квартирка, отныне принадлежащая только ей одной. Сын закончил учебу, он улетел на стажировку в фирму отца. Вряд ли он вернется назад. Если и появится, то лишь на время отпуска, чтобы навестить свою мать. То время, когда он нуждался в ней, давно и безвозвратно кануло в Лету. Теперь у Инги начиналась новая жизнь, которую она могла посвятить себе одной.

Именно тогда она и почувствовала, как стало легко ее ногам. Как они взлетели вверх по истертым ступеням старинной лестницы, наплевав на работающий лифт.

После развода Инга предпочла жить в центре, где было рукой подать до всего того, что было ей дорого и любимо. До Летнего сада, пусть и изменившегося, но все равно такого знакомого. До Невского проспекта, где можно было устроиться в маленьком кафе и хоть ночь напролет созерцать кипящую жизнь города. А еще тут под рукой был ее любимый Эрмитаж, который, сколько в него ни ходи, всегда дарил Инге новые сюрпризы.

И конечно, любимым занятием Инги стало посещение вернисажей и выставок. В общем, новая жизнь оказалась ничуть не хуже прежней, юношеской, студенческой. А кое в чем еще даже и лучше. Ведь теперь Инга обзавелась кое-каким житейским опытом и финансами. Да и с жильем было полегче, чем в юности. Все-таки отдельное жилье у нее имелось. Муж Инге оставил квартиру. А еще одну квартиру, доставшуюся ей от бабушки, она сдавала. Тридцать тысяч рублей — не бог весть какие большие деньги, но Инге их вполне хватало.

Двести-триста рублей — вход в музей или на выставку. Еще двести — чашка кофе и легкий салат. Сто на дорогу. Итого оставалось еще пятьсот, которые можно было потратить на что угодно и, опять же, не надо было отчитываться в своих тратах. И к тому же муж, восприняв европейский уклад жизни, регулярно высылал ей небольшие денежные суммы — своего рода алименты. Вещь для нашего общества совершенно невероятная, служившая причиной черной зависти всех знакомых Инги.

— Мой-то Петька как ушел, так и с концами. Еще кое-каких вещей после его ухода недосчиталась.

— Вот и мой тоже. Вроде бы приличный мужик был, а как до развода дошло дело, телик упер. И еще наглость имел заявить, что совместно нажитое в браке имущество делится при разводе поровну. Мне он, дескать, стиральную машину оставил. А то, что и стиралку, и телик мы на деньги моих родителей покупали, об этом он забыл!

— А мой и вовсе серебряные ложки с собой прихватил. И твердил, что ложки — это его мамы. У них дома такой же комплект был. И поди докажи, что ложки эти мне моя мама подарила!

И уже хором подруги заканчивали:

— Счастливая ты, Инга! И за что только тебе такое счастье?

Но самым главным в новой жизни Инги были даже не благоприятные житейские и финансовые условия, в которых она обитала. А возможность тратить все эти блага на себя саму, как угодно, когда угодно и с кем угодно. Вот что было самым важным в этой новой для Инги жизни. Свобода!

Драгоценное чувство, которое ей не довелось испытать в замужестве. Тогда она была крепко и прочно «за мужем». Муж ей попался авторитарный, чужого мнения не приемлющий. То есть все решения в семье принимал он, а с Ингой иной раз даже не советовался. В порядке личной инициативы муж ставил Ингу в известность о принятом им решении. Но это была чистая любезность с его стороны. Мог и не сказать, и не проинформировать. Как уже говорилось, все в семье Инги решали мужчины — муж и сын.

— И меня это порядком достало. Я любила мужа и все ему прощала. И я до сих пор люблю Юрку.

Но если бы кто знал, как же мне хорошо без них! Я словно вновь дышу полной грудью.

— Это заметно. Ты так похорошела, просто светишься.

Подруги не скрывали своей зависти. Одна лишь Сонюшка, верная милая Сонюшка, обняла Ингу и прошептала ей на ухо:

— Если бы ты знала, как я рада, что ты совсем не переживаешь ваш с Димкой развод.

— Было время, но теперь все просто замечательно.

— Может, Дима еще к тебе и вернется.

— А вот этого не надо. Я и сама не хочу его возврата.

— Но ведь он твой муж. А теперь у него, возможно, другая женщина.

— Что значит «возможно»? Она у него совершенно точно есть! Но дважды в одну реку не войдешь. Муж остался в прошлом. А я тут... в настоящем.

Сонюшка хотела что-то еще добавить, но ее, милую, тихую и робкую, быстро затиснули другие приятельницы, твердившие стройным хором:

— И все-таки ты, Инга, удивительная. Другие бабы после развода в петлю лезут, а ты просто цветешь и пахнешь!

Инга и сама знала, что одиночество пошло ей на пользу. Она расцвела, хотя питалась теперь очень скромно. Утром чашка чая, в обед овощной супчик и салатик, потом бутербродик с ржаным хлебом, салатом, огурчиком и ломтиком ветчины. Сверху еще можно было пристроить помидорку, а хлеб пропитать майонезом. При такой экономии весь бюджет Инги можно было употребить на развлечения. Ведь вечером ее организм вполне довольствовался кефиром с молодой зеленью, которая в избытке росла у нее в квартире на широком и прочном старинном подоконнике в любое время года.

Летом зелень даже не приходилось подсвечивать, ей вполне хватало того солнышка, которое светило в стекла большого окна. Зимой здорово выручала энергосберегающая лампа, которая служила Инге верой и правдой вот уже который год и пока что портиться не собиралась. В ее свете хорошо росли и петрушка, и укроп, и лук. Даже привередливый базилик и кориандр исправно тянулись вверх.

Так что Инга была обеспечена всем необходимым для счастья. Маленький огородик радовал ее одним своим присутствием. Ну и конечно, сорвать свежую зеленую травинку было тоже приятно. И, наверное, потому, что в жизни Инги наконец воцарилась гармония, она и была очень и очень счастлива.

Единственное, чего ей не всегда хватало, так это компании для ее прогулок по городу. Подруги, как на зло, были заняты детьми, хозяйством, мужьями, а зачастую уже и внуками. Инга была бы не против повозиться с маленьким существом, только она что-то сомневалась, что сын женится на русской, да еще тут, в России. Английская невестка представлялась Инге холодной, чопорной и высокомерной дамой, которая будет воспитывать своих чад по строгой системе какого-нибудь продвинутого педагога, с точностью выполняя все его садистские предписания и не давая ребенку вспомнить о том, что он еще ребенок.

Но время шло, Инга обзавелась новыми подругами. Те, что прежде ходили у нее просто в приятельницах, узнав о ее «холостяцком» статусе, внезапно воспылали к Инге рьяной симпатией.

— Инга, золотко, пойдем с нами сегодня вечером в кафе!

— Посидим, поболтаем. А после кафе завернем в бар или в клуб!

По вечерам выпить стаканчик в обществе подруг совсем не грех. Но взамен Инга требовала от своей компании любви к искусству.

— Но тогда завтра идем на выставку античной керамики, — говорила она.

— Инга, золотко, но у нас же у всех работа! Давай на выходных!

Вот интересно, на клуб у них время находилось и в будние дни, а вот для выставки не было ни единой свободной минуты. На выходные образовывался какой-то более интересный ее подругам проект. И Инга частенько шла на выставку одна. Ее это не сильно смущало. К тому же она знала, что одну выставку, проходящую в городе, ее подруги не пропустят ни за что в жизни.

Это была ювелирная выставка, которая проходила на двух аренах. Либо в двух шагах от дома Инги в выставочном зале Манежа, либо на широкой площадке гавани в «Ленэкспо».

Как ни странно, Инга больше любила шумную озабоченность пестрого людского потока в павильонах «Ленэкспо», чем сосредоточенное созерцание, присущее зданию бывшего Конногвардейского полка. Сюда ходили только подлинные эстеты. Но само здание было тесным для простора фантазий Инги. Тут все было строго и по-классически скупо. А этой скупости в выражении чувств женщине хватало и дома. Она жила в доме, выстроенном как раз в классическом стиле. Выйдя в свет, ей хотелось веяния свежего воздуха, каких-то внезапных порывов. Здание, выстроенное архитектором Кваренги, к этому не располагало. Оно было слишком консервативным, чтобы впустить в себя всю энергетику золотого металла и драгоценных камней.

Но долгожданный день ювелирного раздолья в «Ленэкспо» приближался. На сей раз Инге не пришлось долго уговаривать своих подруг. Все «девчонки» дружно согласились пойти вместе с ней. Мысленно Инга уже потирала руки, она не сомневалась, им будет очень весело.

Все вместе они очень приятно проведут время. Увидят цвет ювелирного сообщества, массу шикарных драгоценностей. Обязательно купят себе на память о выставке какие-нибудь вещицы. И не столь важно, будут ли это серьги с брильянтами, янтарная чашечка, оправленная в серебро, или даже совсем простенькая фигурка, вырезанная из малахита. В любом случае вещь будет радовать свою новую владелицу.

— Давно мечтаю о новом колечке, — делилась Инга с подругами. — Хочу с огненным топазом, такая красота — глаз не оторвать! И еще браслетик. Видела в прошлом году. Вместо звеньев вырезанные из натуральных камней цветочки, в серединке у каждого цветка видны золотые тычинки, и брильянтовая сердцевинка тоже имеется.

— И много там золота?

— Нет, золота на изделия пошло совсем немного, — растерялась Инга.

— И смысл покупать такое?

— Там основной упор делался на красоту самого изделия. На его эксклюзивность.

— И сколько стоил такой браслетик?

— В прошлом году просили около двух тысяч долларов. Сейчас, наверное, еще дороже.

— Что же ты не купила?

— Денег лишних не было.

В прошлом году Инга еще жила с сыном. И, парадоксальным образом, тогда муж высылал им меньше денег, чем теперь одной Инге.

— В том году денег не было, а в этом вдруг появились? На работу устроилась? Или на алименты мужа рассчитываешь? Так он тебе всего пару сотен фунтов стерлингов и шлет. На них не разгуляешься на выставке.

Инга загадочно улыбалась в ответ. Ей не хотелось рассказывать о том, что помимо алиментов бывший муж регулярно делал ей еще и крупные денежные подарки. Зачем он ей дарил по тысяче фунтов на каждый ее день рождения и Рождество, Инга так до конца и не разобралась. То ли муж поступал так в благодарность за бескровный развод, то ли за то, что она разрешила Юрке ехать к отцу и жить с ним, то ли еще почему...

Но Инге это было и не важно. Гораздо важней для нее было то, что она могла потратить эти деньги на что угодно. Могла поехать на курорт, что она делала неоднократно. А могла купить себе понравившийся браслетик. Или серьги. Или даже браслетик и серьги, если удастся сторговать их у продавца.

Так с предвкушением грядущего праздника Инга и заснула. На ее губах еще долго играла счастливая улыбка. Даже во сне Инга видела блеск золота и драгоценных камней, заключенных в сверкающие витрины. Видела обходительных продавцов и суровых охранников, призванных стоять на страже порядка в месте, где одновременно скапливались просто несметные сокровища.

Если бы Инга только могла предполагать, что готовит ей день завтрашний, она бы так не улыбалась. Наоборот, заплакала, а после заперлась на замок и выключила бы все телефоны. А после просидела бы весь день дома, а для надежности и вовсе бы не высунула носа на улицу вплоть до самого окончания выставки. Потому что ноги у всего того плохого и даже ужасного, что вскоре должно было случиться с Ингой, как раз и росли с выставки...

Вот уже четвертый час ошеломленная окружающими ее богатствами Инга бродила по выставке. Она растеряла всех своих подруг, кроме верной Сонюшки. Та ходила следом за ней как хвостик. Отдалялась от Инги максимум на пару метров.

Верная милая Сонюшка, такая бледненькая и незаметненькая, что на нее никогда не обращали внимания — ни кавалеры, ни подруги, ни даже собственные родители. Замуж ее за все четыре десятка лет никто не позвал. Родители у нее давно умерли. Подруги вспоминали о Соне лишь в тот момент, когда им было от нее что-то нужно. Одна Инга возилась с Сонюшкой, сама не зная, зачем ей эта дружба нужна. Но не бросала. Вот и на эту выставку она взяла с собой Сонюшку, потому что та попросилась.

Сама Соня ничего себе не купила, а вот Инга уже приобрела и браслетик, который восхитил ее изящной ажурной работой и который ей отдали с тридцатипроцентной скидкой, потому что ведь выставка! Она также купила себе серьги с изумительно чистыми розовыми топазами. И длинное ожерелье из майолики, прекрасно имитирующее натуральный жемчуг, который Инге был не по карману.

Бедная Соня лишь однажды отошла от Инги, приценившись к очень похожему ожерелью. Но обратно она вернулась с перекошенным лицом, что Ингу удивило. Ее ожерелье стоило лишь полторы тысячи рублей, но выглядело потрясающе. Оно доходило ей до ног, его можно было завязать узлом на уровне пупка, можно было дважды или даже трижды обернуть его вокруг шеи. А можно было сделать из тысячи бусин множество других таких же прекрасных вещей.

В общем, Инга была довольна и не скрывала этого. От избытка чувств она даже купила Соне чудесные бусы из лазурита, в которых блондинка Сонечка казалась ярче. Но Соня поблагодарила ее за лазурит как-то вяло. И все не отводила глаз от бус из майолики, которые Инга уже повесила себе на шею. Инга даже подумала, а не подарить ли их Соне, раз уж они ей так понравились. Но потом передумала — бусы шли ей самой. С ее новым джемпером из кашемира цвета семги бусы смотрелись просто волшебно.

— Может быть, кофе? — предложила Инга, когда почувствовала, что ноги у нее не просто гудят и ноют, а прямо-таки отваливаются.

Соня вяло кивнула. Она вообще была какая-то безрадостная. На те вещи, которые показывала ей Инга, подруга по большей части кривилась. Инге казалось, что кривится Соня не от вида изделий, а от ценников, которые были к ним прикреплены.

— Мы еще тут долго пробудем?

В голосе Сони слышалось не раздражение, а какое-то другое чувство. И Инга не сразу ответила, пытаясь проанализировать, что это такое.

Кафе нашлось довольно быстро. Соня сама привела туда Ингу, заметив нужный указатель. Кафе располагалось в цоколе, тут было тихо и прохладно. Везде стояли пластмассовые столики и кадки с пальмами, шустрый юноша варил изумительный кофе в кофемашине.

И тут, усевшись за столик, Инга наконец ответила Соне:

— Ты — не знаю. А я пробуду тут до самого закрытия!

— Всю выставку намерена скупить?

В голосе Сони прозвучал непривычный сарказм, и Инга удивленно посмотрела на подругу. Но ссориться ей не хотелось, и она вежливо ответила:

— Нет, вся выставка мне точно не по карману.

— А то бы скупила? — продолжала подтрунивать над ней Соня, улыбаясь как-то уж совсем зло.

— Ну... нет.

— И откуда у тебя такие деньжищи? Любовника-миллионера себе завела?

— Нет. Муж в подарок прислал.

— Муж?

Соня буквально посерела. Она смотрела на Ингу, и та невольно подумала, до чего же ее подруга все-таки похожа на крысу. Такое же острое личико, маленькие глазки и какая-то неприятная привычка все время как будто что-то жевать, даже если во рту ничего нет. От десерта, который Инга поглотила, упиваясь его вкусом, Соня отказалась. Она согласилась лишь на чашку кофе, которую купила ей Инга.

— Муж? — повторила Соня, явно безмерно пораженная услышанным. — Так вы же... Вы же с ним развелись!

— Ну и что? Мы ведь прожили пятнадцать лет вместе. У нас сын. Почему же отец моего сына не может сделать мне дорогой подарок?

— Он же тебе алименты платит.

— Алименты — это одно. А подарок — это другое.

— Но за что подарок-то? — недоумевала Соня. — Вы ведь даже вместе не живете!

— Вот уже семь лет.

— И он все равно делает тебе дорогие подарки?

— Как видишь. А что ты так разволновалась? Это ведь нередко случается, когда люди сохраняют хорошие отношения даже после развода.

Но Соня не захотела продолжать беседу.

— Я сейчас! — вскочила она на ноги. — Подожди секунду!

И с этими словами она кинулась прочь. Какое-то время Инга просидела с открытым ртом, ошеломленно глядя вслед своей подруги. Куда это она? И почему так быстро? Неужели обиделась? Но на что? Затем ее взгляд уперся в стену, на которой красовалась жирная стрелка и две не менее жирные буквы «W M», и Инга рассмеялась. Какая же она глупая! Увиденные две латинские буквы вызвали у нее невольный вздох облегчения и способность вновь радоваться сегодняшнему дню.

Ничего Соня не обиделась и не расстроилась. У подруги прихватило живот, вот она и умчалась, даже не извинившись перед Ингой. Милая и деликатная Сонюшка, наверное, она долго терпела боль в животе. И пока Инга порхала от одного прилавка к другому, ее подруга, двигающаяся следом, испытывала настоящие страдания.

— Сонюшка, милая! — восхитилась Инга. — Кто бы мог подумать? И ведь ни словом не обмолвилась, что ей некомфортно. Какая тактичная! Не хотела портить мне удовольствие. Видела, что я наслаждаюсь, вот и страдала молча.

Инга ощутила в груди нечто вроде восхищения. Да таких подруг еще поискать! Другие только и думают, что о себе. А вот Сонюшка не такая. Надо будет ей еще какую-нибудь милую вещицу подарить. Может быть, даже жемчуг? Да, именно его. Инга видела, что Соне очень понравились бусы. Она заслуживает, чтобы Инга их ей отдала.

Набравшись терпения, Инга минут десять-пятнадцать просидела довольно спокойно. Заказала себе еще одну чашку удивительно ароматного кофе, который с удовольствием и выпила. Но затем ее стало смутно тревожить отсутствие Сони:

— Где она? Что она там делает? Куда провалилась?

А потом на смену пришло настоящее беспокойство:

— А вдруг ей плохо?

Решив, что точно не разминется с Соней, Инга пошла в направлении, указанном стрелкой. Вскоре она очутилась в чистенькой туалетной комнате. Двери всех кабинок были закрыты.

— Соня, — подала голос Инга. — Ты здесь?

Ответом ей была тишина. Но если Соне плохо, если она потеряла сознание, ответа было ждать глупо. Ломиться или заглядывать в кабинки Инга не стала. Она тихо-смирно постояла в уголочке, делая вид, что моет руки. А сама через плечо поглядывала на входивших и выходивших из кабинок женщин. Кабинок было всего четыре. И вскоре все они освободились и наполнились по второму разу.

Инга была в недоумении. Может быть, каким-то непостижимым образом они с Соней все-таки разминулись? А вдруг сейчас подруга уже ждет ее в кафе? Позвонить ей? Инга вытащила свой телефон, на который она только полчаса назад купила наклейку из чистого золота. Картинка была выполнена в виде орхидеи и прекрасно смотрелась на темно-малиновом пластике. Увы, картинка не помогла делу. Прием здесь был плохой. А едва Инга попыталась набрать номер Сони, как сеть вовсе пропала.

Звонок был невозможен.

— Ну ладно... — растерянно пробормотала она и замолчала.

В принципе ничего катастрофического не случилось. Но почему-то в душу вновь закралось какое-то недоброе предчувствие. Оно сегодня уже несколько раз неприятно цепляло ее за сердце. Руки у женщины становились противно холодными и влажными, дыхание прерывалось, сердце начинало стучать чуть ли не в ушах. Но Инга гнала от себя дурные предчувствия, предпочитая списывать их на предстоящую перемену погоды.

Но предчувствие надвигающейся беды никуда не делось. Вот и сейчас женщина почувствовала, как похолодели кончики пальцев, а по спине пробежала противная дрожь.

— Да что это со мной? Кофе я обпилась, что ли?

И решив, что ни за что не позволит каким-то глупым ощущениям взять власть над ней, Инга решительно двинулась обратно в кафе. Она поднялась на несколько ступеней, плавно обогнула какой-то выступ, а затем, толкнув дверь, вышла... на улицу!

Некоторое время Инга недоуменно вертела головой. Откуда тут взялась улица? Она ведь шла в кафе, почему же очутилась снаружи? Видимо, перепутала дверь. Ну да, в кафе нужно было направо, а она прошла прямо.

— Заблудилась все-таки! В трех соснах заблудилась! — хихикнула сама над собой Инга.

Настроение у нее вновь повысилось. Сейчас она наберет номер Сони, они поговорят, недоразумение выяснится, и они вновь встретятся. Но пока Инга со звонком медлила. Ей внезапно расхотелось возвращаться на выставку. Там было хоть и занимательно, но довольно душно. А на улице было, напротив, очень приятно.

Погода стояла поистине чудесная. Был тот редкий для питерской зимы денек, когда с неба пусть и тускло, но все же светило солнышко. Сверху ничего не сыпалось: ни снега, ни дождика. Да и ветра тоже не было. Наоборот, было тихо и очень-очень хорошо.

Накинув на плечи шубку из невесомой шиншиллы, Инга решила, что немного постоит на свежем воздухе. Никуда Соня не денется. Тем более что сама виновата, нечего было убегать неведомо куда, ничего не сказав подруге, с которой пришла в кафе. Инга была немного обижена странным поведением Сони. Что за секреты от лучшей подруги? Могла бы и признаться, что заболела, а не таскаться с кислым видом. Хорошо, что Инга такая умная и чуткая, сама все поняла. А если бы на ее месте был более толстокожий человек? Беда с такими вот слабохарактерными и мягкими людьми. Ничему их жизнь не учит! Какой Сонюшка была мямлей в детстве, такой и осталась. Прямо зло берет, до чего она добрая и мягкая! Любой ее может пнуть, а она и руки в свою защиту не поднимет.

— Пожалуй, я сейчас ей еще и гадостей наговорю. А ведь она совсем не виновата — она такая, какая есть.

И Инга решила, что лучше постоит тут на солнышке, расслабится. Прежде чем вновь идти внутрь и приниматься за поиски обиженной невесть чем Сони, надо набраться душевного спокойствия.

Но пока Инга наслаждалась ультрафиолетом, внезапно за ее спиной раздался звук открываемой двери и шаги. Затем мужской голос, кашлянув, деликатно осведомился:

— Вы не подскажете, как можно завоевать сердце такой красавицы?

Не подозревая, что слова обращены к ней самой, Инга все же повернула голову в ту сторону, откуда слышался голос. Интересно ведь все-таки, кто в наши дни еще трудится, завоевывая сердца красавиц? Большинство мужчин интересуют куда более прагматичные вещи. Наверное, та девушка удивительно красива. Так красива, как Инга не была даже в своей молодости.

Но, обернувшись, Инга не обнаружила рядом с собой никакой красавицы. Собственно говоря, возле нее стоял лишь один человек — высокого роста широкоплечий мужчина с удивительно гладким лицом. Инга невольно подумала: чтобы так блестеть, щеки должны быть выбриты не больше чем час-два назад. Еще она отметила, что мужчина одет в темный деловой костюм, а на его груди висит бейджик.

К сожалению, что именно там написано, Инга не разобрала. Но она сразу же подумала, что мужчина принадлежит к многочисленной когорте создателей и организаторов выставки. Ну или в крайнем случае он ее участник, один из представителей крупных ювелирных объединений — сам за прилавком не стоит, для этого есть служащие рангом пониже.

А мужчина неожиданно улыбнулся и подмигнул Инге:

— Так что? Вы не против?

— Не против чего?

И тут наконец до Инги дошло, что никакой другой «красавицы» тут нету, мужчина имел в виду ее.

— Вы хотите со мной познакомиться? — выпалила Инга и тут же залилась краской.

Ну надо же ляпнуть такую глупость! Но мужчина ничуть не рассердился, а наоборот, вроде даже обрадовался.

— Как приятно иметь дело с откровенным человеком! Если бы вы только знали, как я устал от человеческого вранья и хорошо завуалированного предательства. Увы, многие считают, что в бизнесе только так и можно преуспеть. Но я считаю, что свои дела следует вести честно. Только так можно заработать себе хорошую репутацию, которая потом сама начнет работать на тебя. Как, по-вашему, я прав?

— Честность всегда лучше лжи, — машинально втянулась в разговор Инга. — Я тоже не люблю лгунов.

— Я так и думал! У вас такое хорошее лицо, открытый взгляд. Сразу видно, что вы замечательный человек.

— Вы меня совсем захвалили. Откуда вам знать правду обо мне? Первое впечатление бывает обманчиво.

— А я вот думаю иначе. Уверен, первое впечатление всегда самое сильное. Если человек с первого взгляда тебе уже активно не нравится, вряд ли потом ты его полюбишь. Мой опыт подсказывает, что именно такие люди как раз и могут подставить и обмануть. А вот когда я увидел вас, то испытал совсем иное чувство. Вы стояли вся такая сияющая в солнечных лучах, такая безмятежная. Извините меня за навязчивость, я просто не мог не заговорить с вами.

— Что теперь извиняться? — усмехнулась Инга. — Вы ведь все равно уже заговорили со мной.

— Вы пришли на выставку одна?

— Вообще-то с подругами, но они все куда-то потерялись.

— Такое часто бывает, — сокрушенно покачал головой мужчина. — Магия золота и драгоценных камней способна вскружить голову самому здравомыслящему человеку. Что уж там говорить про слабых женщин! Кстати, раз уж мы с вами разговорились, позвольте представиться: меня зовут Кирилл.

Инга не совсем поняла его пассаж про «слабых женщин», но все же представилась тоже:

— Инга.

— Удивительное имя! Если не ошибаюсь, в переводе оно означает «снежная» или «ледяная»?

— Не ошибаетесь.

— Вам это имя очень подходит.

Интерес Инги к этому мужчине возрос многократно. Он не только богат, но еще и начитан, образован и неплохо воспитан. Хоть и подошел к ней сам, но без конца извиняется за это. Да и держится любезно. Этот мужчина был Инге, бесспорно, интересен. Как минимум интересен. Она бы с удовольствием поговорила с ним еще. Несложно было объяснить, что заставило Ингу считать этого мужчину ровней себе.

— Скажите, Инга, а вы не хотели бы пройтись со мной по выставке?

— В принципе, я этим как раз и занималась. На улице оказалась случайно.

И Инга рассказала о том, как перепутала двери и вышла на улицу вместо того, чтобы идти к подруге.

— Мы найдем вашу подругу вместе! Мне нужно отдать несколько распоряжений, а потом я буду весь к вашим услугам.

— Вы хотите искать Соню вместе со мной?

— Если на то будет ваша охота.

Разумеется, Соню они не нашли. Да и как бы они нашли ее в этой густой толпе, когда возле каждого прилавка клубилась целая туча народа? Инга несколько раз звонила подруге на телефон, но Соня не брала трубку. Видимо, она просто не слышала звонка.

Бродя по выставке, женщина невольно обратила внимание, что многие знают Кирилла, здороваются с ним. Кирилл даже показал Инге стенд своей компании, объяснив, что как раз сейчас там идет рекламная акция. Возле указанного стенда и впрямь кривлялся какой-то тип в костюме и шляпе со звездами, изображающий то ли звездочета, то ли средневекового алхимика. Он предлагал всем желающим поучаствовать в импровизированном представлении: сварить в дымящейся колбе золото из свинца, затем еще и самостоятельно определить пробу золота в получившемся изделии, а потом — каратность драгоценного камня.

Было невозможно представить себе солидно одетого Кирилла рядом с этим паяцем. И поэтому Инга ничуть не огорчилась, когда Кирилл предложил подойти к стенду попозже.

— Но чтобы оставить у вас приятное воспоминание о выставке, я хочу сделать вам подарок!

— Ну что вы! Не надо! — смутилась Инга.

— Нет, я настаиваю. Красивая женщина нуждается в дорогих подарках. Вот, возьмите.

И Кирилл протянул Инге красную бархатную коробочку. Полагая, что внутри находится какой-нибудь недорогой сувенир, Инга ее открыла. И тут же из груди невольно вырвался возглас восторга: на черном атласе расположилось самое прекрасное из всех когда-либо виденных Ингой колец!

Оно было выполненного в форме морской раковины из белого металла. А в сердцевине раковины красовался темно-синий камень, размером примерно с ноготь большого пальца Инги. Камень был довольно велик. И ювелиру пришлось постараться, чтобы лишить изделие тяжеловесности.

Но все равно кольцо закрыло почти всю фалангу, сев точно на средний палец правой руки.

— Какая красота! — совершенно искренне восхитилась Инга, чувствуя, что влюбилась в это украшение с первого взгляда.

Кирилл искренне обрадовался:

— Вам нравится?

— О, даже очень!

— Оно ваше! Только женщина вроде вас может обладать танзанитом.

— Танзанит?

— Камень, который вы видите, — редкий минерал. Его добывают только в одном месте — в Танзании. Отсюда и его название.

Про танзанит Инга слышала впервые. Искренне полагая его какой-то разновидностью кварца, пусть и безумно красивой, но все равно недорогой, Инга от души поблагодарила Кирилла за подаренное ей украшение. Небось, белый металл — это какой-то сплав, устойчивый к коррозии и окислению. Бижутерия, конечно. Но все равно кольцо безумно красиво, и оно, как никакое другое, подходит ей.

— Огромное вам спасибо. Кольцо мне нравится невероятно.

И чтобы подчеркнуть свои слова делом, Инга вытащила кольцо из коробочки и надела его на палец. Кирилл выглядел потрясенным.

— Оно вам так идет!

Незаметно они добрели до конца выставочного павильона. И Кирилл, взглянув на часы, воскликнул:

— Ну надо же! Как поздно!

— Да-да, у меня тоже дела, — спохватилась Инга.

Но Кирилл ее удивил. Он мягко взял ее за руку и произнес:

— У меня нет никаких дел! Никаких, кроме одного — поужинать с вами! Вы мне не откажете?

У Инги уже давно сосало под ложечкой. Но все же она сочла нужным напомнить спутнику:

— А... а как же ваша фирма?

Инга уже успела прочесть то, что было написано на бейджике Кирилла: «Охолупко Кирилл. Генеральный представитель ЗАО «Афина Паллада». Это же название красовалось на стенде, к которому они хотели подойти.

— У вас ведь, наверное, есть еще дела на выставке...

Но Кирилл лишь небрежно отмахнулся:

— Выставка скоро закрывается. Присматривать за упаковкой нераспроданных коллекций будут другие люди. Моя миссия завершена. Я доволен работой и приглашаю вас отметить это в ресторане.

Инга кивнула. Кирилл просиял. На стоянке их ждала машина с шофером, который, еще издали увидев Кирилла, услужливо выскочил и распахнул перед хозяином и его спутницей дверцу:

— Добрый вечер, Кирилл Владимирович. Куда изволите ехать?

— Ужинать, Виталий.

— В «Рэдиссон»?

— Надоела мне тамошняя помпезность, — поморщился Кирилл. — Хочется чего-то уютного и скромного.

— Тогда «Астория»?

Шофер хорошо знал предпочтения шефа. И Кирилл снисходительно кивнул:

— Пожалуй. Инга, как вам это предложение?

— Не уверена, что я одета подобающим для такого места образом.

Разумеется, Кирилл тут же галантно и пылко заявил, что Инга будет хороша в любом наряде. Но Инге все равно казалось, что она будет себя чувствовать неловко, зная, что и макияж у нее уже не в лучшем состоянии, да и сама она порядком устала.

— Тогда на ваш вкус.

— Знаю одно маленькое кафе. Может, внешне оно и не дотягивает даже до двух звезд, но поваром там работает одна моя знакомая. И кормят там просто восхитительно.

— Что же, — весело согласился Кирилл. — Я чужой в вашем городе. Ничего тут не знаю. Поэтому командование парадом поручается вам, Инга!

Женщина счастливо улыбнулась. Положа руку на сердце, она обожала немножко покомандовать. О, нет, ничего серьезного, исключительно по мелочи. Но бывший муж предпочитал все и всегда решать сам. Он обладал авторитарным характером и не терпел возражений. Поэтому Инге приходилось молча принимать его решения либо же вступать в схватку. Драться она не любила, поэтому по истечении нескольких лет брака оказалась полностью подмятой под властную пяту мужа.

Но это все осталось в прошлом. И сейчас Инга была рада встретить человека, который, пусть хоть в мелочах, признавал ее право на лидерство.

Глава 2

На самом деле кафе принадлежало не просто знакомой Инги. Это она слегка слукавила, не желая выдавать Кириллу все свои семейные тайны. Управляла делами в этом кафе родная сестра бывшего мужа Инги, ее золовка — Вера. Несмотря на развод с Дмитрием, отношения между женщинами были самыми теплыми. Развод Инги с ее братом Вера приняла близко к сердцу. Но винила во всем случившемся именно его — брата.

— Уехал! Умотал неизвестно куда! — возмущалась она. — Тут ему денег мало было! Бизнес он поехал налаживать! Бизнес-то наладил, да только тебя потерял!

— Я держусь, Вера.

— А ведь ты у нас такая красавица, умница, хозяюшка всем на зависть, — не слушала ее Вера. — И чего только Димке дома не сиделось? Олух он!

Вера сама много раз предлагала Инге познакомить ее с кем-нибудь. Вот только эти кто-нибудь неизменно оказывались выходцами из ближнего зарубежья, без прописки и жилья. А частенько и без образования, документов и прочих немаловажных вещей. Порой, что и без зубов. Да ладно бы только это. Но нет, один был с отвратительным смрадом изо рта, второй к каждому слову прибавлял «пардоньте», третий работал грузчиком в порту, зарабатывал очень прилично и поэтому искренне считал, что безработная Инга должна ему в рот глядеть и каждое слово человека с семью классами сельской школы воспринимать как истину в самой последней инстанции.

— Ну а что же я могу поделать? — разводила руками Вера. — Других холостяков, готовых хоть завтра в ЗАГС, на наш с тобой век не осталось. Сама за таким замужем. И ничего, живем!

Инга молчала. О замужестве Веры у нее было свое отдельное мнение, во многом не совпадавшее с мнением самой новобрачной. Вера всегда отличалась хлебосольным характером, ее ничуть не смущало, что уже через год в ее трешке стало буквально не повернуться от обилия родственников мужа, приехавших к ним в гости или по делам. Веру такое обилие людей, внезапно поселившихся у нее в доме, ничуть не тяготило. Но Инга так бы не смогла. Она это знала совершенно точно.

Она не была общительна. И любой посторонний человек, вторгшийся на ее территорию, настораживал Ингу. Впрочем, Руслан, замуж за которого вышла Вера, был человеком неплохим. Пусть маленький, кривоногий и прыщавый, но он закончил консерваторию в Ташкенте и имел диплом музыканта. И только ужасная экономическая ситуация в его регионе заставила Руслана забыть о музыке и вспомнить о своем хобби — кулинарии.

Теперь он работал у Веры в кафе, занимал должность шеф-повара. И готовил поистине изумительный узбекский плов, манты, ловко рубил свежайшее мясо для татарского бифштекса и умел даже простую яичницу превратить в настоящий шедевр.

— Главное — никогда не экономить на здоровье посетителя, — делился он с Ингой своими соображениями. — Продукты надо брать самые лучшие. Не смотреть на цену, сэкономленная десятка не вернет вам посетителя, разочаровавшегося в вашей кухне. Надо делать свое дело хорошо или не делать его вовсе.

В тот момент, когда Кирилл шагнул внутрь кафе, Вера была как раз в зале. И когда она увидела Ингу, шествующую под руку со светловолосым шикарным красавцем, глаза у Веры расширились до размера десертных мисочек от йогуртового пудинга.

— Инга... Это ты? Привет! Вот уж не ожидала тебя увидеть. Рада, очень рада. А чего не позвонила? Я бы уж расстаралась к твоему приходу.

При этом Вера беззастенчиво обшаривала глазами Кирилла. И наконец не выдержала, провожая гостей к столику, тихонько потянула Ингу за локоть и еще тише спросила у нее:

— А кто это с тобой? Где взяла?

— Где взяла, там нету.

— Ну, ты смотри... поосторожнее с ним.

— Что ты имеешь в виду?

— Ну, я, конечно, могу ошибаться. Только, сдается мне, что это птица высокого полета.

— Кирилл — генеральный представитель итальянского ювелирного дома. Его фирма имеет офис и несколько магазинов в Москве.

— Вот-вот... Не чета тебе!

— Ну, знаешь...

— И потом, — не слушая ее, продолжала Вера, — все эти генеральные... Знаешь, ты не обижайся, ты у нас дама интересная во всех отношениях, воспитанная, начитанная. Только мужикам ведь этого не надо!

— А что им надо?

— Молодость, — серьезно ответила Вера. — Таким, как этот Кирилл, ухоженным и богатеньким, подавай молоденьких свиристелок. На баб старше себя они и не поглядят. А ты... ты ведь старше меня года на три?

— На полтора.

Инга начала всерьез злиться. Она подумала, что зря решила наведаться к Вере с Кириллом. Только настроение себе испортила. Забыла, до чего упряма ее золовка. Если уж вбила себе в голову, что никто, кроме нищего без работы, прописки и образования, на Ингу в ее теперешнем положении не позарится, значит, так и будет думать. И ведь даже явление

Кирилла ее не переубедило! А Инга в глубине души надеялась, что сегодняшний день станет для нее своего рода триумфом над Верой, пытавшейся прежде сосватать ей таких никудышных женихов.

Но нет, пока что получалось наоборот. Противная Вера вместо того, чтобы устыдиться и извиниться, и тут умудрилась испортить ей настроение. Да и вообще, несмотря на сладкие речи, на которые золовка была большая мастерица, сколько Инга помнила, в Верином присутствии у нее всегда портилось настроение.

Однако все прошло, стоило Инге присоединиться опять к Кириллу, который терпеливо ожидал ее за столом.

— Что-то случилось? Вы выглядите расстроенной.

— Нет-нет, ничего. Все в порядке. Просто я немного устала.

— Я тоже притомился, — признался Кирилл. — Любое скопление народа вызывает во мне смешанные чувства. С одной стороны, воодушевление, а с другой — от меня требуется полная мобилизация сил и всех моих возможностей. Сейчас я бы с удовольствием побывал на природе.

— Я — тоже! — воскликнула Инга.

— Жаль, что еще не сошел снег. Впрочем, снег не помеха. Как насчет небольшой загородной экскурсии?

— Куда?

Инга заранее решила: если Кирилл пригласит ее куда-нибудь в загородный коттедж своих друзей или другое уединенное место, она ни за что не поедет. Конечно, Кирилл ей нравится. Но осторожность тоже, знаете ли, никто не отменял. Да и не комильфо отправляться в гости к мужчине, толком не познакомившись с ним. Так могут поступать только те самые молоденькие девчонки, о которых твердила ей Вера. Но Инга — замужняя дама. И пусть замужество ее осталось в прошлом, но цену она себе знает.

Однако Кирилл ее не разочаровал.

— Я думаю, что подойдет Царское Село или Пушкин.

— Мне одинаково нравятся оба этих дворцовых парка, — с облегчением произнесла Инга.

Она взглянула на Кирилла с прежней симпатией. Все-таки какой чуткий и понимающий мужчина! И хорошо воспитан. Знает, куда следует приглашать даму на втором свидании, а куда нет.

Кирилл просиял ответной улыбкой и произнес:

— Вот и чудесно. Значит, договорились. Завтра едем в Пушкин.

— А как же ваша работа?

— Полагаю, мое начальство закроет глаза на мой прогул, — шутливо подмигнул он. — А если уж совсем честно, то начальство далеко в Италии. Оно и не узнает ни о чем.

— Вот как. Ну, если хозяева не узнают, тогда почему бы и не прогулять?

Инга тоже засмеялась. Пусть видит, что она ценит и понимает шутки.

Кирилл между тем продолжал:

— А я сам считаю, что ударным трудом заслужил себе небольшую передышку. Хотя бы пару выходных дней. На выставке мне удалось найти несколько потенциальных партнеров. Думаю, что для них мое предложение тоже небезынтересно. Так что со следующей недели я буду очень и очень занят. Но перед этим не мешает немного отдохнуть.

— Вам придется вернуться в Москву?

— О нет. Я буду занят в вашем городе. И более того, думаю, что именно мне предстоит возглавить весь будущий Северо-Западный филиал. Если в Москве бизнес давно налажен и катится по своим рельсам, то ваш город для нашей фирмы — это невспаханная целина.

У Инги от открывающихся перед ее мысленным взором перспектив даже, как говорится, в зобу дыханье сперло. Если Кирилл останется в Питере надолго, то они могли бы продолжить знакомство. Это будет не просто краткосрочный роман, а долгие и глубокие отношения. К этому все и идет.

Но тут им наконец принесли аперитивы. Кириллу — бокал красного вина, а Инге — бокал сухого мартини, которое она торопливо глотнула. От вырисовывающихся перспектив в отношении Кирилла в горле у нее пересохло. И она с воодушевлением восприняла весть о том, что следом за аперитивом будут поданы закуски.

Закуски были обильны и многочисленны. Истекающие ореховым маслом рулетики из баклажанов с грецким орехом, пряными травами и чесночком. Свежая зелень благоухала и выглядела так, словно ее только что сорвали с грядки, сунули под струю проточной родниковой воды, а затем сразу же подали на стол. Горячий грузинский лаваш. Хрустящие огурчики. Сладкие помидоры. И наконец, хачапури — пирог из дрожжевого или любого другого теста с сыром.

Нигде больше Инге не доводилось пробовать такой вкуснятины. В обычном понимании граждан хачапури — это тесто с небольшим добавлением сыра. Но Руслан готовил просто потрясающее блюдо. Куски были пышные, они насчитывали не меньше десяти слоев теста, которое, в свою очередь, было слоеное. И каждый новый слой был обильно пересыпан своим сортом сыра.

К такой закуске требовалось либо пиво, либо опять же вино.

— Есть домашнее, — призналась Вера. — Привезли его контрабандой. Поэтому продаем только своим клиентам. Попробуете?

Домашнее вино, поданное в кувшине, оказалось необыкновенно ароматным. В нем чувствовался вкус свежего винограда, оно было в меру сухим, но в то же время легким и пилось словно вода. Забывшись, Инга выдула целый кувшин, совсем не подумав о последствиях. А они не замедлили сказаться, едва Инга попыталась встать на ноги.

До того ей казалось, что она совершенно трезва. Ну просто как стеклышко. Развязавшийся вдруг язык, проснувшееся красноречие и громкий смех Инга приписывала влиянию Кирилла, который ей очень и очень нравился. Но поднявшись, она вдруг поняла, что стены качаются вокруг нее, пол ходит ходуном у нее под ногами и вообще мир кажется каким-то расплывчатым вовсе не из-за Кирилла, а из-за выпитого ею вина.

Но рядом оказалась твердая рука ее спутника. Он провел Ингу по кафе, доставил до выхода и заботливо прислонил к стеночке, пока вызывал шофера. Дальнейшее Инге помнилось с трудом. Кажется, они еще катались с Кириллом по городу. Кажется, они даже останавливались и обнимались у Медного Всадника. Кажется, на спуске к замерзшей Неве Кирилл поскользнулся на ступенях и Инга долго со смехом ловила и тянула его назад. В Неву Кирилл не свалился, зато вдвоем они рухнули в очень кстати подвернувшийся сугроб. Каким-то чудом он еще сохранился в холодной тени гранита. И спас парочку от серьезных увечий.

Утром Инга проснулась со страшной головной болью и ощущением того, что она провела вчерашний вечер не совсем так, как следовало бы порядочной женщине.

— Проклятое вино, — простонала Инга и потащилась в ванную комнату.

Оттуда она вышла немного посвежевшей, но все равно мрачной и страдающей. Недра холодильника порадовали ее бутылочкой пива, которое осталось еще от Юрки. Да здравствуют продукты длительного срока хранения! Этикетка на пиве уведомляла, что оно годно еще как минимум два месяца. Может быть, похмеляться пивом — это и неправильно, но не успела Инга сделать один глоток, как ей немедленно полегчало.

— Уф! — произнесла она, чувствуя, что с этим глотком в ней просыпается какая-то новая личность.

И она — эта личность — начинала хорошо понимать мужа, который в воскресное утро всегда полировал свое вчерашнее похмелье двумя бутылочками пива, а после них дрых на кровати до обеда. Лишь во второй половине воскресного дня Дмитрий становился адекватным человеком. Тогда они ехали на такси к свекрови, где обязательно презентовали ей букет белых или алых роз. Других цветов свекровь не терпела. И если, не приведи бог, ей дарили букеты, где в составе присутствовали лилии, она безжалостно выдергивала все лепестки или просто ломала нелюбимые цветы:

— У меня от их аромата болит голова! Сознание могу потерять!

Инга едва сама не потеряла сознание, увидев, как ее шикарные лилии отправляются прямиком в мусоропровод. А ведь тогда, желая понравиться свекрови, она отдала за этот букет всю свою студенческую стипендию! И не пахли они ничуть. Лилии были гибридные, их аромат был едва слышен. Да и сам Димка мог бы подсказать, что его матери эти цветы неприятны. Ведь он стоял рядом с цветочным киоском, когда Инга делала свой выбор. Но нет, молчал, словно воды в рот набрал. И сейчас тоже молчал, словно ничего страшного не произошло.

Уже тогда Инге следовало бы задуматься, стоит ли связывать свою жизнь с мужчиной, мать которого столь явно ее не любит. С мужчиной, который умудрился подставить ее буквально в первые же дни знакомства. Но Инга была молода, она была наивна и полагала, что сумеет добиться любви или хотя бы уважения женщины, родившей на свет такого замечательного человека, как Дмитрий.

Но все последующие годы лишь усугубляли пропасть разногласий между Ингой и ее свекровью. К концу обе яростно ненавидели друг друга, как только могут ненавидеть друг друга люди, живущие в разных домах. Инга сдавленно поздравляла свекровь с Днем матери. А та цедила сквозь зубы слова поздравлений нелюбимой невестке к Восьмому марта.

— Ох, и чего я сейчас-то о ней вспомнила? — простонала Инга, вновь схватившись за голову. — Эта мегера ушла из моей жизни вместе с Димой и Юрой.

И, подумав, Инга присовокупила:

— Есть же справедливость на свете. Не все так плохо, как иной раз кажется.

А мысли о свекрови полезли в голову Инги потому, что она вчера виделась с Верой. Иной раз Вера так сильно напоминала Инге ее «маму в законе», что выть хотелось. Но сегодня Инга не собиралась думать об бывших родственниках. Сегодня она была готова принять будущее. Сегодня Инге предстоял замечательный день.

Кирилл, как и обещал, позвонил ей ровно в полдень. Он горел желанием вновь увидеть Ингу. И с тревогой поинтересовался:

— Вы ведь не забыли о нашем вчерашнем уговоре?

— Я никогда и ничего не забываю!

— О да! Но вы ведь не передумали насчет нашей поездки в Пушкин? Машина подана. Мы ждем вас у дверей.

— Кто это — вы? — насторожилась Инга.

— Я и водитель. Стоим и ждем.

— Как? — поразилась Инга. — Уже?

— Шучу. Заеду за вами через час. Прекрасно понимаю: такой красивой женщине нужно время на сборы.

Как приятно иметь дело с галантным мужчиной! Муж Инги всегда в таких случаях вопил на нее: «Чего ты вечно возишься? Перед кем там выпендриваться?

Кому ты, кроме меня, вообще нужна, лахудра великосветская?»

Сегодня мысли о прошлом так и лезли Инге в голову. Но вспомнив невольно о муже, Инга подумала о сыне. Давно уже не получала от Юрки никаких весточек. И, подойдя к компьютеру, Инга проверила свою почту. Так и есть, ни одного письма от мужа или сына... В последнее время сын стал совсем чужим. Отделывался ничего не значащими общими фразами. А иной раз так и вовсе прерывал беседу на полуслове, торопясь на какую-то важную для него встречу.

Написав сыну, что беспокоится о нем, потому что он все еще ее сын, Инга быстро свернула страничку с почтой. Но выходить из Сети не торопилась. Внезапно ей стало любопытно почитать информацию о камне танзаните. Кирилл говорил, что он редкий. Что это значит? Редкий и дорогой? Или редкий, но никому не нужный?

Кольцо лежало отдельно от других украшений, приобретенных Ингой на выставке. В конце концов, это был подарок, и с ним далеко не все было однозначно.

Инга поднесла кольцо поближе к глазам, включила настольную лампу и не без удивления обнаружила на гладкой внутренней поверхности кольца пробу. Изящная, выполненная лазером, она заключала в себе всего три цифры.

— Девятьсот пятьдесят, — пробормотала себе под нос Инга. — Что же это за проба?

Интернет охотно и быстро дал ей ответ на этот вопрос. И потрясенная женщина вновь уставилась на кольцо. Только теперь она смотрела на него совсем другими глазами. Белый металл, который она вчера приняла за простое железо, в лучшем случае — с добавлением в него цинка или алюминия, сегодня порадовал ее невероятным открытием. Это была платина! А этот металл был даже дороже золота.

И тут же в голове у женщины закономерно возник другой вопрос — не менее важный. Что за камень вставили в столь дорогую оправу? Если вчера Инга сочла синий камушек недорогим кварцем, попросту говоря, стекляшкой, то сегодня она уже не была столь в этом уверена.

— Стекляшку платиной оправлять не станут!

К счастью, Кирилл объяснил Инге, что кольцо является изделием его фирмы. Так что «любопытной Варваре» не пришлось долго рыскать в Интернете. Она быстро нашла сайт ювелирного дома «Афина Паллада». И, войдя в представленный каталог изделий, увидела свое кольцо. Цена, располагавшаяся тут же, буквально ошеломила Ингу.

— Пять с половиной тысяч долларов! — ахнула женщина. — Он что... обалдел?

Эта грубоватое словечко было совсем не характерно для нее. Но слишком велико было ее удивление, чтобы она могла смолчать.

— Дарить такое... Или я чего-то не понимаю?

Мысли заметались в голове у Инги. Что же за кольцо презентовал ей вчера Кирилл? Неужели он считает, что она достойна столь дорогого подарка? Женщина отлично знала, что просто так мужчины направо и налево тысячи долларов не швыряют. И если Кирилл сделал такой дорогой подарок, значит, он рассчитывает на нечто большее, чем несколько коротких свиданий. На нечто гораздо, гораздо большее.

От всех этих мыслей Инга пришла в совершенное замешательство. Она тупо таращилась то на свое кольцо, то на его фотографию в компьютере. И лишь затем догадалась прочесть несколько фраз, которые размещались рядом с фотографией. Из них она узнала, что ее кольцо было выполнено известным итальянским дизайнером, на заказ. И было представлено всего в одном экземпляре.

Кроме того, на сайте появилась отметка, что кольцо уже снято с продажи. И последнее ее как раз не удивило. За всеми этими приятными хлопотами Инга не успела собраться. И когда Кирилл позвонил ей снизу, была все в том же растрепанном виде, что и час назад.

Она выпросила себе еще несколько минут, которые растянулись у нее на целую четверть часа. Женщина никак не могла решить, что же лучше ей надеть к тому замечательному кольцу, которое, конечно же, станет главным акцентом сегодняшнего дня. Так что же ей надеть? Костюм с юбкой и жакетом из неотбеленной верблюжьей шерсти? Или брючный костюм из самой обычной полушерстянки, но зато с интересной блузкой?

В результате Инга остановилась на верблюжке. А по приезде в Пушкин поняла, что поступила правильно. Если в городе уже чувствовалась весна, то за городом еще царствовала зима. И в таких условиях верблюжья шерсть показала себя с лучшей стороны. Инга совсем не замерзла, хотя у самого Кирилла, одетого в легкие брюки и такие же легкие ботинки, нос и щеки покраснели, а потом и посинели довольно быстро. Тем не менее гуляли они долго. После вернулись в город, зашли в какое-то первое показавшееся им симпатичным кафе, плотно закусили горячей солянкой, а Кирилл — так и свиной котлеткой, а после отправились еще и в Мариинку.

Там давали «Баядерку» — балет, который Инга не видела много лет. Ее муж не был поклонником большого искусства. Если он и выбирался из дома, то предпочитал боевики или, того хуже, ужастики. На балет Инга вывела супруга лишь однажды, а после не получалось. Дмитрий категорически отказывался от этого вида развлечений.

— Хочешь — иди одна, — отвечал он на все предложения Инги посетить тот или иной театр. — Буду только рад провести вечер без тебя, в свое удовольствие.

В свое удовольствие — это перед телевизором с бутылочкой пива. Для успешного бизнесмена отдыхал Дима удивительно примитивно. Да и весь он был какой-то такой... примитивный.

В отличие от мужа, новый знакомый Инги не захрапел в самом начале действия, замечания отпускал вполголоса и вполне уместные. Места приобрел в партере. Взял бинокль. Одним словом, продемонстрировал все признаки хорошего воспитания.

Инга не удержалась и спросила:

— Кирилл, а кто же ваши родители?

— Они были археологами, — быстро ответил спутник. — Сотрудничали с вашим Этнографическим музеем. Много ездили в экспедиции. Были в свое время известными учеными.

— Они еще живы?

— К сожалению, нет. Во время одной из своих археологических экспедиций они пропали в горах Алтая.

— Когда это было?

— Десять лет назад.

— Так они были еще совсем молодые!

Внезапно не слишком многословный Кирилл разговорился.

— Вы задели мое больное место. Я страшно не хотел, чтобы родители отправлялись в эту экспедицию. Сердце чувствовало, что они из нее не вернутся.

— Но что же с ними приключилось?

— Никто не знает. Родители отправились в экспедицию на поиски шаманских атрибутов. Предполагалось, что старые шаманы сами отдадут бубны, посохи, пояса и головные уборы моему отцу. Но на деле все обернулось иначе.

— А почему шаманы должны были отдать свои регалии вашему отцу?

— Он был сыном главного шамана всего Алтая.

Инга с уважением взглянула на Кирилла. Однако иметь такого отца — это уже немалая заслуга. Но Кирилл, разговорившись, продолжал дальше:

— Мой родитель был из семьи известных заклинателей духов. К его отцу, моему деду, шли люди со всех сторон. И к прадеду тоже. И к прапрадеду. Но отец, выучившись на археолога, заявил, что должен донести шаманскую правду до всего остального мира. Вся его дальнейшая жизнь была посвящена этому делу. С этим условием он и отправился в свою последнюю экспедицию. Он заручился согласием своих двоюродных братьев и сестер, которые приняли посох и бубен старого шамана из рук деда Кирилла, чтобы они не препятствовали его экспедиции. Родня вроде бы согласилась, что артефакты должны быть изучены научным сообществом. Но, к сожалению, из своей последней экспедиции отец не вернулся. Мама тоже осталась где-то там с ним, в далеких снегах Алтая.

— Кто же воспитывал вас?

— К счастью, я был уже достаточно взрослым. Закончил геологический факультет университета, а затем пошел работать в ювелирную отрасль. Меня всегда привлекали камни — самоцветы. Что может быть увлекательней, чем искать и забирать у природы то, что она прячет в своих недрах?

— Только наши геологи иной раз забывают спросить согласия самой природы, — сказала Инга. — Я видела, по телевизору показывали, как ведется рудная добыча золота. Недра просто испещряются сотнями и тысячами тоннелей. Да и добыча золота из рек и озер с помощью драг ничуть не лучше. И гидравлический метод, когда гора сначала разрушается под действием ударной направленной силы воды, а затем разбивается этой же водяной пушкой на мелкие камешки и даже песок, мне не кажется таким уж аккуратным.

— Иначе добыть нынче драгоценную руду или камни из земли просто невозможно.

— Тогда, возможно, следует приостановить добычу? Мы жадные и слепые, вгрызаемся на многие сотни метров в землю-матушку, разве она не вправе воспротивиться нам — своим неразумным детям?

Как показалось Инге, кавалер взглянул на нее с уважением и даже некоторой долей опаски. Инга встревожилась. Мужчины не любят женщин, которые рассуждают. Но Кирилл был не из таких, он быстро согласился с Ингой:

— Так и есть, вы правы. Мои родители думали точно так же. Их экспедиция должна была стать началом сотрудничества шаманов Алтая и ученых. Шаманы брались выманить на поверхность особо рудоносные жилы, а ученые должны были эти жилы зафиксировать и начать разработку. Но что-то пошло у них нескладно. Во время последнего разговора родители сказали мне, что они отправляются в предгорья Алтая, ближе к Новосибирску. Я пытался найти их, наводил справки, но увы...

После рассказа о пропавших без вести родителях Кирилл отвез Ингу домой.

На следующий день они вновь встретились. На сей раз он был без машины и водителя. Но так было даже лучше. Вдвоем они гуляли по городу. Зашли в кафе. И там парочка перешла к обсуждению множества других вещей. Проговорили они до самого вечера. Инга даже не заметила, как проглотила весьма второсортный салат «Мясной», в котором картошка, деревянный горошек и майонез существенно превалировали над жестким говяжьим мясом. На горячее в кафе были лишь жареные сардельки, в которых чувствовалось не мясо, а одна лишь соя с солью. Но влюбленные внимания не обратили на вкус пищи. Они лишь выпили по большому бокалу пива, потому что без пива проглотить указанную снедь было просто невозможно.

— Фу, — произнес Кирилл, когда они вышли из кафе. — Откровенно говоря, худшей стряпни мне пробовать не приходилось.

И тогда Инга произнесла фразу, которая перевернула всю ее жизнь на много лет вперед. Впрочем, в тот момент ей казалось, что ничего ужасного она не говорит.

Она всего лишь робко предложила:

— А что... А что, если нам поужинать у меня дома?

Кирилл явно обрадовался:

— Обожаю домашнюю еду! Нет, в ресторанах иной раз кормят очень вкусно и изысканно, но в домашней пище есть что-то такое, чего даже в самом уютном заведении не встретишь.

— У меня есть солянка и котлеты.

Солянку Инга сварила два дня назад, но ведь солянку время только красит. На третий день она куда вкуснее, чем в первый.

— Лимон, сметану и свежую зелень можно купить по дороге, — продолжала идти навстречу своей погибели Инга.

— Тогда с меня мясо и вино! — вызвался Кирилл. — Люблю жарить мясо. И, взглянув на часы, озабоченно произнес: — Нам с вами надо поспешить. В шесть торговля заканчивается.

Инга рассмеялась. Из какого времени вынырнул Кирилл? В городе есть множество супермаркетов, где торговля не затихает ни на минуту. Но оказалось, что он спешил на рынок. Там он купил свежайшую свиную шейку и по просьбе Инги немножко ребрышек. Инга не слишком любила мясо, но отказаться от аппетитной, истекающей жиром косточки все же не могла.

— Любите кости? — улыбнулся Кирилл. — Тогда в вас есть что-то от первобытной дикарки.

Он держался легко и непринужденно. Совсем не так чувствовала себя Инга. Ее буквально колотило при мысли, что уже через час привлекательный мужчина перешагнет порог ее квартиры. Но Кирилл все покупал и покупал продукты, не забывая консультироваться с ней.

Домашняя сметана, целый пакет фруктов, орешки, огромный букет свежей зелени, куда помимо петрушки, укропа и кинзы вошли руккола, салат, шпинат и зеленый лук. Напоследок Инге с Кириллом удалось прихватить горячий хлеб, только что вынутый из печи. Обсыпанный маком и кунжутом, он пах до того упоительно, что от его аромата буквально кружилась голова.

Инга устала считать, сколько раз Кирилл расстегивал кошелек, вытаскивая оттуда одну голубенькую бумажку за другой. Иногда им на смену приходили красненькие денежки, тогда Инга и сама краснела. Хотя она была взрослой самостоятельной женщиной, она так и не привыкла к тому, что кто-то тратится на нее, да еще делает это так весело. Муж обычно отдавал ей деньги на хозяйство, и на этом его участие в делах бытовых заканчивалось.

— И нам еще надо купить вина, — сказал Кирилл напоследок. — Предлагаю поехать за ним в то кафе, которое содержит ваша подруга.

— К Вере?

— Как думаете, она нам его продаст на вынос?

— Ну конечно!

Вера вино продала охотно:

— Сама его вам вынесу!

Но вынеся вино, она успела ухватить Ингу за руку и прошептать:

— Как он тебе?

— Сегодня ночью я это выясню, — пообещала ей Инга и совершенно по-дурацки захихикала.

Кириллу дома у Инги все понравилось. Он так и сказал:

— Тут просто очаровательно. Сразу чувствуется, что здесь живет красивая и умная женщина.

— Кирилл, прекратите делать мне комплименты на каждом шагу! Вы меня смущаете.

— А сказать вам, что смущает меня?

— И что же?

— Давайте прекратим уже говорить друг другу «вы».

— Сама хотела вам предложить это!

— Тебе.

— Ах да, тебе... Кирилл.

Прозвучавшее словечко показалось Инге до того интимным, что она невольно покраснела. Ей вообще было не по себе. Если прочитанное в дамских романах верно, то после ужина у них с Кириллом должно произойти нечто такое, о чем даже вслух говорить страшно. У Инги был весьма небогатый опыт общения с мужчинами. Собственно говоря, кроме мужа, она вообще никогда и ни с кем не общалась. И теперь Инга судорожно пыталась понять, хочет она или не хочет, чтобы ее опыт расширился.

Чтобы немного прийти в чувство, Инга быстро приняла душ, пока Кирилл орудовал на ее кухне. Она пребывала в сильном смущении. И, стоя под душем, все время пыталась понять, стоит ей спать с Кириллом прямо сегодня или подождать. Но когда чистая и благоухающая свежестью Инга вошла на кухню, там уже вовсю шкворчало мясо. А Кирилл ждал ее, такой смешной в переднике с огромными клубничинами.

— Я предлагаю выпить за нас. За тот удивительно счастливый случай, который свел нас в одно время и в одном месте. За тебя, Инга! За тебя, снежная королева Питера!

После двух бокалов вина, выпитых на брудершафт, Инга наконец решила, что Кирилл не просто мил — он мил чертовски. И, пожалуй, она его хочет... Да и просто из исследовательских целей стоит переспать с ним. У нее никогда не было любовника. И в конце концов, старость уже не за горами! Глупо будет умереть, так и не попробовав, что это за штука такая — любовник.

Сам Кирилл никаких поползновений не делал. Болтал, пил вино, жарил мясо, одновременно мыл и резал свежие овощи. Инга проворно накрыла на стол. Разогрела ту самую солянку, посыпала каждую тарелку зеленью, добавила сметаны, оливок и по ломтику лимона. Ужин получился отменный. И неудивительно, что после всего съеденного, выпитого и целого дня на свежем воздухе ей захотелось спать.

Она изо всех сил боролась с одолевающей ее дремотой, пока не почувствовала, что веки у нее совсем смыкаются. А затем Инга ощутила, что падает со стула. И еще секунду спустя удивилась, почему же она не чувствует соприкосновения с полом. Она уже спит? Или кто-то бережно подхватил ее на руки и не дал упасть?

Голос Кирилла что-то говорил прямо у нее над ухом. Но Инга уже не разбирала слов. Она лишь отметила, до чего сексуальный у него голос. А затем провалилась в темную яму сна, так и не сообразив, отчего же ее так сильно разморило.

Утром Инга обнаружила себя в своей собственной кровати. Верхняя одежда была с нее снята, но обнаженной она не была. Все ее тело целомудренно, до самых пяток, прикрывала длинная трикотажная ночнушка. Эту ночнушку Инга не надевала ни разу в жизни. Она ей не нравилась, была совсем не в ее вкусе. Чтобы не обижать дарительницу — свою старенькую тетушку, — женщина просто спрятала подарок на полку в шкафу и ни разу его оттуда не доставала. А теперь вот ночнушка почему-то оказалась на ней.

Инга недоуменно рассматривала свою одежду, пытаясь вспомнить, как она переодевалась вчера ко сну. Но у нее ничего не получалось. Последнее, что удалось вспомнить, было то, как она постыдно вырубилась прямо за столом, а Кирилл перенес ее в кровать.

— Кирилл! — спохватилась Инга. — Где же ты?

Она огляделась по сторонам. Мужчины нигде не было видно. Ушел? Но потом Инга перевела испуганный взгляд на топорщащееся рядом с ней одеяло. Под одеялом на половине бывшего мужа кто-то был. Там отчетливо вырисовывался большой бугор. А из-под одеяла торчали мужские пятки.

— Кирилл? — робко позвала Инга.

Ответа она не услышала. А взглянув на часы, поняла, что еще очень рано. Всего семь утра. Или вечера? Нет, вроде бы вчера они вернулись домой уже в восьмом часу. Так что часы должны были показывать семь утра. Или все-таки вечера? Но тогда Инга должна была проспать почти сутки. Способна ли она на такое?..

Всеми этими малозначимыми вопросами женщина пыталась отвлечься от самой главной и основной мысли. Было у них с Кириллом что-то или не было? Вопрос был очень серьезный. Как уже говорилось, Инга имела опыт общения всего с одним мужчиной. И если уж быть совсем честной, ей очень хотелось попробовать еще кого-нибудь.

Но Кирилл явно спал, и Инга не решилась его будить только для того, чтобы удовлетворить свое любопытство. Вряд ли Кирилл воспользовался вчера ее состоянием. Нет, он не таков... Но она-то! Она! Как она могла так назюзиться, чтобы взять и заснуть, когда в доме гость? Да еще такой важный!

«Наверное, это свежий воздух так на меня подействовал», — подумала она.

Осторожно поднявшись с кровати и стараясь не потревожить спящего Кирилла, Инга прошла в ванну, где долго и со вкусом плескалась под струйками горячей воды. Из душа она вышла освеженной и повеселевшей. Еще ничего не потеряно! Кирилл остался ночевать у нее дома. Сейчас она его разбудит, и они предадутся радостям любовных утех. Она наконец-то поймет, что такое любовник. И покажет дулю Вере, которая, кроме Руслана, мужчин не имела.

Чтобы придать их свиданию необходимый романтизм, Инга переоделась в самое соблазнительное белье — шелковое с вышивкой. Накинула сверху легкий, почти прозрачный голубой халатик, взяла поднос с приготовленным кофе (надо же было себя как-то реабилитировать после вчерашнего) и двинулась к Кириллу.

— Доброе утро, — ласково произнесла Инга. — Вы уже проснулись?

Кирилл не ответил. Правильно, вчера они договорились, что будут на «ты». И, переведя дух, Инга проговорила уже более решительно:

— Кирилл! Ты проснулся?

Но он и тут ничего не ответил. Женщина прислушалась. Ни храпа, ни громкого сопенья, которое могло бы выдать спящего мужчину, слышно не было... Да и тело под одеялом было каким-то неприятным на ощупь.

— Кирилл... ты... вы обиделись на меня?

Снова ни звука. В душу Инги стала закрадываться тревога. Может быть, она вела себя вчера настолько неподобающе, что Кирилл с ней и разговаривать теперь не хочет? Но тогда зачем он остался у нее дома, да еще улегся в ее кровать? Если уж она была так невозможна, переодел бы ее — да и шел себе дальше! Дверь можно было захлопнуть и снаружи.

— Кирилл, я совершенно не помню, что произошло вчера. Простите, если я вас ненароком обидела или как-то задела ваши чувства. Я не хотела! — И, сложив руки на груди, Инга еще раз торжественно возвестила: — Честное благородное слово, не хотела!

Но даже после этого Кирилл продолжал хранить молчание. Постепенно Ингу стало охватывать возмущение. Страх уступил место раздражению, а потом и гневу. Что он из себя воображает? Ну, не было у них вчера секса, так ведь ни о чем таком они и не договаривались!

— Знаете, Кирилл, это уже переходит все границы!

И с этими словами женщина откинула с него одеяло. Некоторое время она молчала, пытаясь понять, не мерещится ли ей. Но затем увиденное показалось до того ужасным, что из ее груди вырвался громкий крик:

— А-а-а-а! Помогите! А-а-ай!

И было от чего заорать! Все чудесное сатиновое белоснежное постельное белье Инги теперь оказалось заляпано уродливыми бурыми пятнами. И самым ужасным было то, что пятна эти были... кровью — свернувшейся и даже уже засохшей, но все же кровью! И кровь эта взялась не откуда-то из неизвестного источника, она вытекла из Кирилла. Из множества ран, которые покрывали все его загорелое, тщательно ухоженное, красивое тело...

Глава 3

Инга и сама не могла сказать, сколько именно она просидела возле мертвого тела Кирилла, не сводя с него широко раскрытых глаз, не в силах поверить в то, что все это происходит именно с ней. Для верности она даже ущипнула себя за бок, но пронзившая ее боль ясно дала понять, что Инга больше не спит.

— Да что же это такое?! — вырвался у нее стон. — Как это могло случиться? Я ничего не помню!

На всякий случай она напрягла извилины, но лишь для того, чтобы с грустью убедиться в собственной амнезии.

Но худшее было еще впереди. Внезапно в прихожей раздались чьи-то шаги и мужские голоса. А еще через минуту в комнате перед обомлевшей женщиной появились трое мужчин. Один был в форме — их участковый, а двое других были Инге не знакомы. Но судя по репликам, которыми эти двое обменялись с участковым Татаринцевым, они хорошо его знали. Наверное, тоже были из полиции.

— Как же так, гражданка Каплун? — обратился к Инге участковый. — Что это у вас тут происходит? Соседи жалуются, что от вас слышны громкие крики.

— У меня... У меня... вот...

Инга посторонилась, чтобы полицейские могли увидеть тело Кирилла. Татаринцев оглядел распростертое тело Кирилла, испещренное множеством ран, и присвистнул. Один из полицейских, помоложе, тоже шагнул к кровати, побледнел и пулей вылетел из комнаты. Второй был бледен и так, он не убежал, наверное, потому, что ноги его не слушались. Один лишь Татаринцев внешне выглядел невозмутимым.

— И как же это получилось? — поинтересовался он у Инги.

— Я... я не знаю.

— Не знаете?

— Нет, — помотала головой она. — Вечером я заснула, а утром обнаружила его...

— Имя потерпевшего вам известно?

— Кирилл.

— А фамилия?

— Охолупко. Генеральный представитель итальянской фирмы «Афина Паллада» в нашем городе.

— Уже лучше, — немного повеселел участковый.

— Лучше?

— Ни документов, ни мобильного аппарата мы среди вещей убитого мужчины не обнаружили. А так мы от вас хотя бы его имя узнали. Теперь у меня к вам другой вопрос. Как этот самый генеральный представитель оказался у вас в... м-м-м... у вас в квартире?

— Я его пригласила.

— С какой целью?

— Мы познакомились на ювелирной выставке. Понравились друг другу. Три дня провели вместе. И вчера вечером я решила, что мы достаточно выжидали и что можно пригласить его к себе домой.

— Зачем?

— Что вы глупые вопросы задаете? — вспылила Инга. — Будто бы не знаете, зачем мужчины к женщинам в гости приходят!

— Но у вас ведь есть муж. И сын... Вы семейная женщина!

— С мужем я давно в разводе. Сын улетел к отцу навсегда. Теперь я одинокая женщина со всеми вытекающими отсюда обстоятельствами.

— Да, обстоятельств тут много вытекло... — откликнулся один из молодых ребят, который уже пришел в себя и как раз заканчивал осмотр тела Кирилла. — Убийство.

— Суицид или несчастный случай исключен?

— Сто процентов! Сам себя так ножиком не потыкаешь. И на несчастный случай тут тоже не тянет.

— Плохо, — поскучнел участковый.

Вид у него был такой виноватый, словно это он сам изувечил ножом Кирилла, а теперь пытается свалить вину на Ингу.

— Ну а сами-то вы что скажете?

— Я его не убивала!

— Допустим, — кивнул участковый вроде бы даже участливо. — А кто убил?

— Не знаю! Может, грабители? — И воодушевленная Инга продолжила свою мысль: — Ну да! Вы ведь трое вошли ко мне в квартиру без предупреждения. Не звонили, не стучали, ключей у вас нет. Значит, входная дверь была открыта?

Татаринцев взглянул на Ингу с интересом:

— Ну, допустим, дверь и в самом деле была открыта. Скажите, а в вашей квартире что-нибудь пропало?

— Что пропало?

Инга окинула взглядом комнату. Все крупные предметы, техника и несколько недорогих картин были на своих местах. Хорошенькие фарфоровые статуэтки, доставшиеся Инге еще от бабушки, тоже. И все же что-то смутно ее тревожило, пока она сканировала взглядом комнату. Все вещи были тут, но они стояли не совсем на своих местах. Их определенно трогали, передвигали, чтобы найти... что найти?

— Драгоценности! — ахнула Инга, хлопнув себя по лбу. — Они-то где?

Она подскочила к небольшому посеребренному четырехлистнику, который когда-то давно, еще в студенческие годы, купила «на счастье». На этом листке должны были лежать все ее недавние приобретения. Но там ничего не было! Ни ажурного браслета со сканью, ни серег с чудесными чистыми розовыми топазами. Ни фальшивого жемчужного ожерелья из майолики. И самое страшное — кольца с танзанитом там тоже не было!

Впрочем, сейф с деньгами и другими драгоценностями тронут не был. Может быть, грабитель его просто не заметил? Все-таки сейф был вмурован в стену и прикрыт сверху декоративной панелью. Если не знать, что там есть тайник, ни за что не найдешь.

— Ну, что обнаружили?

— Пропали драгоценности, которые я купила на выставке, — растерянно произнесла Инга. — Обычно я клала их сюда, в вазочку. Впрочем, возможно, что я их сама куда-то вчера в другое место засунула. Я не могу ничего вспомнить. Как выпила вчера вечером вина, так и все! Сплошная темнота. Как накрыло меня!

Участковый тяжело вздохнул и произнес:

— Гражданка Каплун, вам нужно будет одеться и проследовать с нами.

— Да, да, — пробормотала Инга. — Я понимаю. Вы хотите понять, как все произошло.

— Вот именно.

И по голосу участкового, очень ласковому и одновременно сочувственному, она поняла, что влипла очень и очень крупно.

Дальнейшие события запомнились ей плохо. Голова у нее до сих пор была словно в тумане. Инга с трудом отвечала на формальные вопросы, которые сначала задавал ей участковый, потом оперативники, а после и следователь, который, в отличие от участкового в форме и оперативников в свитерах и джинсах, был одет в деловой костюм, правда, уже порядком помятый, и без галстука.

Но даже деловой костюм на страже порядка не мог примирить Ингу с ужасной ситуацией, в которой она очутилась. И самое скверное заключалось в том, что женщина сама искренне хотела бы помочь следствию, но совершенно не представляла, как это сделать.

— Понимаете, когда я заснула, Кирилл был еще жив, — объясняла она по очереди участковому, оперативнику и следователю. — А когда проснулась, он был уже мертв. Я не знаю, что произошло. Не знаю, кто мог его убить!

— В квартире кроме вас кто-нибудь еще был?

— Нет. После отъезда мужа и сына в Англию я живу одна.

— Гости у вас тем вечером были?

— Мы с Кириллом в квартире находились вдвоем.

— Значит, это вы его и убили!

— Да с чего же мне его убивать? — развела руками Инга. — Он порядочный человек, красиво за мной ухаживал. Я пригласила его к себе домой, чтобы насладиться радостями любви с таким симпатичным мужчиной. Зачем мне было его убивать? Напротив, я должна была его всячески холить и лелеять.

Участковый посмотрел на нее при этом как-то странно. И к тому же сдавленно вздохнул. Но молодые оперативники наседали на Ингу с двух сторон:

— Возможно, он вас разочаровал в сексуальном плане?

— Оказался не так хорош в постели, как вы надеялись?

— Мне, молодые люди, не с чем особо сравнивать, — сухо ответила Инга. — Мой муж — вот мой единственный опыт в этой сфере. Я пригласила Кирилла к себе не без задней мысли. Надеялась, что он подтянет меня по части этого отставания.

Но она видела, что мужчины ей не верят. Даже участковый Татаринцев, с которым Инга не раз пила чай у себя на кухне, ведя неспешные разговоры о возросшей детской преступности, разгуле коррупции в сфере ЖКХ и даже о продажности различных чиновников, отвел глаза. Он явно сомневался в ее невиновности.

Самое ужасное, что Инга и сама не могла с точностью утверждать, что не убивала Кирилла. А что, если это она его... ножом? Ведь она ничего не помнила из того, что произошло с ней после выпитой бутылки вина и съеденных свиных ребрышек.

Поэтому Инга ничуть не удивилась, когда ее проинформировали о том, что до выяснения всех обстоятельств этого дела она будет задержана.

— По истечении трех суток вам будет предъявлено обвинение.

— Я его не убивала... — пролепетала женщина и отправилась в камеру предварительного заключения.

Из этой камеры ее выводили еще два раза. И оба раза участковый присутствовал на допросе или встречался Инге на пути в кабинет для допроса. Он либо ничего не говорил, либо ронял короткие фразы:

— Не волнуйтесь. Все будет хорошо. Я уверен в вашей невиновности.

Но даже эти ничего не значащие, но обнадеживающие фразы заставляли сердце Инги биться быстрее. Она провела в отделении полиции почти сутки и совершенно пала духом. Из еды ей выдали пакет ванильных сухарей и два раза в день наливали чай. Впрочем, аппетита у нее не было никакого. А вода, которая текла из кранов в полицейском отделении, оказалась совсем неплоха на вкус. Инга пила чай и воду, а сухари так и вернула нетронутыми.

Мысли у нее были самые мрачные. И когда она уже начала готовиться к тому, что остаток дней ей придется провести за решеткой, ее вновь внезапно вызвали к следователю. Уверенная в том, что ей будет предъявлено обвинение в убийстве Кирилла, а потом ее отвезут в СИЗО, Инга на подгибающихся от слабости и страха ногах доплелась до кабинета и упала на стул прежде, чем ей было это дозволено.

Наверное, вид у нее был совершенно измученный, потому что даже голос следователя прозвучал не так резко, как прежде.

— Ну что? Припомнили что-нибудь в свое оправдание?

Женщина покачала головой. Нет, не припомнила. В голове по-прежнему был черный провал.

— Мы получили результаты ваших анализов. У вас в крови обнаружена приличная доза зепама. Такая могла свалить с ног даже лошадь, а не только вас.

— Снотворное? — подняла голову Инга. — Но я не пью снотворное!

— Никогда?

— Нет.

— И дома его не держите?

— Нет. К тому же оно ведь должно продаваться по рецепту, не так ли?

— Так.

— А у меня никогда не было жалоб на сон. Рецептов я у врача не получала и, следовательно, лекарства не покупала.

— Значит, лекарство вы не принимали? — перебил ее следователь. — И вашему любовнику его не давали?

— Кому? Кириллу? Он не был моим любовником. Я ведь вам объясняла, что...

— Да, я все помню. Вы заснули прежде, чем между вами что-то произошло. Но вы теперь понимаете, что заснули вы не просто так? Вместе с вином вам была дана приличная доза снотворного. И скажу вам более того: такое же снотворное было обнаружено в крови вашего... знакомого. Судя по экспертизе содержимого его желудка, зепам мог быть выпит им также вместе с вином. У этого лекарства достаточно терпимый вкус. Растворенный же в вине, он был совсем не заметен.

Инга соображала медленно. С трудом до нее доходило то, что пытался втолковать ей следователь. И на всякий случай она уточнила то, до чего додумалась сама:

— Мы с Кириллом выпили вино, в котором было растворено снотворное?

— По всей видимости, да. Вы изящная женщина, поэтому заснули первой. Ваш гость был более крупный, на него снотворное подействовало медленнее. Вероятно, у него еще хватило сил, чтобы доставить вас до постели и лечь в кровать самому.

Теперь мысли Инги, получив долгожданную подпитку, хоть и медленно, но заработали. Она прекрасно помнила, что вино они с Кириллом взяли у Веры. У той самой золовки Веры, которая сначала так критически отнеслась к Кириллу. Однако Кирилл неприязненного отношения Веры к своей персоне не заметил. И он настоял на том, чтобы взять вино именно у нее.

Инга оставалась в машине, когда Кирилл забежал в кафе и переговорил с Верой. А потом Вера сама вынесла с заднего хода полуторалитровую бутыль с темно-красным, почти черным вином. Это вино они с Кириллом и пили, дожидаясь, пока поджарится мясо. Никакого другого вина они в тот вечер не употребляли. Выходит, именно в нем и содержалось снотворное?

— Где вы покупали вино?

— У...

Но Инга осеклась. Она не знала, с какой целью Вера подмешала в вино снотворное, но не хотела выдавать золовку. Как ни крути, а Вера всегда к ней неплохо относилась. Возможно, она и не знала, что в вине намешано помимо виноградного сока. Зачем же Инга будет кликать на голову золовки массу новых проблем? Вере и так достается от всей родни Руслана.

— В магазине мы вино купили.

— В каком?

— В «Меге». Это винный супермаркет в центре.

— Чек сохранился?

— Нет.

— Вино мы нашли перелитым в кувшин. Бутылки из-под него не обнаружили.

Пластиковую бутыль Инга сама запихнула в мусор, а Кирилл весь мусор отнес к мусоропроводу. Сам вызвался, чем в тот момент вызвал в Инге прилив теплых чувств. Ее собственный муж никогда до такого не опускался — мусор всегда выносила она.

С самого первого дня их совместной супружеской жизни мужем было постановлено, что мыть посуду, пол, стирать белье, готовить еду и вообще вести все домашнее хозяйство — это задача Инги. Она может работать, может не работать, но чистая рубашка и тарелка горячего мясного супа должны ждать ее мужа обязательно.

Женщина не роптала, потому что роптать все равно было бесполезно. К тому же муж зарабатывал достаточно, чтобы она могла не надрываться на службе. И в какой-то степени его требования были даже справедливы. Но все равно за годы супружества домашние обязанности порядком ее достали. И поэтому добровольный подвиг Кирилла был приятен не избалованной мужскими подвигами Инге вдвойне.

— Бутылка выброшена в мусоропровод.

— И чек последовал за ней?

— Да.

Следователь нахмурился. Он явно ей не верил. А она уже начала корить себя за утаенную от следователя правду. В конце концов, если Вера виновата, то пусть отвечает! И когда Инга уже почти решила изменить показания по поводу бутылки с вином, следователь неожиданно произнес:

— Можете побеседовать с вашим адвокатом.

— Моим... кем?

— Адвокатом.

— У меня есть адвокат?!

Инга помнила, что пыталась просить адвоката. Но ей было сказано, что на бесплатного защитника, которого ей предоставляет государство, она может рассчитывать лишь после предъявления ей обвинения. А до того пусть либо зовет своего собственного, либо сидит тихо. Никакого своего адвоката у Инги не было, поэтому она последовала совету и сидела тихо.

Защитник немало изумил Ингу. Он был высок, худощав и темноволос. Он напоминал ворона, еще не старого, но уже умудренного собственным житейским опытом и, что еще более важно, многовековой памятью предков.

— Блумберг! — представился он ей, причем его черные глаза буквально просканировали Ингу от кончиков ногтей до самых пяток. — Ваш адвокат.

— Но я...

— Знаю, вы меня не нанимали. Меня наняла ваша подруга.

— Какая подруга?

— У вас нету подруг?

— Есть, но...

— Я помогу вам. Уже сегодня, спустя полчаса, вы отправитесь к себе домой, где сможете принять ванну, выпить чашечку кофе или бокал шампанского.

— И что я должна буду сделать взамен?

— Подписать вот эти бумаги.

И адвокат сунул под нос Инге заранее подготовленные им бумаги. Женщина быстро пробежала глазами мелкие строчки. В принципе, ничего сверхъестественного ей подписать не предлагалось. Наоборот, все изложенное в бумагах четко соответствовало истине. Вот только изложено оно было таким образом, что по прочтении у всякого сложилось бы четкое впечатление: Инга — белый и невинный агнец. Ее оговорили, подставили, принудили. А даже если она и виновна, то нуждается в прощении и понимании. И еще, как сказал Блумберг, в чашечке кофе и бокале шампанского.

Подивившись про себя ловкости и красноречию своего адвоката, Инга быстро подмахнула все предложенные ей бумаги. Блумберг просиял, от чего его длинный крючковатый нос стал еще длиннее, а на лице появилось выражение какого-то иезуитского коварства.

— Пожалуйста, подождите меня тут.

Вернулся он назад спустя всего десять минут. С ним вместе был следователь, который объяснил женщине, что до выяснения всех обстоятельств она может покинуть отделение. Мерой пресечения является подписка о невыезде из страны. И если она вспомнит какие-то обстоятельства убийства господина Охолупко, то ей надлежит явиться в отделение и эти обстоятельства тут изложить.

— Для вас же будет лучше, потому что пока вы являетесь единственной подозреваемой по этому делу. Вольно или невольно, но вы стали причиной смерти вашего знакомого. Я буду обязан принять меры в случае, если вы попытаетесь покинуть пределы Российской Федерации.

Из всего вышесказанного Инга поняла лишь то, что сейчас ее отпускают. Но после суда могут вновь запереть в камере. И уже не на сутки, не на двое, а на гораздо более долгий срок. За убийство, совершенное с особой жестокостью, дадут немало.

Но пока она не могла пугаться столь далекой и туманной перспективы. Пока что она радовалась тому, что вновь видит небо у себя над головой, чувствует свежий воздух на лице и сможет прийти в себя, оказавшись в своей любимой квартирке.

Адвокат Блумберг проводил Ингу до ее квартиры, но в ответ на вежливое предложение войти отказался:

— Ну нет! Предыдущий ваш гость закончил очень печально. Я про вас еще не знаю всей правды. Не хотелось бы повторить судьбу своего предшественника.

И хотя сказано это было явно в шутку, нервы у Инги не выдержали. В камере она не рыдала, в кабинете следователя сидела словно окаменев. А тут не выдержала. Слезы буквально брызнули у нее из глаз, замочив безупречную свежую сорочку Блумберга. Напуганный произведенным его словами эффектом, адвокат быстро ретировался. А Инга, даже не спросив, кто же его все-таки нанял, повернулась к двери.

Она даже не посмотрела вслед адвокату, убегающему вниз по лестнице с завидной прытью. Все так же трясясь от рыданий, женщина поковыряла ключом замочную скважину, сорвала печати и оказалась в своей квартире.

Не обращая внимания на окружающий ее повсюду беспорядок и следы обыска, Инга протопала в спальню. Какое счастье, тело Кирилла забрали! И испачканное его кровью белье тоже. Из спальни Инга перекочевала в ванную комнату. Тут она набрала полную ванну восхитительной горячей воды, от души сыпанула морской соли, пролежала целых два часа, постепенно отмокая, приходя в себя и пытаясь понять, что же ей делать и как теперь жить дальше.

К сожалению, чем дольше вдумывалась Инга в случившееся с ней, тем печальней и тяжелей становилось у нее на душе. По всему выходило, что просвета ей не видать. Если благодаря таинственному адвокату Блумбергу ее отпустили сегодня из участка, то не факт, что его заступничество окажет столь же волшебный эффект на судью.

— А если меня посадят? Что будет с Юркой? Мать — уголовница! Это может погубить все его будущее!

Муж Инги как раз добыл себе вид на жительство в Англии, чем страшно гордился. И теперь того же он хотел добиться и для Юры. А в будущем им обоим предстояло стать гражданами Великобритании. Нетрудно представить, через какую лупу будут рассматривать двух новых кандидатов. Ведь муж Инги не был ни политиком с карманами, набитыми наворованными у народа деньгами, ни мафиози, ни даже мусульманским беженцем, мечтающим осесть в благополучной стране.

Мысли Инги невольно скользнули в сторону. Пожалуй, записаться в такие беженцы лучше всего, подумала она. Ведь тогда можно еще вызвать к себе всю свою многочисленную родню и жить всем вместе на пособие, которое заплатит добрая королева Англии. И можно ни фига при этом не делать, а заниматься только тем, что поучать окружающих, как им жить следует, а как не следует.

— К таким бы чиновники из английского УФМС цепляться точно не стали. Плевать, что у гражданина в родне человек двадцать мужиков призывного возраста и все обучены владению оружием. Беженец ведь!

Но, увы, муж Инги был всего-навсего честным налогоплательщиком, а к таким всегда цепляются.

— Как же я их подведу, если сяду в тюрьму! Уголовное прошлое у близкой родственницы. Стыд и позор на всю семью! Нет, этого нельзя допустить!

Инга принялась шевелить мозгами. Так, сейчас она у следствия подозреваемая номер один, других попросту нету. А что изменится, если появится еще несколько подозреваемых? Ну хорошо, несколько —

это уже она загнула. Но хотя бы один? Один-то может ведь появиться?

Но внутренний голос тут же возразил, что сами только прыщи на физиономии появляются. А для того чтобы найти себе замену, на которую можно было бы с чистой совестью взвалить обвинение в убийстве, Инге еще придется побегать. Без труда не выловишь и рыбку из пруда. А уж для того, чтобы восстановить свое доброе имя, и вовсе нужно горы свернуть.

Как ни странно, это простое умозаключение прибавило Инге бодрости. Она вымыла голову, выпила кофе и начала смотреть в будущее уже значительно оптимистичней. И когда раздался звонок в дверь, женщина почти весело поинтересовалась:

— Кто там?

— Открывай. Алена.

Аленой звали лучшую подругу Инги. Когда-то они дружили одной большой компанией девчонок-студенток. Но потом Алена вышла замуж за весьма обеспеченного человека, который все богател, богател и наконец разбогател до такой степени, когда богатство начинает буквально бросаться в глаза каждому встречному, и нужды выпендриваться дальше уже нет.

После этого муж оставил свой бизнес на помощников и управляющих, а сам засел у себя в усадьбе, где выстроил конный заводик, на котором поставил задачу: вывести новую российскую скаковую породу, призванную исправить удручающее отсутствие истинно русского племенного поголовья.

— У нас есть только орловцы и в какой-то мере ахалтекинцы. Нужна новая порода, да с такими данными, чтобы все остальные коннозаводчики позеленели от зависти.

Усадьба находилась неподалеку от старинного городка Суздаль. И время от времени Алена решала, что сельской идиллии с нее достаточно, и отправлялась куда-нибудь в большой мир на недельку, а лучше — на месяцок. За сохранность мужа Алена не волновалась. Муж был старше ее. Он давно перестал интересоваться женским полом, так что Алена уезжала с легким сердцем, прекрасно понимая: никакая соперница ей не страшна. Ее толстячок останется с женой до самого конца.

Иногда Алена отправлялась в Италию или колесила по Европе. Приходила охота — летела на курорт. Одним словом, наслаждалась жизнью на полную катушку. Но хотя бы раз в год она обязательно заглядывала к Инге в Питер. И увидев на пороге своей квартиры подругу, Инга мигом догадалась, кто подослал ей дорогущего адвоката, у которого одно только имя тянуло на сотни две долларов.

— Аленка! — радостно взвизгнув, кинулась она на шею к подруге.

— Инга!

Женщины крепко обнялись. Затем Алена критически оглядела Ингу и заявила:

— А для арестантки ты удивительно хорошо выглядишь!

— Откуда ты узнала, что я в беде?

— Твои соседи живописали мне, как тебя уводили в наручниках, всю избитую и с узелком под мышкой.

— Никто меня не бил! — возмутилась Инга. — Обращались согласно процессуальному кодексу. Строго, но справедливо.

— Да? — изогнула соболиную бровь Алена. — Рада это слышать. Выходит, переименование в полицию помогло?

Инга не отвечала. Она просто любовалась своей лучшей подругой. Алена всегда была хороша собой. И годы красоты в ней ничуть не убавили. Но кроме красоты была в Алене еще какая-то скрытая сила, какая-то необъяснимая мощь, до поры томящаяся в глубине, непонятая и непознанная.

Не обращая внимания на взгляд подруги, Алена спросила:

— Кстати, зачем ты расстроила Блумберга?

— Я его не...

— Он вернулся от тебя весь несчастный. Звонил мне почти в слезах. Я его таким никогда не видела.

— И что он сказал?

— Велел мне немедленно ехать к тебе и морально поддержать. А от себя велел передать, что не верит в твою вину. И немедленно начинает готовить бумаги для суда.

— Ох, только не суд! — воскликнула Инга. — Страшно не хочу идти в суд!

— Не волнуйся. У Блумберга даже отъявленные рецидивисты выглядят сущими ангелами. Тяжелое детство, трудная юность, плюс дурная наследственность и врожденный дефект развития психики. И опля! Судьи обливаются слезами умиления, отправляя убийцу не к стенке, а в больницу, где ему будет обеспечен надлежащий уход и лечение.

— Но то настоящие преступники! А я-то никого не убивала!

— Точно?

— Алена! — поразилась Инга. — Как ты можешь такое спрашивать?

— Должна же я была убедиться. А то кто тебя знает — живешь одна, скучаешь... Сколько раз я тебя к себе звала! А ты все «нет» и «нет». Музеев, дескать, у нас нету. Да если б я Василию Петровичу сказала, что ты едешь, он бы за десять минут специально для тебя пяток музеев организовал. Музей народных промыслов, музей живой природы края, краеведческий музей. Ну... и еще чего-нибудь бы придумал. Ты же знаешь, как он тебя любит!

Муж Алены почему-то действительно всегда тепло и уважительно отзывался об Инге.

— И тебе хорошо, и людям добро бы сделала, — продолжала твердить свое Алена. — Для обслуживания музеев сотрудники бы понадобились. Бабушки, чтобы в залах за порядком присматривать, сторож на ночное время. Всякие там плотники, столяры, реставраторы. Видишь, сколько народу бы осчастливила?

— Как это?

— У нас в краю с рабочими местами очень плохо, — неожиданно охотно пояснила ей Алена. — Народ бедствует и по этой причине на Василия Петровича зуб точит.

— Почему?

— Так у моего Василия Петровича ломаного грошика не выклянчишь. Ну не любит человек просто так деньги раздавать. А если в виде заработной платы — это пожалуйста. Васютка уже и для коней своих корм только у местных покупает. Трактор им приобрел, чтобы землю пахали. Комбайн, чтобы овес и ячмень собирать. Сенокосилки. Но этого все равно мало — на всех работы все равно не хватает. А были бы музеи, были бы еще рабочие места. Видишь, сколько бед из-за твоего упрямства? И к нам ты не приехала, и тут в историю влипла.

Говоря без умолку, Алена оказалась на кухне, где проворно разгрузила принесенный с собой пакет с продуктами.

— Икра тебе сейчас позарез необходима. Шоколад — лучшая пища для мозга. Фрукты — жизненный тонус. Ну а вино...

— Не надо вина! — непроизвольно дернулась Инга и уже тише прибавила: — Пожалуйста, обойдемся без вина. Видеть его больше не могу. Ведь это из-за него все и случилось.

— Ну да? — не поверила ей Алена, но бутылку все же спрятала. — Тогда у меня еще водочка есть. Будешь? Под икорку?

Под икорку и горячий омлет с шампиньонами водочка пошла просто замечательно. Две подруги чокнулись за освобождение, выпили, закусили и снова выпили. На этот раз уже за полную и окончательную реабилитацию Инги.

— Значит, что мы имеем на сегодняшний день? Кто-то подсыпал в вино, которое вы пили с Кириллом, снотворное.

— Кто-то! — фыркнула Инга. — Верка и подсыпала!

— Или ее муж.

— Нет, это Вера. Я, пока в ванне сидела, вспомнила, что она мне недавно на бессонницу жаловалась. И еще сказала, что к врачу сходила и тот ей по блату отличное лекарство выписал: и недорогое, и помогает замечательно. Золовка всего полтаблеточки выпивает, а потом спит как убитая.

— Как убитая, — передернула Алена плечами. — Сравнение-то какое... Слушай, давай еще по рюмочке?

— А мы не сопьемся?

— Вряд ли. Мой Василий Петрович, бывает, по литру в день самогонки выпивает — и ничего. Бодр и весел. Так, и что с этой Верой? Надо к ней съездить и расспросить: какого фига она тебе такую подлянку устроила?

Инга пожала плечами:

— Не знаю. Мне всегда казалось, что Вера ко мне хорошо относится. Конечно, близкими задушевными подругами мы не были, но все-таки...

— А мне она никогда не нравилась. И я тебе об этом всегда говорила! Хитрая и завистливая дрянь. Помнишь, каких она тебе кавалеров сватала? Разве что не с помойки!

— Ну, это ведь она не от вредности. Других просто не было.

— А мне кажется, что очень даже от вредности. Чтобы тебя еще больше унизить! Мол, никому ты, такая из себя гордая и прекрасная, не нужна. Небось, специально для тебя женихов как можно хуже подыскивала!

— Ладно, допустим, снотворное в вино насыпала Вера. Мы с Кириллом об этом ничего не знали, выпили и дружно заснули. Я раньше, он чуть позже.

Помню, он еще тащил меня до кровати. И вроде бы разговаривал еще при этом с кем-то...

— Разговаривал? — насторожилась Алена. — С кем?

— Не помню. О чем я только что говорила? Сбила ты меня с мысли!

— Ты говорила, что вы с Кириллом заснули. А перед этим он перенес тебя на кровать.

— Да! И еще раздел. И сам рядом лег. А когда мы заснули, кто-то пришел и зарезал Кирилла.

— А тебя этот тип почему-то не тронул. Может быть, все-таки Вера? Кирилл для нее посторонний мужик, а тебя она пожалела. Все-таки родня, хоть и бывшая.

— У тебя ум за разум зашел! Зачем Вере меня или Кирилла убивать?

— Ну, не знаю... Чтобы тебя подставить. Не нравилась ты ей, вот она и придумала, как тебе насолить! Засадит тебя надолго за решетку, а сама будет тебе передачки слать и рассказывать, как у них на воле все хорошо, как ресторан ее процветает и какой Руслан у нее милый, работящий и заботливый. Ну, чтобы тебе еще больней сделать.

— Почему больней? Наоборот, рада за них буду.

— Ну так это ты! А Вера завистлива до ужаса. Она по себе судит.

Вообще-то нарисованный Аленой психологический портрет бывшей золовки удивительно точно обрисовывал характер Веры. Как ни была расстроена Инга, но и она хмыкнула. И все же покачала головой:

— Нет, Вера, может, и вредина, и завистливая, но она не убийца. Ты бы видела, во что превратился

Кирилл. Не человек, а дуршлаг! На нем места не было живого, одни сплошные раны. Вера никогда бы не отважилась столько раз всадить нож в тело живого человека.

— А кстати, нож нашли?

— Нет. Не знаю, хорошо это или плохо, но ножа пока что не обнаружили. Однако, по версии следователя, нож был из моего бытового комплекта. Там сталь отличная, и заточены они остро. Запросто можно человека убить. В общем, самого большого мясницкого ножа теперь в комплекте не хватает.

— Убийца забрал его с собой! Или еще где-нибудь к делу решил приспособить. Например, та же Вера! Будет теперь твоим ножом мясо у себя на кухне резать.

— Что ты все «Вера» да «Вера»? — вспыхнула Инга.

— А что? Натренировалась, небось, на рубке мяса у себя в ресторане.

— Максимум, что может сделать Вера, — разбить сырое яйцо или поджарить курицу. Да и то она предпочитает с мясом дела не иметь. Горячий цех у них на Руслане. Сама Вера — трусиха. Нет, это не она приходила. Тут был кто-то другой — очень жестокий и хладнокровный.

При мысли, что в ее квартире совсем недавно разгуливал убийца, Инга вновь затряслась от страха и порадовалась, что Алена так вовремя приехала из своих Дубочков. Подруга не даст ей погибнуть. Такая уж Алена есть: если видит, что кому-то приходится туго, обязательно остановится и поможет. И не потому, что ждет какой-то ответной услуги или благодарности, просто так поможет, от широты своей русской души.

— А как убийца попал в дом? Взломал дверь?

Инга задумалась. Вроде бы следователь говорил, что следов взлома на двери не было обнаружено. Не поверив словам подруги, Алена вооружилась лупой, с помощью которой еще отец Дмитрия — свекор Инги рассматривал марки в своих кляссерах. Лупа была еще советская, хорошая и надежная. С ее помощью Алена со всех сторон рассмотрела дверь и замки на ней и вернулась к Инге на кухню разочарованная.

— Да, никаких следов взлома. Ни царапинки — ничего.

— В полиции тоже склонялись к мнению, что либо дверь была не заперта, либо у убийцы имелся запасной ключ.

— А ты что думаешь?

— Ключом открыл. Я ведь дверь закрывала, хорошо это помню.

— Ну а ключ у убийцы откуда?

— Понятия не имею. Я свои ключи никому не раздавала.

— Здрасте! А я? У меня до сих пор где-то хранится твоя связка.

— Так это от квартиры родителей. Они уезжали, просили меня цветы у них поливать. А я тоже уезжала и тебе передоверила это дело.

— Ну ладно. А от этой квартиры ты никому ключей не давала? Точно это помнишь? А то ведь ты у нас рассеянная — замечтаешься и забудешь, что делала и чего не делала.

— Я никому ключей от этой квартиры не давала, — твердо произнесла Инга, для верности еще и отчеканив каждое слово. — Понятно?

Но Алена махнула на нее рукой:

— Это сейчас ровным счетом ничего не меняет! Твой муженек мог дать. Или сынок потерял. Или... или кто-то из знакомых мог взять да и дубликатик себе сделать.

— Мои друзья приличные люди.

— Все?

— Все!

— Так не бывает.

— Я никого из моих друзей не подозреваю.

— Не важно, — взмахнула рукой Алена, — если всех перебирать, уморимся, еще толком не начав. Давай сделаем так. Просто будем исходить из мысли, что убийца — это человек, близкий тебе, вхожий в твой дом и имеющий возможность спокойно раздобыть твои ключи. Для того чтобы сделать с них дубликаты, много времени ведь не нужно.

Инга слушала подругу с замиранием сердца. Все хуже и хуже! Чем дальше в лес, тем страшней. Сначала убийца Кирилла просто разгуливал у нее по квартире. А теперь еще выясняется, что этот человек хорошо знаком самой Инге. Получается, что в ее окружении имелся страшный преступник, а она не только общалась с этим человеком, но и считала его своим другом!

Было от чего похолодеть. И рука сама собой потянулась к хрустальной рюмке, которую сочувствующая горю подруги Алена уже заботливо успела наполнить прозрачной влагой.

Глава 4

На следующий день спозаранку две новоявленные сыщицы отправились на разговор с Верой. Для пущей убедительности они прихватили с собой Ваню — шофера, охранника, грузчика, сборщика мебели и вообще мастера на все руки и работника на все случаи жизни.

Ваня был бессменным стражем при Аленином муже еще со смутных девяностых годов. И потом никогда не отлучался от своего хозяина далеко и надолго. Исключение составляли лишь поездки Алены. Тогда Ваня, мысленно и духовно разрываясь между хозяином и хозяйкой, все же ехал с Аленой.

— Вы, Василий Петрович, в Дубочках и без меня не пропадете. А за Аленой Михайловной глаз да глаз нужен. Не хуже меня знаете, что она в разные истории впутываться мастерица. Увидит сироту на улице, захочет ему помочь. А тут родня мальчонки набежит, то ли цыгане, то ли басурмане. Грязные, в лохмотьях, босые — а на улице мороз минус тридцать. Нечистая сила, одним словом. Нет, как хотите, а я с Аленой Михайловной отправлюсь. Так и мне, и вам спокойней будет. А чтобы у меня совсем душа на месте была, вы, Василий Петрович, уж сделайте мне такую милость, не высовывайтесь никуда до моего возвращения из Дубочков.

И дав такой наказ своему хозяину, Ваня отправлялся следом за хозяйкой. Алена не возражала: Ваня умел быть полезным. Вот и сегодня ему предстоял сыграть роль устрашителя, запугав и застращав подлую Веру и ее супруга.

Алена осталась ночевать у Инги, заявив, что так будет безопаснее. А утром, еще до пробуждения хозяйки, Ваня смотался в гостиницу, где отказался от номера и перевез к Инге все вещи Алены. Так что, проснувшись, Алена обнаружила все ей необходимое под рукой. Как уже говорилось, Ваня умел быть полезным. И для своих хозяев он был кем-то вроде няньки, успев изучить за годы службы все их сильные и слабые стороны, недостатки и достоинства.

Но вчера вечером подруги даром времени не теряли. Выпив, закусив и приободрившись, сыщицы обошли соседей Инги, пытаясь выяснить, не видел ли кто из них в ночь убийства кого-нибудь подозрительного. А если не видел, то, может быть, слышал чего. Опрос дал удручающе скудный результат. Только один из соседей упомянул о некоей темной тени, которая вроде бы проскользнула в подъезд приблизительно около двух часов ночи.

Но был ли это убийца или кто другой, сказать точно было невозможно. Да и сосед этот не вполне был уверен в своих показаниях. Он повздорил с женой, сидел на лавочке и мерз, ожидая, пока супруга его найдет и вернет домой. Супруга все не шла, мужику приходилось много двигаться. Он прыгал, бегал и еще постоянно поглядывал в сторону дома, ожидая появления жены. И как незнакомец в темном пальто вошел в дом, хорошо видел. А вот как выходил, почему-то не приметил.

— А как долго вы прождали свою жену?

Оказалось, что где-то до трех утра. А потом окончательно замерз и пошел мириться сам.

Получалось, что если сосед видел преступника, тогда тот зашел в дом в два, а вышел уже после трех часов утра.

— Что же он делал так долго? Примерялся, как бы убить? Колебался?

— Может быть, искал что-то? Когда я проснулась, то в квартире был приличный бардак. Все вещи перевернуты, передвинуты. И драгоценности, которые я на выставке купила, пропали! И кольцо с танзанитом тоже.

Вторым пунктом после визита к Вере у деятельной Алены была назначена поездка в представительство ювелирного дома «Афина Паллада».

— Послушаем, что нам там о твоем Кирилле расскажут. Возможно, за мужиком охотились. Он ведь бизнесмен, запросто мог перейти кому-то дорожку.

— И его убили? Так кроваво?

— Ты права, почерк не очень-то похож на заказное убийство. Но, с другой стороны, никто ведь не утверждает, что киллер должен ходить за своей жертвой обязательно с винтовкой. Есть такие мастера своего дела, которым даже в кайф выдать свою работу за несчастный случай, например. Так и проблем меньше, а кому надо, те нужные выводы для себя все равно сделают.

— А ничего, что отдуваться за убийство мне придется?

Но Алена заверила Ингу, что киллеру на это наплевать. Для него главное — чтобы его самого не вычислили. Где уж тут про других думать!

Ресторан был уже открыт, но хозяев еще не было на месте.

— Ничего, — решила Инга, — мы подождем.

Долго ждать не пришлось. Возле ресторана притормозила грузовая «Газель», из которой вышли Руслан с женой. Вид у обоих был озабоченный. Они переругивались. Причем с улицы до Алены и Инги доносились только обрывки фраз:

— Достало...!

— Твоя мамочка могла бы...!

— Заткни пасть!

— Знала бы... Дверь открой!

— Не барыня...

— Мурло!

Наконец Руслан размахнулся, явно намереваясь стукнуть строптивую жену. Но Вера подставила ему подножку, Руслан едва не упал, а разгневанная Вера опередила его и влетела в ресторан словно фурия. Увидев Ингу в обществе Алены, которую не очень-то жаловала, женщина перекосилась окончательно. Но, надо отдать ей должное, быстро взяла себя в руки, расплылась в широкой улыбке и кинулась к бывшей родственнице и ее подруге:

— Аленушка, это ты? Какими судьбами? Как ты? Все хорошеешь!

И обняв ее, Вера запечатлела на щеках Алены два смачных поцелуя.

— Как я рада! Когда ты приехала? Надолго? По делам или просто развеяться?

— По делам. И дела эти таковы, что касаются тебя, Вера.

Голос Алены не предвещал ничего хорошего. Вера испуганно взглянула на нее. Она знала, как богат и влиятелен муж Алены. И знала, что при желании этому человеку ничего не стоит сровнять с землей и ее саму, и ее ресторан, и даже ее мужа, не посмотрев на многочисленных родственников. Муж Алены мог камня на камне не оставить от всей жизни Веры. И та хорошо это понимала.

Глаза у нее испуганно забегали, что не укрылось от внимательного взгляда Алены.

— Ага, значит, понимаешь, о чем у нас с тобой разговор пойдет?

— Не понимаю, — пискнула Вера. — Чего тебе от меня надо?

— Зачем Инге в вино снотворного набухала?

— Я?.. Какое снотворное? Я ничего такого...

Глазки у Веры теперь не просто бегали из стороны в сторону — они буквально закатились. Женщина была страшно напугана. Но при этом сдаваться не собиралась. Смекнув, что никаких доказательств против нее нету, она кинулась в атаку:

— Чего ты ко мне прицепилась? Какое вино? Какое снотворное?

— Прекрасно знаешь какое.

— Ничего я не знаю. И нечего тут пальцы гнуть! Приехала, фифа деревенская! Сиди со своим муженьком, за ним следи.

Услышав, как оскорбляют его дорогую хозяйку, Ваня тяжело вздохнул и угрюмо двинулся вперед. Вера взвизгнула и попыталась укрыться от охранника, выставив впереди себя стул. Вряд ли бы хрупкая деревянная конструкция ей сильно помогла, но Алена остановила Ваню:

— Погоди, я пока сама с ней попробую.

И, повернувшись к Вере, произнесла:

— Значит, думаешь, что если мы с мужем в деревне теперь живем, так у нас в городе и знакомых не осталось? Ошибаешься, моя дорогая. И в налоговой, и в санэпидемстанции, и в других местах. В вашем районе санитарный врач — Лапушкин Игорь Степанович. Как раз сегодня утром мы с ним о твоем ресторане говорили.

Вера насторожилась:

— О чем говорили-то?

— Да вот слухи ходят, будто бы вы домашним вином с мужем приторговываете?

— А даже если и так!

— И что за вино? Очень Игорь Степанович им интересовался. Опять, спрашивал, из Молдавии контрабандой везете или тут где поближе покупаете?

Вера нахмурилась еще больше. В словах Алены она отчетливо услышала угрозу благополучию своего бизнеса.

— А тебе-то что?

— Мне-то ничего, это Игорю Степановичу интересно. Просил у тебя спросить: что хоть за вино такое?

— Хорошее вино, — окончательно стушевалась Вера.

— А санитарным нормам соответствует?

— Конечно, — соврала женщина, причем даже доверчивой Инге было понятно, что она врет. — Всем нравится.

— Нравится, говоришь, — проворчала Алена. — Вино, говоришь, хорошее... Только эффект от твоего «хорошего» вина какой-то слишком уж... убойный.

— Ну, это смотря сколько выпить, — мигом подбоченилась хозяйка ресторанчика. — Если Инга выпила и заснула, так я не виновата. Она за этим вином уже пьяная приехала.

— Пьяная?

— Сама призналась, что целый литр пива выпила. Вот ее после вина и сморило!

— А откуда ты-то знаешь, что Ингу сморило? — прищурилась Алена. — Молчишь? А я тебе отвечу! Это ты ей снотворное в вино подсыпала, гадина! Позавидовала, змея ты подколодная! Навредить решила!

— Чему там завидовать? Ингу муж бросил, а у меня мой всегда под рукой!

— Тому позавидовала, что у нее мужик красивый да богатый нарисовался, а у тебя Руслан кривоногий и рябой! Что Ингу сначала муж любил-обожал, а потом она себе на замену еще лучше кавалера нашла. А на тебя за всю жизнь один только твой татарин и позарился. Да и то не на тебя, а на твой бизнес глаз положил!

В какой-то момент Инге показалось, что Вера сейчас набросится на Алену с кулаками. Но нет, обошлось. Может, Вера и хотела бы надавать тумаков Алене, но ее остановило присутствие охранника. Да и упоминание о некоем Игоре Степановиче, которого явно побаивалась Вера, тоже сделало свое дело.

Вера натянуто улыбнулась и произнесла:

— Ну что ты, Алена, говоришь такое? Никогда я Инге не завидовала. Снотворное случайно в бутылке оказалось.

— Случайно?

— Для себя бутылочку приготовила. Для себя, для дома. На ночь стаканчик со снотворным принимаю и отлично сплю.

— Для себя, говоришь?

— Ну да, — обрадованно затараторила Вера. — А Руслан мою бутылку переставил обратно на полку, где уже приготовленные на продажу бутылочки стояли. Вот так и получилось, что мое вино к Инге попало. Ошибка вышла, извиняюсь.

— Значит, никто не виноват? Простая случайность?

— Да. Случайность.

— А можно узнать, что ты делала той ночью? Ну, после того, как всучила Инге вино со снотворным?

Вера пожала плечами. Когда угроза наказания за историю со снотворным миновала, она оправилась. Испуг у нее прошел. Она выглядела почти безмятежно. Окажись Вера замешанной в убийстве Кирилла, вряд ли она смогла бы так быстро и основательно расслабиться.

— В ресторане у нас банкет был, — принялась объяснять она. — Троюродная племянница Руслана замуж выходила. До пяти утра молодежь гуляла, мы с мужем спать вовсе не ложились. Одни уйдут, другие вернутся: дескать, домой не хочется, лучше у вас посидим. Только от этих избавимся — снова первые вернулись. Наливай им по новой, закуску тащи, тарелки — обслуживай, одним словом. А как только последние гости разошлись, мы сразу же ресторан к следующему дню готовить стали. Между восьмью и десятью немножко подремали прямо в подсобке, а домой только к вечеру следующего дня пошли.

— Значит, в ночь банкета вы не уходили из ресторана? Ни ты, ни Руслан?

— Да.

— Подтвердить это кто-то может?

— Зачем?

— Говори, может или нет?

— Ну, повар наш тоже с нами оставался. К следующему дню завтрак готовил. Наутро пожилые родственники, которые вечером рано ушли, снова к нам приехали. Второй день свадьбы отмечали. И еще помощник повара с нами был... хотя нет, парень раньше вырубился. Но повар до восьми утра кашеварил. И две мойщицы с нами ресторан чистили к следующему дню. В восемь утра и они все ушли, а мы тут с Русланом остались.

— Ваше счастье, — сухо произнесла Алена.

Она выглядела недовольной. Еще бы, два отличных подозреваемых — Вера и ее муж — уплывали из ее хватких рук. Следствие в лице участкового Таринцева, который сегодня заглянул к Инге, однозначно заявило, что убийство Кирилла произошло в промежутке между двумя и тремя часами ночи. А в этот момент у Веры с Русланом забот было выше горла. Да и сотни полторы свидетелей — гостей на свадьбе — могли подтвердить, что хозяева неотлучно пребывали в ресторане, готовили и подавали все новые и новые блюда на пышной татарской свадьбе.

Вера окончательно оправилась от испуга. И поняв, что ей за ее вредность ничего не будет, спросила:

— А что случилось-то? Чего вы обе словно с цепи сорвались?

— Вино свое давай.

— Какое?

— Нормальное. Без снотворного!

Вера послушно притащила две полные бутыли. Алена взяла их и напоследок поинтересовалась:

— Полиция к тебе еще не приходила?

— Нет. А что случилось-то?

— Ну, когда придут, узнаешь! Спасибо за вино. Оно мне очень пригодится!

И с этими словами Алена покинула ресторан, зажав под мышками по бутыли с вином. А окончательно растерявшаяся Вера кинулась за подсказкой к Инге. Но та с внезапно проснувшейся в ней мстительностью лишь повторила слова подруги:

— Когда полиция у тебя появится, тогда и узнаешь!

Будучи дамами образованными, еще с младых ногтей из классики детективного жанра подруги знали: ничто так не пугает человека, как неизвестность и ожидание заслуженного возмездия.

Если хочешь не только наказать, но и перевоспитать преступника, присуди его к смертной казни, только дату исполнения приговора ему не оглашай. Ну а через год, два, три или пять можно и отменить суровое наказание. Этих лет, когда преступник каждый божий день будет ждать своей смерти и встречи с Создателем, должно хватить для раскаяния даже самому отъявленному грешнику.

И сейчас Инга была уверена, что она достаточно поквиталась с завистливой Верой. Теперь золовке предстоит вдоволь потрепать себе нервы, ожидая мести могущественной Алены. И пусть вредина голову себе сломает, пытаясь понять, зачем к ней должна в скором времени пожаловать полиция.

Алена ждала Ингу на улице. Выглядела она крайне обозленной.

— Ты это слышала? Полиция даже не удосужилась проверить твои показания по части снотворного в вине! Ну и работнички! Гнать их всех в шею надо!

— Не надо, — заступилась Инга. — Они работают. Правда! Но у них столько дел!

— Бумажная волокита! — отмахнулась Алена. — Надо работать, а не бумажками отписываться. Вся криминалистика превратилась в одну сплошную бумажную волокиту! — И, внезапно приободрившись, хлопнула Ингу по плечу: — Поэтому ты не дрейфь! Даже при самом скверном раскладе, если мы с тобой не найдем настоящего убийцу, Блумберг тебя отмажет. Он мастер эпистолярного жанра. Такие петиции в высшие инстанции пишет — зачитаешься. Пока он по третьему кругу все документы прогонит, у тебя уже правнуки родятся. А до суда дело так и не дойдет!

— Не хочется всю жизнь этому адвокату деньги отстегивать, — вздохнула Инга.

— Пусть тебя это не беспокоит. У Василия Петровича денег полно.

— Но с какой стати твоему мужу тратить эти деньги на меня?

— Не хочешь брать у моего мужа — найди себе собственного. Да вот хотя бы тот же Блумберг. Ему за сорок, он холостяк. Чем не пара? Кстати говоря, ты произвела на него впечатление.

— Я?

— Конечно. Он был сам не свой, когда звонил мне с отчетом. Даже этот сухарь проникся твоей ситуацией. Велел мне мчаться к тебе немедленно. Сказал, что дело жизни и смерти.

— Но ты появилась только спустя два часа...

Алена немного смутилась:

— Ну, я же тебя знаю. Вешаться из-за такой ерунды, как обвинение в убийстве, не в твоем стиле. Ты человек выдержанный и разумный. А чего хорошего, если бы я заявилась к тебе с пустыми руками? Зашла в магазин, деликатесами затарилась, и к тебе. Разве плохо получилось?

— Хорошо, — пробурчала Инга, не желая признаваться, что подруга вновь оказалась права. — И куда мы сейчас?

— Как это — «куда»? Выяснять, что за личность был этот Кирилл, конечно. Куда же еще?

В представительстве торгового ювелирного дома «Афина Паллада» было суетно и шумно. Эйфория от минувшей выставки в «Ленэкспо» уже прошла. Сотрудники приступили к новым трудовым обязанностям.

Однако признаков особой тревожности, сколько подруги ни вглядывались, на лицах суетящихся вокруг них людей они не заметили. Если тут и знали о случившемся с Кириллом несчастье, то далеко не все. Фотографии в траурной рамке и с обязательными цветами что-то тоже не было видно.

Тем не менее Алена не стала долго церемониться. Подошла к девушке за стойкой у входа и строго произнесла:

— Могу я видеть господина Охолупко?

— Кирилла Владимировича?

— Да.

— Он вас ждет?

— Он будет рад меня видеть.

Рука девушки замерла в воздухе на полпути к телефону.

— На какой час у вас назначена встреча? — уже настойчивей поинтересовалась она.

Алена мельком глянула на часы над головой девушки и ответила:

— На одиннадцать.

— По какому вопросу хотите его видеть?

— Это что за допрос?! — возмутилась Алена. — Мне необходимо видеть Охолупко по личному вопросу! Ясно вам? Или вам подробности нужны? Ну, так извольте услышать. Я от него беременна!

— Вы? — ахнула девушка. — От Кирилла Владимировича?

— Да, да! От вашего гулены Кирилла Владимировича! Ну что, сообщите вы ему о моем визите или будем разговаривать с ним уже в суде?

Разговаривать в суде никто не любит, поэтому девушка решила не доводить дело до скандала. Позвонила и сделала знак охраннику, чтобы тот проводил Алену с Ингой.

— Я так понимаю, Охолупко в офисе?

Девушка пожала плечами и вежливо улыбнулась:

— Ну а с кем я, по-вашему, только что разговаривала?

Алена взглянула на Ингу. Взгляд говорил о многом. Но Инга и сама была в страшном недоумении. Если Кирилл находится на своем рабочем месте, значит, он жив? А что же тогда произошло у нее в доме? И чей труп был забран санитарами из ее квартиры? И из-за кого, в конце концов, она провела почти сутки в отделении?

Идти далеко не пришлось. Офис располагался на первом этаже одного из домов вдоль Большого проспекта Васильевского острова. Многие первые этажи тут были выкуплены различными фирмами, переоборудованы из жилых помещений в офисы и отремонтированы под свои нужды. И фирма «Афина Паллада» пошла по этому пусть и затратному, но зато надежному пути. Что свое, то никто уже не отнимет. И никакой арендатор не будет стоять над душой, все повышая и повышая арендную плату или вовсе отказывая арендаторам в найме.

А в случае с «Афиной Палладой» такая позиция была совершенно правильной. Переезжать им было дороговато. Слишком много средств было вложено в отделку помещений. Холл был выложен мрамором, яшмой, лазуритом, кварцитом и другими камнями, конечно искусственными, но очень хорошего качества. Едва войдя, клиент сразу делал вывод, он попал к надежным партнерам, которые не скупятся на собственный офис, потому что намерены задержаться в нем всерьез и надолго.

Однако Инге было не до окружающих ее красот и бьющего в глаза богатства.

— Неужели он жив? — шепотом спросила Инга у подруги. — Кирилл жив?

— Тут какая-то другая афера.

Мужчина, к которому охранник доставил подруг, был высок ростом, хорош собой и чем-то отдаленно даже напомнил Инге Кирилла.

— Не он? — полувопросительно обратилась к ней Алена.

Инга вздохнула и покачала головой. Нет, конечно, это был не Кирилл. Совсем другой мужчина. И даже первоначальное сходство рассеялось, когда он заговорил. Кирилл номер один говорил мягко и даже как-то вкрадчиво. А этот рубил слова, словно высекая их из камня.

— Будем знакомы! Кирилл Владимирович Охолупко, генеральный представитель ювелирного дома «Даймондс».

— А разве вы работаете не в «Афине Палладе»?

— Наша фирма является представительством итальянского ювелирного дома «Даймондс» в Санкт-Петербурге. Но мне передали, что вы хотите видеть меня по какому-то личному делу.

— Да. Но сначала покажите нам ваш паспорт.

— Что? Зачем вам мой паспорт?

— Дело в том, что мою подругу обвиняют в вашем убийстве.

Услышать такое мало кому приятно. Кирилл поспешно шагнул назад. А охранник, все еще находящийся рядом, озабоченно крякнул и, напротив, сделал несколько шагов вперед.

— Да вы не бойтесь, тут какая-то ошибка. Мы никому вреда не причиним. Скажите, а вы точно господин Охолупко?

Теперь Охолупко не стал кривляться — достал паспорт и продемонстрировал его подругам. Фотография была именно его. Имя и фамилия тоже совпадали. И отчество было Владимирович.

— Скажите, а ваши родители были археологами? — спросила Инга у господина Охолупко.

— Вовсе нет. Мама у меня врач, отец — начальник отдела детской литературы в издательстве.

Выходит, не братья. Может, однофамильцы?

— А у вас в фирме нет другого Кирилла Охолупко?

Ее тут же заверили, что нет. Тем не менее господин Охолупко заявил, что хочет разобраться во всем до конца.

— Если кто-то выдавал себя за меня, я должен понять, с какой целью он так поступал.

Инге пришлось в очередной раз пересказывать историю своего знакомства с человеком, назвавшим себя Кириллом Охолупко. Нельзя сказать, что ей это доставляло удовольствие. Она прекрасно понимала, как глупо выглядит со стороны. Немолодая уже женщина, попавшаяся на удочку к какому-то прощелыге и мошеннику.

— Но я не понимаю, откуда у самозванца мог взяться бейджик с вашим именем, — закончила она.

— В этом как раз нет никакой загадки: один я где-то посеял. Девушка со стойки организаторов быстро нашла для меня запасной.

— А кольцо? Мой Кирилл подарил мне кольцо. Сказал, что это изделие вашей фирмы.

— Соврал.

— Но я нашла похожее кольцо на вашем сайте.

Это известие заставило настоящего Охолупко встревожиться еще больше.

— Кольцо при вас? Покажите мне его, пожалуйста.

Инга развела руками. К сожалению, кольцо пропало вместе с другими ее драгоценностями.

— Его украл преступник.

— Тогда я не могу судить, — вздохнул Охолупко. — Кольцо могло быть просто похоже на те, какие производим мы.

Но Инга-то была уверена, что кольцо то самое! Она не дурочка, чтобы спутать два просто похожих изделия. И она пустила в ход козырь, который считала самым сильным:

— Но с тем Кириллом, с которым я была на выставке, многие здоровались!

— В этом тоже нет ничего необычного. Наверное, он сам здоровался с людьми, а те здоровались в ответ. Или люди читали имя на бейджике и спешили поздороваться. Не все же знают меня лично и в лицо. Многие только слышали или видели мои фото.

— Вы с ним немного похожи.

— Вот видите! Ваш мошенник прикинулся мной, практически ничем не рискуя. Даже если бы мы с ним столкнулись нос к носу, он всегда мог бы сослаться на собственную рассеянность. Ну, нацепил чужой бейджик... это ведь не подделка документов. Просто опознавательный знак, ничего более.

Алена кивала. А Инга не знала, куда ей деваться от стыда. Какой же дурой надо быть, чтобы поверить проходимцу! Ничего про него не выяснила, документов не спросила. Да еще и домой его к себе пригласила! Что теперь подумают о ней все эти люди? Только то, что она легковерная дура. И, пожалуй, они будут правы.

— Но у него была машина, личный шофер, — попыталась оправдаться Инга и вновь потерпела поражение.

— Машину можно легко взять напрокат. И шофера, кстати говоря, тоже.

— Но этот человек держался очень уверенно. Много рассказывал о своей работе. Может быть, это кто-то из ваших сотрудников?

— А знаете, мне эта мысль тоже пришла в голову. Буквально за минуту до вас. Я как раз ее обдумывал, когда вы заговорили на эту тему.

Охолупко явно принадлежал к породе тех мужчин, которые всегда и во всем стремятся обойти женщину, желают во всем быть первыми. Но если уж они признали мысль женщины своей, то будут держаться за нее руками и ногами. Так произошло и с Охолупко.

— Если вы не против, то давайте пройдем в отдел кадров, там есть личные дела всех сотрудников с фотографиями. Может быть, ваш мошенник или его шофер найдутся среди них.

Инга послушно прошла в указанном направлении. И будучи усаженной за отдельный стол, старательно просмотрела все личные дела сотрудников. Ей дали только фотографии мужчин, но и их было не меньше сотни.

— Какой у вас большой штат работников!

Охолупко польщенно кивнул:

— А в последнее время мы еще больше его расширили за счет реорганизации и обновления охраны и службы безопасности. В прошлом месяце у нас случилось ЧП. Вот после него мы и расширились.

— А что произошло?

— Было совершено проникновение на наш склад с готовой продукцией.

— И что украли?

— К счастью, орудовали там дилетанты. Да и сам склад был еще не оформлен до конца — там заканчивались отделочные работы. Грабители забрали несколько слитков металла, который планировалось использовать для инсталляций в стиле хай-тек. Хотя интерьер — это не совсем наша тематика, но мы решили попробовать, что получится. И для отделки использовали собственное помещение с готовой продукцией.

В планах Охолупко рассчитывал на то, что явившиеся за своими заказами клиенты попадают в обморок от дизайнерского решения и захотят заказать себе в фирме точно такое.

— Кроме металла пропало несколько образчиков минералов, которые также планировалось использовать в интерьере. Но в целом ущерб был невелик. Как говорится, не столько ущерб, сколько позор. Мы усилили службу охраны, и больше безобразие не повторялось.

Инга кивала и листала одно дело за другим. Брюнеты, блондины и рыжие. Фотографии были хорошего качества, цветные. Лица людей на них были вполне узнаваемы. Но, увы, ни одна из фотографий не была даже отдаленно похожа на водителя ее Кирилла или на него самого.

Глава 5

Когда подруги вышли из офиса компании «Афина Паллада», Алена была вне себя от злости. Но не на Ингу, как та вначале подумала и даже приготовилась оправдываться. Это ей не понадобилось. Алена злилась на сотрудников полиции.

— Подумать только, они даже не удосужились сунуться в эту контору! Ну и работнички! Да, Инга, если мы сами не распутаем это дело, нечего и надеяться на полицейских!

— Не ругай их. У них много работы.

— Ты и есть их работа!

И всю дорогу до отделения полиции, откуда вчера была выпущена Инга, ее подруга не переставала честить работников полиции на все корки:

— Ну, бездельники! Ну, халтурщики! Ну, я им сейчас покажу!

Впрочем, показывать Алене ничего и никому не пришлось. Наоборот, это ей показали. А именно подвели обеих женщин к компьютеру и включили монитор.

— Узнаете?

Инга ахнула. На нее смотрел ее собственный Кирилл! Тот самый, с которым она вкусно проводила время, гуляла в Пушкине, пила вино, смеялась и веселилась.

— Да, это он! Мой Кирилл. Но... но почему он тут, у вас?

И было чему удивиться. Фотографии Кирилла не позволяли сомневаться в том, что этот мужчина имел уголовное прошлое. Он был запечатлен анфас и в профиль. Более того, на нем была темно-синяя зэковская роба.

— Он уже сидел!

— И не один раз.

Инга схватилась за голову. С кем она связалась? Кирилл оказался не просто мошенником, выдавшим себя за другого человека с целью втереться к ней в доверие. Все было еще хуже. Он был преступником, уже неоднократно судимым!

— А за что его посадили? — с трепетом поинтересовалась Инга. — И... и почему вы мне об этом ничего не сказали?

Следователь развел руками:

— Сами только что получили эти данные. По результатам дактилоскопической экспертизы был сделан запрос. И вот что нам сегодня прислали. Кусакин Михаил Юрьевич, тридцати девяти лет от роду, дважды судимый за мошенничество. Брачный аферист, на его счету около десятка обманутых женщин, у которых он жил, представляясь всем женихом, а потом без всякого стеснения крал у своих «невест» деньги, драгоценности и другие ценные вещи. Либо придумывал какую-нибудь жалостливую историю, после чего жертвы сами расставались с деньгами и драгоценностями.

— Значит, обманутых много? Целых десять женщин?

— На самом деле их может быть много больше. Десять — это только те, которых Кусакин обманул до своей последней отсидки. По материалам дел этих десяти потерпевших преступник и был отправлен за решетку.

— И давно он освободился?

— Примерно год назад. С тех пор ни в чем предосудительном замечен не был. Во всяком случае, жалоб и заявлений на него больше не поступало.

— А я уверена: он снова принялся за старое! — гневно воскликнула Алена. — А Ингу выбрал в качестве жертвы!

— Только ваша подруга оказалась не лыком шита, раскусила негодяя и наказала его, не дожидаясь вмешательства полиции.

— Чего? — насторожилась Инга. — Вы это о чем?

— Ну, теперь-то уж можете нам признаться. Это ведь вы убили афериста?

— И не думала! Я понятия не имела, кто он такой на самом деле. Искренне считала его порядочным человеком, генеральным представителем... Ах, да что там одно и то же повторять! Никакой он не представитель, а просто обманщик! Но я его все равно не убивала! Ясно вам?

— Не очень. Вы не убивали, а кто тогда?

— Сколько раз вам повторять: не знаю! Кстати, я выяснила, кто добавил снотворное в вино, которое мы пили с Кириллом.

Инга решила больше не покрывать Веру. Пусть отвечает за свои поступки.

— И кто же?

— Сестра моего бывшего мужа — Вера. Перепутала бутылки. Нам дала свою, со снотворным.

— Она может это подтвердить?

Инга кинула вопросительный взгляд на Алену.

— Подтвердит! – решительно кивнула подруга.

Следователь откинулся на спинку стула и задумчиво произнес:

— Ну, в принципе, это не столь и важно, подтвердит или не подтвердит. Дело-то все равно сложное. Вы не убивали, а кто убил — не знаете. И следов постороннего присутствия у вас в квартире не наблюдается. Поверх ваших отпечатков и отпечатков покойного отпечатков других людей нет.

— Преступник мог орудовать в перчатках.

— Возможно.

— И ведь должен был быть кто-то, кто убил Кирилла. Один из соседей видел, как незнакомый человек входил в наш подъезд. И было это около двух часов ночи.

— Это какой же сосед? Тот, что с женой поссорился и на улице полночи мерз? Говорили мы с ним. Ничего существенного он не видел. Он даже не уверен, кто был этот человек — мужчина или женщина. И так же он не может сказать, в какую именно квартиру направлялся этот тип.

— Но можно ведь опросить всех жильцов нашего подъезда. Если этот человек был свой, соседи не станут скрывать. Скажут: так, мол, и так, это я сам был, из гостей поздно возвращался. Или брат ко мне приехал, квартиру у него затопило, вот он ко мне среди ночи и подался на ночевку.

Судя по взгляду следователя, заниматься такой нудной работой ему смертельно не хотелось. И где-то Инга его даже понимала. Работа предстояла большая, а результат был очень туманным.

— Я сама опрошу соседей! — вызвалась она.

Следователь повеселел:

— Правильно. Спасение утопающих — дело рук самих утопающих.

Алена в ответ так на него посмотрела, что следователь мигом присмирел. И, словно извиняясь, добавил:

— Людей очень мало. А те, кого присылают, совсем зеленые. У вас есть еще какие-нибудь версии? Как будете действовать?

— Дайте нам адреса и координаты тех женщин, которых в свое время обманул Кирилл, — решительно потребовала Алена.

— Думаете, одна из них его и прикончила? Из мести?

— А вы такую версию не рассматривали?

Следователь побагровел. Эти две проныры одновременно и раздражали, и восхищали его. Особенно эта... подозреваемая. Другая бы на ее месте просто подняла лапки вверх и смиренно потопала в камеру.

А эта вот сопротивляется, дергается. Да еще и подругу откуда-то раздобыла. А подруга эта не из простых. Это следователь Фискалов почувствовал каким-то шестым чувством, тем самым знаменитым сыщицким чутьем, которое крайне необходимо каждому хорошему следователю.

Про себя Фискалов мог сказать, что он следователь хороший. Процент нераскрытых дел у него был не больше и не меньше, чем у других следователей. Но зато при этом он мог сказать, что никогда не занимался подтасовкой фактов. Только в том случае, если все сходилось и сердце его было спокойно, он передавал бумаги в суд.

И вот сейчас он готов был поклясться, что эта стройная женщина скандинавского типа с удивительно спокойными голубыми глазами и светлыми волосами, лежащими у нее на плечах подобно светлому облаку, никого не убивала. Даже если бы этот Кусакин вынес все имеющиеся в доме ценные вещи, все равно бы она его не стала убивать, да еще спящего и с такой изощренной жестокостью. Потому что не было в этой женщине никакой жестокости. Твердость была, хладнокровие было, а вот жестокости — нет, не было.

Но как уже говорилось, народу у следователя было мало, а работы много. И поэтому, вытянув из принтера тонкий листок бумаги, он протянул его женщинам:

— Вот вам адреса потерпевших от махинаций Кусакина. Не хочу, чтобы вы напрасно ноги себе оттаптывали, разыскивая их. Поэтому сразу же говорю: все эти молодые женщины были удовлетворены той карой, которую уже понес их «жених». Многие и полтора года колонии общего режима считали слишком суровым наказанием. Уверен, они могли и забрать назад свои заявления, да была там одна дамочка, которая им этого не позволила.

— Дамочка?

— Очень такая идейная девушка. Прямо комсомолка тридцатых годов. Все время твердила, что старается не лично для себя, не из мести или там глупой оскорбленной женской гордости. У нее, дескать, иные побуждения: надо обезопасить общество и других женщин от такого человека. Для других старалась, одним словом. Потому и заявления тем, кто послабей, не разрешила забрать.

— Тогда, по идее, это Кирилл должен был бы ей мстить, а не она ему.

— Вот и я вам о чем говорю. Да и давно это было. Надо бы вам поближе поискать.

— В смысле?

— Ну, верно вы заметили, Кусакин этот уже год как освободился. Наверняка успел новых делишек натворить. Новых дамочек «обуть». Вы же говорите, он хорошо одет был и при деньгах?

— Сорил ими без счета.

— Вот! Значит, должен был у кого-то их раздобыть. А у кого?

— Может быть, у родителей? Родители у него живы?

— Живы, — охотно кивнул следователь. — Специально наводил о них справки. Они живы и живут в Вологде. Про своего сына ничего не слышали и слышать не хотят вот уже много лет. По их словам,

Михаил уехал из дома, чтобы поступать в училище. Но учебу бросил, и где обитает ныне, родители его не знают.

Выходит, и про родителей Михаил наврал Инге! Но у нее оставалась еще слабая надежда, что хоть что-нибудь в словах этого вруна окажется правдой, и она спросила у следователя:

— А его родители... они кто? Археологи?

— С чего вы взяли? Нет. Вот дед — тот у них действительно был известным археологом. Михаил часто у него гостил. Только дед много лет назад пропал во время своей очередной экспедиции на Алтай.

Вот оно что! Значит, кое-что в рассказе Михаила соответствовало действительности. Хоть и не родители пропали в экспедиции, а дед, но все равно. Инге было радостно это слышать, хотя она и не понимала почему.

Но следователь уже вновь вернулся к насущным вопросам:

— Так что ни родители, ни дед денег Михаилу дать не могли. Где же он их взял? Ответ очевиден: обобрал какую-то очередную доверчивую дурочку, которая ему поверила.

— Как я, — с горечью кивнула Инга.

Но следователь ее жеста не заметил. Он уже увлекся, планируя для подруг их действия на несколько дней вперед.

— И еще на что следует обратить внимание — машина.

— Машина?

— Да, машина, на которой вы с Кусакиным катались по городу. Помните ее номер? Марку?

Инга удрученно покачала головой:

— Номер не помню. А марка... «Мерседес», там было три луча на эмблеме.

— Этого мало. Может быть, что-то еще запомнили?

— Шофера Виталием звали.

— А фамилия?

Инга развела руками.

— Ну, нет так нет, — посочувствовал ей следователь. — В конце концов, может, вам удастся и без машины установить, где и у кого Кусакин после отсидки разжился такими бабками. Ведь если даже машина и костюм были взяты им напрокат, то все равно на это нужны деньги. И для того, чтобы нанять шофера, тоже.

Следователь рассуждал весьма здраво. Но на одних рассуждениях далеко не уедешь. Нужно было двигаться. И, выходя от следователя, подруги возбужденно обсуждали, к кому из обманутых женщин поедут сначала.

— Девушки, могу я вам чем-то помочь?

Оглянувшись, Инга увидела участкового Татаринцева.

— Слышал, что вас отпустили под подписку? — подошел он к ней, приветливо улыбаясь.

— Да.

— Очень рад. А вы что, я так понял, решили сами найти преступника?

— Решили.

Инга ожидала, что Татаринцев начнет их отговаривать, но он не стал. Неожиданно он улыбнулся ей еще шире и произнес:

— И это правильно. Могу я для вас что-нибудь сделать?

Инга хотела сказать, что он и так уже помог ей своим простым участием, когда ей было хуже всего, но тут неожиданно вмешалась Алена.

— Конечно можете! — заявила она. — Вы можете обойти соседей в подъезде и выяснить, возвращался ли кто из них в ночь убийства домой около двух часов ночи. Или, может, гость к ним какой припозднившийся заглядывал? Понимаете? Это очень важно.

— Я и сам думал заняться этим.

— Вот и займитесь, — строго произнесла Алена. — Займитесь, гражданин участковый. А вечером звякните и отчитайтесь о добытых результатах вашего обхода!

На какую-то секунду Инге показалось, что Таринцев сейчас возьмет под козырек. Но нет, удержался. Рука только дрогнула, но осталась на месте.

Первая из намеченных подругами обманутых женщин жила в Невском районе. Это была та самая Звягинцева Марина, активистка и комсомолка, о которой упоминал следователь Фискалов.

— А... Совесть народная вам нужна, — понимающе протянула пожилая дворничиха, когда подруги спросили у нее, где тут тридцать пятая квартира. И, ткнув пальцем в один из подъездов, прибавила: — Там она живет. Только днем вы ее дома не ищите, работает она.

Услышав, что Марину они дома не застанут, подруги притормозили возле дворничихи.

— Похоже, вы ее хорошо знаете?

— Да ее все тут знают. Тьфу! Молодая девка, а хуже чумы!

— Почему?

— Зануда, вот почему! Замуж ей надо, да кто же такую возьмет?

— Страшная очень?

— На личико так даже и симпатичная. Но характер... жуть! Как вцепится, все! Кранты! Нипочем не отстанет, пока по-ейному не выйдет. Вот скажите мне, кому эта лавочка могла помешать? А? Скажите мне это!

Подруги посмотрели в предложенном им направлении, но никакой лавочки там не увидели.

— Правильно, и нету ее тут! А все почему? А потому что Марине она мешала. На ней, дескать, пьяницы собираются, пиво пьют. А ночью подростки под гитару песни горланят. Собаки возле нее гадят, мусор собирается... тра-та-та, тра-ля-ля. Уж мне по должности положено было бы первой протестовать или хотя бы жильцам, чьи окна на эту сторону выходят. Марине той чего? Мусор ей не убирать. Окна ее квартиры в садик смотрят, пьяниц на скамейке ей и не слышно. Живи себе и радуйся. Так нет! Добилась все-таки, что лавочку эту убрали.

— А как добилась?

— Ну как... сначала заявления одно за другим писала. И в полицию, и в исполком, и в администрацию города. Требовала, чтобы власти навели порядок. Только никто порядка, ясное дело, не навел. Потому что порядок — он вот где должен быть. — И дворничиха постучала себя по лбу. — Порядок — он в головах у людей должен быть. Иначе пиши или не пиши жалобы, а толку все одно не будет.

Видимо, Марина это тоже поняла, потому что жалобы строчить прекратила. Но зато однажды утром, заступив на свой пост, дворничиха тетя Дуся была неприятно поражена исчезновением злополучной лавочки.

— Вот вчера еще стояла, а утром нет. И куда делась?

Лавочка обнаружилась в саду.

— Маринка ее перетащила. Не иначе. И как доперла только? Две тяжеленные бетонные тумбы, сиденье длинное. Одной бы ей нипочем не сволóчь. Попросила, небось, кого-то.

Однако на этом приключения лавочки не закончились. Подростки и пьяницы быстро обнаружили, куда переместилась их любимая скамейка. И нашли, что это место даже лучше прежнего: тихо, садик, кусты, в случае необходимости домой в туалет и бежать не надо. Можно прямо тут, возле лавочки, сходить «по-маленькому».

Понятное дело, что это Марине тоже не понравилось. И лавочка отправилась еще дальше. Теперь она очутилась на территории детского садика, который был огорожен и ночью обязательно охранялся сторожем. Нынче на лавочке сидели воспитательницы, которые были очень довольны, что им принесли такую хорошую, прочную и удобную скамейку.

— Понятно вам теперь, что за фрукт эта Марина? За триста метров тяжеленную лавку отволокла, чтобы только в квартале порядок был.

— Понятно.

— Вот то-то и оно. А вам она по какому вопросу нужна?

— По личному. Мы насчет ее мужа хотим расспросить.

— Мужа-а-а? — недоверчиво протянула дворничиха, которая была явно не прочь поболтать. — Что-то никакого мужа я у Маринки не припомню. Дед был, да помер. Тоже старый коммуняка. До последнего дня на митинги бегал, все за власть трудящихся ратовал. Уж всем ясно было, что от этой власти один пшик остался, а он все не хотел сдаваться. Упрямый был. Маринка вся в него.

— Нет, муж Марины — Кусакин Михаил, он...

— Мишка? — перебила подруг тетя Дуся. — Так вы бы сразу и сказали, что вам Мишка нужен! Нет, Мишка — он Маринке не муж.

— А кто?

— Хахаль он ейный. Только поссорились они с ним. Года два или даже два с половиной его тут не видать было, а недавно опять появился.

Тетя Дуся, увидев Михаила, очень удивилась. Она не видела его давно. А ведь вместе с Михаилом пропали двести кровных тети-Дусиных рублей, которые она одолжила обходительному и обаятельному жениху соседки на лекарства для занемогшей Марины. Каково же было удивление тети Дуси, когда этим же днем она встретила саму Марину, которая бодро волокла на себе целых две торбы с продуктами.

— Марина! Да что же ты больная из дому вышла! — напустилась на девушку дворничиха. — Мишка тебе за лекарствами бегает, заботится. А ты в гроб вогнать себя хочешь? Сумки с температурой таскаешь?

Марина поставила сумки на землю и непонимающе уставилась на тетю Дусю:

— Кто за лекарствами бегает?

— Мишка твой! Двести рублей у меня занял и в аптеку побежал.

Марина ничего не ответила. Подхватила сумки и пошла к себе. Тем же вечером она позвонила в квартиру к тете Дусе, которая являлась ее соседкой с первого этажа, и сунула старухе две идеально гладкие бумажки. Лицо у нее было красное. И глаза както неестественно блестели. Видать, Марину здорово скрутил грипп или другая какая хворь.

— Вот долг. Возьмите.

— Купил Мишка лекарства-то тебе?

— Купил.

— Ну и лежи. Чего вылезла? Небось, не помираю я, через недельку бы отдала, невелика сумма.

— Не приучена в долгу быть, — сухо ответила Марина и ушла.

На следующий день она как ни в чем не бывало отправилась на работу. Но вот только Михаила дворничиха больше не видела...

— И тут вдруг буквально недели две назад снова объявился!

Когда тетя Дуся увидела своего старого знакомого, она его даже не сразу узнала. Михаил вышел из красивой и страшно дорогой новой машины. Костюм на нем сидел как влитой. Пальто из тонкой, неизвестной тете Дусе ткани красиво переливалось. Сам Мишка выглядел помолодевшим и посвежевшим. От него пахло дорогим парфюмом, хорошим коньяком и чем-то неуловимым, чему тетя Дуся и определения-то найти не сумела.

— Ясное дело, я его сразу остановила. Где, говорю, двести рублей, что ты у меня на лекарства для Марины занял? Ну, он сначала вроде бы и не вспомнил. А потом просиял, да деньги из кармана достал и мне же в карман сунул.

— И все?

— Почему? Поблагодарил еще. Сказал, что я его тогда очень выручила. А как ушел, я на деньги глянула и прямо обомлела. Давала-то я ему двести рублей, по сотне две бумажки. Да и те мне Маринка давно вернула. А отдал... отдал-то он мне две тыщи! Тоже две бумажки, только достоинства другого!

Честная тетя Дуся, в жизни своей не взявшая ни одной чужой копейки, тут прямо оторопела. Она решила, что Михаил ошибся. И стала его ждать, чтобы вернуть деньги. Михаил вновь появился на улице довольно скоро. Не прошло и десяти минут, как он выскочил из дома.

Вид у него теперь был далеко не такой лощеный. Волосы встопорщились. Глаза шныряли по сторонам. А костюм и пальто выглядели так, словно бы ими вытерли пыль. Озираясь, Михаил кое-как отряхнулся, пригладил пятерней волосы. И тут же рядом с ним прямо на асфальт плюхнулся кулек с картофельными очистками. Еще спустя секунду на плечи Михаила плавно спланировали луковая шелуха и фантики.

Тетя Дуся задрала голову, пытаясь понять, откуда падает мусор. И от изумления временно лишилась дара речи. На своем балконе стояла поборница чистоты и порядка Марина, в руках у нее было пустое пластмассовое ведро. И не вызывало сомнений то, что это его содержимое сейчас окружает Михаила, а частично лежит на нем самом.

Михаил тоже задрал голову.

— Дура! — закричал он, грозя Марине кулаком. — Еще вспомнишь меня!

Марина не ответила. Сопя, она нырнула в глубину балкона, а обратно появилась с двумя литровыми банками томатов. Плюх! Бух! Томаты начали взрываться возле ног Михаила, словно гранаты. Спасаясь от темно-красных брызг и битого стекла, летящего во все стороны, Михаил кинулся к своей машине. Но Марина успела метнуть ему вслед еще одну банку, которая оставила на заднем бампере приличных размеров вмятину.

Когда тетя Дуся дошла до этого места, Инга нервно вздрогнула. На той машине, на которой катал ее мошенник, сзади тоже была вмятина! Сомнений не оставалось: машина была та же самая. Надо было узнать, где негодяй разжился такой дорогой тачкой. Купил? Но где он взял деньги на покупку? По словам следователя, Михаил не имел никакой профессии. Жилья в Питере, кстати говоря, он тоже не имел. Был прописан у какой-то своей знакомой, которая по мягкосердечию не выписывала его до поры до времени. И откуда у такого человека могли взяться дорогая машина, вещи и личный водитель?

Подруги надеялись, что получат ответ от самой Марины. И поэтому приняли решение ждать возвращения женщины. Тем более что тетя Дуся объяснила им, что Марина в обеденный перерыв частенько заскакивает к себе домой, чтобы хлебнуть горячего супчику.

— Маринка работает в собесе. У них там при бывшем райкоме есть неплохая столовая. Но Маринка туда не ходит и тамошнюю еду не ест. Говорит, что не может позволить себе есть антрекоты по двести рублей за порцию с большим гарниром, когда у других людей, кто, возможно, больше в дешевой и полноценной еде нуждается, такой возможности нет.

Сознательностью Марины оставалось то ли восхищаться, то ли пугаться. Но одно подруги поняли сразу: с такой открытой к борьбе со всяческой несправедливостью женщине надо подходить очень осторожно.

Тетя Дуся не ошиблась. Марина появилась около двух часов дня. При виде подруг и охранника, выбравшегося из машины вместе с сыщицами, она ничуть не испугалась и не удивилась.

— Михаил Кусакин? Знаю ли я его? Ну конечно знаю! А кто вы такие?

Выслушав рассказ подруг о том, что Михаил вновь взялся за старое, она кивнула:

— Не могу сказать, что меня это удивляет. Я давно поняла, что с этим человеком у меня общего будущего быть не может. Была слабая надежда, что тюрьма его исправит. Поэтому я даже и Милочку-то не слишком отговаривала. Но теперь понимаю: зря. Надо было ей запретить общение с этим человеком.

— Кому запретить? Какое общение? А Милочка — это кто?

— Сейчас я вам все расскажу, — снова кивнула Марина. — И хотя я не уверена, что мой рассказ поможет вам поймать Кусакина, я все же выполню свой долг. Он ведь снова принялся за свое? Да? Ну так я и знала! Горбатого могила исправит.

О том, что Михаил Кусакин мертв, сыщицы пока что говорить Марине не стали. Хотели сначала послушать, что она скажет о нем, полагая, будто бы говорит о живом. А потом сравнить со словами той же Марины, но уже когда она будет знать, что Кусакин умер.

— Меня многие упрекают за чрезмерную гражданскую активность, но в отношении таких людей, как Михаил, иначе просто нельзя. Если бы мы с девочками не засадили тогда его за решетку, он бы продолжал заниматься обманом и кражами. Продолжал бы разводить других женщин.

Однако если Марина воображала, что после тюрьмы Михаил вернется осознавшим свои поступки, исправившимся и вообще честным и благородным, то ее поджидало разочарование. Нет, сначала вроде бы все было ничего. О том, что Михаил освободился, Марина узнала от других его жертв. Они же сказали, что Михаил живет сейчас у Милочки.

— Представляешь, эта глупая овечища все время писала ему письма со всякими там соплями. Мол, люблю, прощу, не могу без тебя. А потом еще и передачки ему слать принялась. Каждый месяц на почту с тюками таскалась. И как вы думаете, Михаил оценил? Проявил к Милочке благодарность? Нет! Вернулся, помылся, пришел в себя. Отъелся на домашних пирогах и блинах. Прописался опять же. Но не прошло и двух месяцев, как этот гад бросил Милочку и куда-то свалил.

Почистив перышки, Михаил почувствовал, что вновь способен на большее, чем оставаться с тихой и преданной, но, увы, совсем небогатой и скучноватой Милочкой. Правда, кое в чем он изменился. На сей раз Михаил ушел, прихватив с собой только те вещи, которые Милочка лично ему подарила. Ничего из ценных вещей не взял. Впрочем, ценностей особых у Милочки и не сохранилось.

Рыдая, Милочка кинулась за поддержкой к Марине. Именно Марина стала инициатором того, что Михаил оказался на скамье подсудимых. Именно Марина бегала от одной жертвы Михаила к другой, разыскивая и уговаривая их выступить против обвиняемого на судебном заседании. И вот теперь, признавая за Мариной неоспоримое преимущество духа и характера, Милочка прибежала за советом именно к ней.

Марина ее горя не разделила. И сурово сказала:

— Чего ревешь-то? Радоваться надо, что так случилось.

Но Милочка не образумилась. Она вновь и вновь принимала у себя Михаила, когда тому приходила охота вспомнить старую подружку. Проведя у Милочки одну ночь, Михаил вновь исчезал на неопределенное время. А Милочка звонила Марине и рассказывала, что Кусакин ничуть не изменился, что он все такой же...

Таким образом, Марина более или менее была в курсе того, чем занимается Михаил. И ее сердце переполнял гнев. Он явно принялся за старое. Милочка говорила, что у него вновь появились деньги. А пару месяцев назад заявила, что деньги у Михаила и вовсе теперь немалые. И что он говорит, будто занялся бизнесом. А что за бизнес, не сообщает. Да и не похоже, чтобы он убивался на работе. Ночи напролет он проводит в ночных клубах и стал завсегдатаем самых модных заведений.

— Но чем именно занимался Михаил?

Марина пожала плечами:

— Я с ним не общалась со дня суда. Тогда я откровенно высказала все, что думаю о нем, о его образе жизни и том, как он кончит. Больше мне прибавить нечего. Ничего нового я насчет Михаила с тех пор так и не придумала.

— А вот насчет того, как он кончит? Что на этот счет вы думаете?

— Плохо он кончит. Пристукнет его кто-нибудь за его художества. Сколько веревочке ни виться, а конец найдется. Это мы с девчонками такие мямли, что все Мишке прощали и до сих пор прощаем. А другие женщины могут жестче нас оказаться.

Подруги переглянулись. Марина говорит просто так или имеет какую-то информацию на сей счет?

— Мы знаем, что буквально пару недель назад Михаил приходил к вам.

— Приезжал на шикарной машине, — не стала отпираться Марина. — Деньгами передо мной сорил. Хвастался, что ухватил за хвост птицу удачи, которая ему в клювике все на свете приносит. Чего душа Мишкина ни пожелает, все ему Таисия несет!

— Таисия?

— Он так назвал эту несчастную. Мне лично кажется, что никакого бизнеса у Михаила не было и нет. Он нашел где-то богатую легковерную женщину, эту самую Таисию, и принялся ее доить. Но если вам интересна эта история и вы хотите узнать побольше, обратитесь к Милочке. Повторяю, это она продолжала носиться с Мишкой. А я, как только увидела его у себя на пороге, сначала оплеух надавала, а после с лестницы спустила.

Про бомбардировку домашними томатами и дождь из мусора и картофельных очисток Марина говорить не стала. Видно, считала, что гордиться тут особенно нечем. Вот если бы ей удалось попасть банкой в голову Михаила, тогда да, было бы чем хвастать. А так... одно сплошное разочарование. И домашних заготовок лишилась, и особого ущерба своему врагу не причинила.

И все же подруги попрощались с Мариной, чувствуя смутное недовольство в душе. А что, если это она прикончила Михаила? Можно ли считать человека способным на убийство только потому, что он опорожнил на голову другого человека свое мусорное ведро? Или, отчаявшись исправить преступника более мягкими средствами, Марина приступила к решительным действиям?

Глава 6

Милочка, о которой рассказала сыщицам Марина, была следующей по списку. Да и жила она от Марины ближе всех. И еще поэтому подруги отправились к ней, а не к другим жертвам мошеннических махинаций Михаила.

— Видишь, для тебя набирается неплохая компания, — желая подбодрить Ингу, заметила Алена. — Эта Марина, Милочка, Таисия... потом есть еще другие девочки, которых тоже обманул Михаил. Каждая из этих обманутых могла желать ему смерти. Да взять хотя бы ту же Марину.

— А мне она показалась славной. Такая честная, и с несправедливостью борется.

— Только у подобных до зубного скрежета принципиальных людей крыша частенько едет. Еще бы, несправедливости вокруг целое море, а они по нему разбросаны как редкие острова архипелагов. Бывает, что до соседнего островка и не докричишься! От одиночества и непонимания у многих чердак едет.

— И все-таки я не верю, что это Марина убила Михаила.

Алена не стала спорить. Она не хотела расстраивать Ингу еще больше. Но расследование, которое они затеяли, грозило обернуться большой головной болью. Может быть, лучше увезти Ингу к ним с мужем, в Дубочки? А тут кашу пусть расхлебывает Блумберг. Ему не привыкать.

И что бы вы думали? Стоило Алене задуматься об адвокате, как он ей сам позвонил. После расспросов о ее собственном здоровье, здоровье уважаемого Василия Петровича и коротких фраз о погоде, которая приятно радует не по-зимнему теплыми днями, господин Блумберг наконец перешел к сути своего звонка:

— А как ваша подруга? Уже пришла в себя после перенесенного потрясения?

— Да. Она совершенно оклемалась. Мы с ней теперь сами ищем убийцу!

В трубке послышалось сдавленное кряканье, словно Блумберг чем-то подавился. А затем он осторожно осведомился:

— А ваш супруг в курсе?

— Он знает, где я.

Говоря это, Алена невольно покраснела. Все-таки она не была совсем искренна. Хотя муж и знал, где она и с кем, он не знал ровным счетом ничего о том, во что впуталась его женушка. Еще с самого начала, когда только-только стало известно, что Инга задержана по подозрению в совершении убийства, Алена с охранником Ваней обсудили, что попытаются разгрести это дело без участия хозяина.

— У Василия Петровича давление в последнее время скачет.

— И сердце не в порядке.

— Ему любое волнение противопоказано.

— Тем более что он, как поволнуется, стресс спиртным снимает. А ему пить больше, чем он и так пьет, просто погибели равно!

В общем, заботливая жена и преданный охранник решили молчать о той истории, в которую влипла Инга и они вместе с ней. И поэтому теперь Алена испугалась, как бы длинный язык Блумберга не дотянулся до их Дубочков и не смутил покой оставленного там мужа.

— А давайте сегодня вечером сходим в ресторан? — предложила она, словно бы по наитию. — Мы ведь вас толком не поблагодарили за то, что вы сделали для освобождения Инги. Ужин за наш счет!

Блумберг был слишком хорошо воспитан, чтобы ответить отказом. Он понимал: приглашение в ресторан никоим образом не скажется на его гонораре. А если и скажется, то лишь в положительную сторону. Алена Михайловна была не из породы тех людей, кто после ужина возьмет записную книжечку и спокойно вычтет стоимость съеденного в ресторане омара из адвокатской зарплаты.

Чтобы люди хорошо работали, они должны хорошо кушать. Алена твердо усвоила этот принцип своего мужа. И поэтому пригласила адвоката в любой ресторан по его собственному выбору.

— Ваша подруга тоже придет?

— Инга? Думаю, да.

— Обязательно возьмите ее с собой. Сейчас ей лучше одной вообще не оставаться.

— Что вы имеете в виду?

— То, что я вам сейчас скажу, не для ее ушей. Но неизвестно, по какой причине убийца в первый раз пощадил Ингу. Возможно, его просто спугнули.

— Что вы хотите этим сказать? Ей угрожает опасность?

— Именно. И вам тоже, раз уж вы с ней заодно.

К чести Алены, она даже и глазом не моргнула. Не боится она никакого убийцы! Тем более что с ними Ваня. А он и Афган прошел, и вообще много чего в жизни повидал. С Ваней они точно не пропадут!

— Все будет в порядке, — заверила чрезмерно осторожного адвоката Алена.

Видя, что подруга закончила разговор, Инга обратилась к ней:

— Кому грозит опасность?

— Звонил Блумберг, мы с тобой увидимся с ним вечером в ресторане.

— А кому опасность-то угрожает?

— Его поджелудочной железе, — соврала Алена. — Жалуется, что она у него барахлит в последнее время. Поэтому готовься к тому, что вечером нам предстоит диетическая трапеза.

К этому времени Ваня уже остановил машину возле дома, где жила верная пассия Михаила — Милочка. И Алене не пришлось развивать эту тему и врать дальше. Инга же отнеслась к состоянию поджелудочной железы адвоката с редким равнодушием. Алене даже досадно стало. Такой видный мужик, а ее подруга — амеба перемороженная — даже видимости интереса к нему не проявляет!

Внешность и характер Милочки вполне соответствовали ее имени. Милая, душевная, легкоранимая и обидчивая женщина. До тридцати лет не успевшая обзавестись ни мужем, ни детьми, она была привязана к Михаилу настолько, что, услышав о его смерти, чуть было не потеряла сознание. Но едва придя в себя, тут же воскликнула:

— Это она! Чуяло мое сердце неладное! Ах, какой ужас! А ведь я предупреждала Мишу! Одно дело — у случайной женщины колечко золотое из шкатулки стянуть, пока она спит. И совсем другое дело — жить за счет женщины несколько месяцев, а потом взять и подставить ее!

— Вы про кого говорите? Про Таисию?

— Про нее самую!

— Вы ее знаете?

— Только один раз с ней разговаривала. Почти полгода назад дело было. Как Миша впервые заявился во всем новом да начал хвастаться, что удачу за хвост поймал, так я и насторожилась. Он мне все: «Таисия»... «Таисия»... а я его слушаю, да про себя и думаю, надо бы с этой Таисией по душам поговорить.

— И что вы ей сказали?

— Хотела предупредить, что за фрукт Миша. Что ему нельзя особенно доверять. И полагаться на него тоже не стоит.

— И как? Успешно все прошло? Таисия вам поверила?

— Какое там! Заявила, что Миша ее предупреждал о том, что его преследует какая-то ненормальная. Кричать на меня стала. Что у них с Мишей не только любовь, у них общий бизнес намечается. Она за Мишу замуж собирается, он самый хороший, а все, что про него говорят, — это враки!

— Значит, Таисия вашим предостережениям не вняла?

— Прогнала меня, чуть было не ударила. Заявила, что, если я еще хоть раз посмею сунуться ей на глаза, она велит шоферу меня схватить и отвести в полицию.

На этом месте Инга внезапно отреагировала:

— А как шофер выглядел?

— Крепкий угрюмый парень. Как говорят, лицо кавказской национальности. Кажется, какой-то дальний родственник Таисии. У нее самой тоже кавказские корни. Ее мать родом из Нальчика. Правда, родители у Таисии умерли довольно рано. Отец совсем давно, а мать пару лет назад. Из родни один дядя, который живет на Кавказе то ли в том же Нальчике, то ли где-то поблизости. У него там дом, семья, бизнес. А тут одна лишь племянница и плохой климат. Сам он сюда приезжает редко, но для охраны выделил племяннице этого типа — шофера и дальнего родственника. Не помню, как его звали, но меня он к Таисии ближе чем на два шага так и не подпустил.

Инга вздохнула. Нет, когда они с Михаилом катались, шофером был улыбчивый дядька славянской внешности.

— А машина?

— Я в машинах не очень хорошо разбираюсь. Но мне кажется, это был «Мерседес». Темно-синего, почти черного цвета. Очень красивый.

Машина была похожа, но по такому скудному описанию точно судить было невозможно.

— Милочка, а у вас самой как с алиби?

— В смысле?

— У вас есть алиби на момент убийства Михаила?

— А при чем тут я?

— Все те, у кого был повод ненавидеть Михаила или считать себя им обиженными, попадают в полиции под подозрение.

Сыщицы надеялись, что весть о том, что она может пострадать за преступление, которого не совершала, заставит Милочку припомнить и других «коллег». Так и вышло.

Услышав, что ее подозревают, Милочка заломила руки:

— Господи, еще и это! Знали бы вы только, сколько горя принес мне этот человек! А теперь мне еще и в тюрьму из-за него идти? Ведь я же его не убивала! Это Таисия могла. Она в Мишку много денег вложила. А я его только прописала у себя. Да и то он после свадьбы с Таисией от меня выписаться обещал. Не убивала я его!

— Мы вам верим. Но полиция...

— А когда случилось убийство? Потому что если ночью, то алиби у меня никакого нет. Живу я одна. Ко мне на ночь глядя заглядывал только сам Миша.

— Вы ведь с ним давно знакомы?

— Да уж третий год пошел.

— И конечно, вы знали, что он за человек?

— На суде была. И даже лично заявление на Мишу писала. Вернее, мы все писали. Нас Марина заставила. Сами бы мы нипочем не решились на такое. Во-первых, стыдно выставлять себя дурами на всеобщее обозрение. А во-вторых... во-вторых, Мишку жалко. Я не хотела, чтобы он в тюрьме очутился. Все-таки какую-то радость он мне принес.

— Серьезно?

— Да.

Милочка уже почти пришла в себя. Заварила чай, выставила на стол коробку с крохотными «Ленинградскими» пирожными. Движения у нее были спокойные и размеренные. Она явно уже пришла в себя. И теперь пыталась найти хорошее в том дурном, что случилось.

— Жаль Мишу, очень жаль. Но теперь я даже рада, что так случилось. Измучил он меня. И хотела бы горевать, да сил не осталось. Об одном только и думаю: все кончено. Теперь некого мне ждать по ночам, не надо будет вздрагивать от каждого звонка, бросаться на каждый шорох к двери.

— И вам нечего прибавить?

— Умер и умер. Туда ему и дорога!

И положив себе и гостьям на тарелку по нескольку пирожных, Милочка принялась уписывать их за обе щеки.

— Люблю себя сладким побаловать.

Этого она могла бы и не говорить. Несмотря на относительную молодость и нервную работу, Милочка работала в школе учительницей русского языка и литературы, женщина была излишне полной. Килограммы прибавляли ей лишний пяток лет. И к тому же располагались они у Милочки как-то уж совсем не там, где нужно. Не на попе или в области бюста, а на руках, шее, икрах. И эти же злополучные килограммы уродовали тонкие черты лица Милочки, которое от этого казалось заплывшим и одутловатым.

— Это все из-за Миши я так располнела. Раньше на сладкое и смотреть мне не хотелось. А как с Мишкой познакомилась, понеслось. Он меня обидит, до слез доведет — я сижу, реву и сладкое трескаю. Душе легче становится, зато с бедрами просто беда.

Но внезапно Мила прекратила заглатывать пирожные.

— Слушайте, а чего это я ем? — уставилась она на подруг, словно это они были виноваты в ее обжорстве. — Теперь же все хорошо будет! Мишка умер, мучить меня больше некому. Заживу как раньше. Нет, даже еще лучше! Теперь-то я уж знаю, как нарваться можно. Раньше-то я все переживала, что замуж меня никто не зовет, а теперь даже и рада этому. Не хочу я замуж! Мужики все подлые!

— Не надо судить обо всех по одному лишь Михаилу.

— А таких, думаете, мало?

Милочка выплеснула в раковину сладкий чай из своей кружки, убрала в холодильник пирожные и налила себе свежего чаю — как заметили подруги, без сахара. Вообще, Мила теперь выглядела значительно бодрей. Две-три слезинки, которые она проронила в память о своем любовнике, давно высохли на ее полных щеках.

— Я вот сейчас подумала, надо бы снова к Таисии наведаться.

— Да.

— Если это она Мишку... так нам ее и поблагодарить бы не мешало. Одна за нас всех отплатила. Всех от этого змея сладкоголосого избавила. Вы себе не представляете, до чего Мишка сладко петь умел! Вроде бы уж все про него знаешь, обмануться не должна. А нет! Все равно обманет. И глаза такие честные сделает, и слова какие-то особенные подберет. Что осознал он все, что искупить желает. И в ногах поваляться может. Мол, раскаивается горько, бей-хлещи, только от себя не гони. Ну, бабы и таяли. А наутро глядь — ни Миши, ни ценностей. Те, что в знак примирения принес, заберет. Да и еще чего-нибудь обязательно прихватит. Такой человек был — верить ему было нельзя. Но и не верить тоже... того... нельзя.

— А вы знаете, как на Таисию выйти?

— Есть у меня ее адресок.

— Откуда, если не секрет?

— Один только раз у меня за Мишкой проследить и получилось. Прежде-то он от меня ловко уходил, а тут я наготове была. Выследила его.

И Милочка рассказала о том их свидании с Михаилом, когда не ему, а уже ей удалось обвести приятеля вокруг пальца. Как обычно, Михаил заявился без предварительного уговора. Позвонил, когда уже был возле дома Милочки, явно не сомневаясь, что она дома и будет страшно рада его увидеть.

Михаил выглядел как-то необычно. Был он хорошо одет, но к этому Милочка уже успела привыкнуть. Если сразу после своей отсидки он выглядел жалким и побитым, то уже очень скоро приобрел свой былой лоск. А уж после знакомства с Таисией и вовсе расцвел.

Милочку он считал чем-то вроде исповедальни. У нее он строил планы, ничуть не смущаясь, что эти планы могут женщину покоробить.

— Таисию он считал своей самой большой в жизни удачей. Жениться на ней и впрямь собирался, в этом Таисия не солгала. Только не она сама Мишку привлекала, а ее деньги.

— Значит, Таисия богата?

— И не просто богата, она еще и одинока. Деньги ей от родителей достались, да только те давно умерли. Дядя далеко. Вот и жила она одна. Этого шофера — дальнего родственника явно ни во что не ставила. Может, мужики какие-то у нее и раньше водились, да только такого, как Михаил, среди них не было. А он был дьявольски обаятельным.

На этом месте Инга вздохнула. Да, что верно, то верно. Обаяния Мише было не занимать. Оно буквально било через край. Устоять было крайне трудно. Да и к чему сопротивляться чувствам? В обществе Михаила любой женщине, даже самой мудрой, интеллигентной и опытной, хотелось только одного — немедленно расслабиться и довериться наконец-то настоящему мужчине.

— Вот и Таисия попалась в ту же ловушку, что и все мы. Втюрилась, начала Михаила к себе привязывать. И верно смекнула, что деньгами-то его крепче всего привязать удастся. Только ведь и Мишка не лох: Таисия свою партию играла, а он — свою.

— В смысле?

— Планы у него какие-то насчет нее были. Крупные планы. Кинуть он ее хотел. Но не так, как нас с вами — по мелочи, по колечку, по денежке. Там у Михаила грандиозные планы имелись. Он на все состояние Таисии зарился. Замуж ее за себя звал. А что дальше с ней бы стало, об этом даже и подумать страшно.

— Хотите сказать, Михаил планировал избавиться от Таисии?

— После свадьбы? Определенно!

— Он сам такое говорил?

— Ну, прямо не говорил, а из разговоров все же понятно было.

— Каких разговоров? С кем?

Милочка вновь принялась рассказывать. Любовник ее за человека не считал, говорил и с ней и при ней, не стесняясь своих планов.

— Кинуть он Таисию собирался. Круто кинуть. Спустя некоторое время после свадьбы Таисия должна была исчезнуть. Мишка на этот счет и с людьми нехорошими сговорился. С очень нехорошими.

— С бандитами?

— С ними. Они ему пообещали, что Таисия исчезнет, никто и не заподозрит ничего. А деньги они так разделят: половина им, половина Михаилу отойдет. Только они бы и его тоже обманули, следом за Таисией отправили. Я у Миши спросила, не боится ли он. А он мне ответил, что у него и против тех людей кое-что в рукаве припасено.

— Что же?

— Ну, этого он мне не рассказал. Да и нельзя было Мишке во всем верить. Врал он много. Хотя иной раз все же кое-какая правда в его вранье проскальзывала.

Итак, вырисовывалась еще одна версия — бандитская. От этой версии Инге стало совсем не по себе. Почти до седых волос дожила — с бандитами и близко знакома не была. А тут здравствуйте! Охотиться на них придется. А ведь бандиты — это люди опасные, от них лучше держаться подальше.

Алена тоже выглядела нерадостно. Она хоть за себя и не боялась, была уверена, что муж сумеет найти и спасти ее в любой ситуации, но доводить дело до критической отметки, когда пришлось бы обращаться за помощью к мужу, ей тоже не хотелось. Василий Петрович был человеком терпеливым. Но коли его довести до ручки, тут уж все, пиши пропало. Василий Петрович впадал в гнев на памяти Алены всего два раза. Но третьего раза она точно не хотела бы.

— Начнем с Таисии, — сказала Алена. — Где ее найти?

— Так я и говорю... Удалось мне один раз за Мишей до самого Тайкиного дома проследить. Сосед помог, байкер он. Сынок его у меня в классе учится. Охламон, почище папаши будет. Ну, я отцу его бартерную сделку и предложила: я его сыну — незаслуженную тройку в четверти, а он меня на своем мотоцикле отвезет куда надо. И не просто отвезет, а по первому моему требованию.

Видимо, байкер был хорошим отцом, и тройка для сына в четверти была ему желанна. Потому что он отвез Милочку без колебаний. Так с помощью мотоцикла, который даже в густом дорожном потоке был способен лавировать между автобусами и грузовиками, ей удалось выследить своего любовника и его новую жертву.

— Дом Таисии стоит в центре, и я хорошо его запомнила. Подъезд тоже. Квартиру, я думаю, нам соседи подскажут. Если она в другое место не перебралась, то найдем мы ее запросто.

— А как она выглядит?

— Ну... такая. Не красавица, прямо скажем. Да вы сами скоро с ней познакомитесь.

Но, как всегда, действительность здорово отличалась от фантазий. Как только Ваня привез трех женщин к тому дому, который указала им Милочка, они сразу же заметили возле ворот необычное скопление народа. Толпа в разгар рабочего дня настораживала сама по себе. А уж когда под вой сирены из ворот выехала «Скорая», сердца у сыщиц и вовсе затрепетали.

— Ой, не к добру все это, — пробормотала Алена. — Ой, не к добру.

— Я пойду с вами! — тут же вызвался Ваня.

— Оставайся в машине. Сейчас день, полно народу. Нам ничего не грозит.

Выйдя к людям, все еще толпившимся у ворот, Алена огляделась по сторонам. Дом, в котором жила Таисия, и впрямь был очень даже ничего. Старый фонд, но полностью реконструированный и приведенный в порядок. Двор был закрыт надежными железными воротами с ажурным плетением, показывающим благосостояние жителей дома, которые были в силах купить себе такую решетку и установить такие ворота, да еще и усадить в темной подворотне старичка консьержа.

Сейчас этот старичок совсем затерялся в толпе, но его высокий голос слышался хорошо.

— Граждане жильцы, расходитесь! — взывал он. — Девушка жива, есть надежда, что она поправится. Врачи приехали быстро, все будет хорошо.

Но люди уходить не торопились.

— Такая славная девушка!

— Отец и мать рано ушли. И она следом за ними поторопилась.

— А ведь замуж собиралась...

— Нет, жених у нее козел. А сама Таисия — хорошая девка, хотя и дура, конечно.

Услышав имя женщины, которой они интересовались, Алена насторожилась еще больше. Бочком она подобралась к молодой паре, которая обсуждала Таисию, и спросила:

— А вы не знаете, отчего она...

Муж с женой уставились на Алену. Да, они были молоды, но уже начали скучать в обществе друг друга. А та самая привычка, которая еще и «замена счастию», к ним пока не пришла. И поэтому сейчас эти люди были рады любому собеседнику.

— От несчастной любви она из окна выбросилась!

— Да что ты говоришь! Это был несчастный случай, вот и все!

Поняв, что Таисия то ли выпала, то ли выпрыгнула из окна, Алена сделала для себя кое-какие выводы и стала расспрашивать дальше:

— А злой умысел совсем исключается? Никто не мог ее из окна вытолкнуть?

— Да кто же? Она с женихом жила, с Михаилом...

— ...а тот души в ней не чаял.

Ну, допустим, с Михаила всякая вина снималась. Будучи мертвым, он никого не мог выкинуть из окна. Но Алена продолжала слушать. И очень скоро была достойно вознаграждена за свое терпение.

— И дядя тоже не мог ничего Таисии сделать, — произнесла девушка. — Он ведь ее дядя, не чужой человек.

— Дядя? — насторожилась Алена. — Какой дядя?

— Обычный. Брат ее матери.

— У Таисии есть дядя?

— Появлялся какой-то мрачный тип, — подтвердил молодой человек. — Она его нам представила своим дядей.

— Хотя я лично его видела всего несколько раз. Он на Кавказе живет, то ли в Минеральных Водах, то ли в Нальчике. А в Питере лишь наездами бывает.

Про этого дядю Алена уже что-то такое слышала. И сейчас насторожилась еще больше.

— А где его можно найти?

— Вот уж чего не знаем, того не знаем, — переглянувшись, ответили супруги. — Во всяком случае, когда Таисию на «Скорой» увозили, его рядом с ней не было.

— А как же ее машина? Что с ней будет?

— Ничего с ней не случится. Она на своем месте стоит, никуда не денется. И без хозяйки наш Степаныч никому «Мерседес» не отдаст. Выживет Таисия, вернется из больницы и возьмет свою тачку в целости и сохранности.

И парень указал рукой на темно-синюю, почти черную машину, украшенную эмблемой со всемирно известной звездой. Алена осторожно обошла автомобиль и убедилась, что сзади на бампере имеется небольшая вмятина. Это была та самая машина, на которой Михаил и его личный водитель катали Ингу.

Значит, авто он одолжил у Таисии. И катал на нем Ингу. Интересно, интересно... Уж не Таисия ли Михаила ножичком-то из ревности почикала? А потом счеты с жизнью пыталась свести, потому что жить без любимого не смогла.

Но что-то не понравилось Алене в этой версии. Слишком многие люди не были в ней задействованы вовсе.

Приветливая молодая пара, обнявшись, давно отправилась к себе домой. Инцидент был почти исчерпан. И многие соседи, как успела заметить Алена, стали расходиться. Многие, но только не старенький дедушка консьерж. И как только глаз Алены выцепил этого сухонького старичка из всей толпы, она мигом поняла одну простую вещь. Это именно тот самый человек, который сможет пролить свет на множество, казалось бы, неразрешимых вопросов.

Глава 7

Консьерж появлению Алены на своей территории сперва совсем не обрадовался.

— Ну а вам, дамочка, что тут надо? — уставился он на нее своими колкими глазками. — Ежели вы из газеты или с телевидения, то у нас дом образцовой культуры быта. Учтите это!

— Меня интересует сегодняшний инцидент.

— Несчастный случай. Не о чем тут писать. Пострадавшая жива, отделалась легкими травмами, находится в больнице. Все у нас нормально!

Но чем больше старик пытался изобразить перед Аленой, будто бы все в полном порядке, ничего необычного не случилось, тем больше Алена настораживалась.

— Вы уж простите, но я должна буду задать вам несколько вопросов по поводу произошедшего.

— Да кто вы такая будете?

— Я веду расследование.

— Тогда удостоверение покажите!

Удостоверения у Алены, ясное дело, не было. Както не запаслась она подобными корочками. Не то чтобы не знала, где их взять, но просто не предполагала, что они ей понадобятся. Поездка в Питер предполагалась как увеселительная. И лишь узнав, что Инга оказалась в беде, что подругу обвиняют в совершении тяжкого уголовного преступления, Алена от всех запланированных увеселений отказалась.

— Мы с подругами ведем неофициальное расследование. Мы — частные сыщики.

— А что, и такие бывают? — разинул рот старикан. — Вот времена! Баба-сыщик! Скоро и в армии служить будете, генеральские погоны нацепите. Вот тогда конец всему нашему миру и придет! Не храм Ирода, восставший из руин, его погубит, а баба-генерал!

А этот старикан — знаток истории! Только в одном он ошибается — женщины ничуть не хуже мужчин умеют командовать.

— Дело в том, что и к Таисии мы пришли не просто так. У нас есть неприятные известия о ее женихе.

— Никак, Мишка все-таки на чем-то попался? — быстро прищурился старик с явной неприязнью.

— Вы его знали?

— Не нравился он мне. Скользкий. Вечно с улыбочкой, одет хорошо, а все равно он мне не нравился. И к Таисии он никаких чувств не питал. Пытался я ей один раз глаза открыть, да куда там. Все бабы дуры, а Таисия в особенности! — И, выпустив пар, старик вновь взглянул на Алену: — Ну, говорите, на чем там Мишка погорел?

— Его убили.

Если старик и ожидал какой-то новости, то явно не этой. От изумления он даже крякнул:

— Вот те раз... И кто же это его прикончил?

— Мы бы это тоже хотели узнать.

— Господи, да неужто все-таки она решилась?.. — пробормотал дед, словно обращаясь к самому себе. — Неужто поняла, с кем чуть было судьбу свою не связала?

— Вы это про Таисию?

Но дед Алену удивил.

— Ничего я вам не скажу! — решительно воскликнул он. — Убирайтесь! Нечего тут вынюхивать!

— Скажите, а где сейчас дядя Таисии? Он ведь сейчас в городе?

— Пошла вон! — окончательно разозлился старик. — Я тут поставлен, чтобы порядок соблюдать. Посторонних на территории быть не должно, только жильцы и гости. А вы кто? Жилец? Гость? Тогда освободите пространство!

Выкрикивая это, дедок пытался оттеснить Алену в сторону ворот. У него это плохо получалось, потому что если сам он был похож на сухой пенек, то Алена была, бесспорно, высокой мощной сосной с большой и разветвленной корневой системой. Сдвинуть ее с места у старика не получилось ни на сантиметр.

— Что у вас тут происходит? — услышала Алена за своей спиной незнакомый мужской голос.

Обернувшись, она увидела одного-единственного полицейского. Ага! Прибыл он, конечно, из местного отделения. Теперь он займется осмотром места происшествия. И уже по материалам, которые он предоставит, будет сделан вывод, что произошло с Таисией:

стала ли она жертвой собственной неосторожности или в деле присутствовал чей-то злой умысел.

— Товарищ участковый, пусть она убирается!

«Товарищ участковый» оказался худеньким прыщавым юношей с узким разрезом темных глаз и широкими скулами. Ростом он не удался, и на такого заморыша не нашлось подходящего размера формы. Рукава были слишком длинными. Брюки висели мешком. Но из воротника торчала до того трогательно тоненькая шейка, что плакать хотелось то ли от умиления, то ли от жалости, то ли от злости.

Нет, не добиться в ближайшее время у нас в стране уважения к стражам правопорядка! Да и как можно уважать людей, которые сами себя не уважают? И, с другой стороны, как человек, одетый в самую уродливую из всех возможных форм в мире, может чувствовать к самому себе уважение?

Это решительно невозможно. И простого переименования милиции в полицию для решения вопроса явно недостаточно. Как минимум нужно добиться того, чтобы форма на стражах порядка «смотрелась». Неужели для державы, поставляющей газ во все страны мира, так трудно выделить несколько копеек из бюджета и сшить аккуратно сидящую и хорошо выглядящую форму для военных и иже с ними?

— Кто вы? — обратился между тем участковый к Алене. — Что вы тут делаете?

— У меня есть важная информация, касающаяся преступления, которое произошло в этом доме.

— Уж сразу и преступление... — недовольно поморщился участковый. — Пока что нам известно о несчастном случае.

— Но этот несчастный случай произошел с женщиной, чей жених был зверски убит несколько дней назад!

— Что?

— Как? Неужели зверски?

Алена могла быть довольна. Теперь участковый и консьерж смотрели на нее с одинаковым изумлением. Если она хотела их внимания, цель, безусловно, была достигнута. Но Алена желала совсем другого. Конструктивного сотрудничества.

— Вы пустите меня осмотреть место происшествия вместе с вами, а я расскажу вам о том, что случилось с Михаилом.

— Я могу это и сам выяснить из городской сводки.

— Но для этого вам придется вернуться к себе в отделение, залезть в компьютер или позвонить коллегам. И еще не факт, что в компьютере будет содержаться подробная информация. Или что коллеги из другого отделения захотят поделиться с вами своими наработками...

Все это было правдой. Участковый отлично это понимал. И поэтому удивление в его взгляде достигло той наивысшей точки, когда оно плавно начинает перетекать в уважение.

— Ну, если только вы пообещаете держаться все время рядом со мной, ни на шаг не отходить и ничего не трогать, тогда...

— Спасибо вам!

— Я тоже пойду! — решительно заявил консьерж. — Все равно без ключей вы в квартиру не попадете. А у меня от всех квартир ключи имеются. — И заметив слегка удивленный взгляд Алены, агрессивно воскликнул: — А как же вы хотите, голубушка? Вдруг случится чего? Наводнение или пожар там, упаси бог! Как в помещение проникнуть? А у меня всегда ключики под рукой имеются, да и сам я всегда тут как тут.

— Понятые в любом случае необходимы, — согласился участковый.

Квартира Таисии находилась на третьем этаже. Но пока они поднялись до нужной квартиры, с Алены в ее теплом норковом манто семь потов сошло. И когда она выглянула из злополучного окна, то увидела, что лететь Таисии пришлось с высоты добрых двадцати метров.

— Как же только она жива осталась!

Но чудо объяснялось просто. Под окнами Таисии за зиму скопилось довольно много неубранного снега. Несмотря на наступившую в городе оттепель, таять этот снег не торопился. Вместе со снегом валялись огромные куски бетона и битого кирпича. И поэтому Таисия, угодив в груду этой мешанины из подтаявшего снега и камней, хоть и разбилась, но все же осталась жива. Ей повезло. Ни одна жизненно важная часть тела, например голова, с камнем не соприкоснулась.

— И как она могла выпасть?

Зачем Таисия полезла на высокий подоконник? Что ей там понадобилось? Мыть окна было еще рановато. Да и вообще, состояние у них было безупречное. Но консьерж быстро все объяснил:

— Таисия рухнула вниз вместе с балкончиком.

— Балкончиком?

— Да. Тут еще час назад был балкончик.

Действительно, в большой комнате балконная дверь имелась. И она была даже приоткрыта. Алена следом за участковым выглянула наружу и убедилась, что самого балкона нет. Да и присутствие среди снежного кома камней и обломков бетона с торчащими из него ржавыми арматуринами теперь нашло объяснение. Это были остатки того самого балкончика, на который неосторожно ступила Таисия.

— Дверь в квартиру заперта на замок, следов взлома или грабежа не заметно. Присутствия посторонних тоже не наблюдается. Видимо, пострадавшая находилась у себя дома одна. Ей стало душно, она захотела подышать свежим воздухом и вышла на балкон. Но, ослабленный навалившимся на него снегом, подтаявшим и потому тяжелым, старый балкон просто не выдержал дополнительного веса. Стоило хозяйке ступить на него, как он рухнул вниз.

— Значит, несчастный случай?

— Вне всякого сомнения.

Пока участковый заполнял протокол, Алена с любопытством огляделась по сторонам. Лично она не стала бы столь поспешно выносить решение в пользу несчастного случая. Во-первых, потому, что закрытая дверь еще ровным счетом ни о чем не говорила. Да, они открыли ее ключами, которые имелись у консьержа. Но при этом замок на двери был из тех, которые легко захлопнуть. Таким образом, преступник мог покинуть квартиру Таисии, не вызвав ни у кого подозрений.

И во-вторых, что было еще важней, Алена решительно не понимала, что Таисии могло понадобиться на заваленном снегом балконе. Вышла, чтобы подышать свежим воздухом? Могла бы просто открыть окно. К чему ходить по мокрому снегу в домашних тапочках? Они же мигом промокнут и станут противными и холодными. А если сапожки надеть, так это какая морока в них через всю квартиру к балконной двери топать!! Или она несла их в руках? Нет, тоже как-то странно. Так что же понадобилось Таисии на порядком заснеженном балконе?

Поломав голову над этой загадкой, но так ничего и не решив, Алена вновь вернулась к созерцанию апартаментов. Сразу было понятно, что в деньгах хозяйка стеснена не была. В квартире было пять больших комнат. И вообще вся квартира была удобной планировки, просторная и светлая, с высокими арочными окнами.

На паркетном полу лежали узорчатые ковры. Мебель была хорошая, качественная, сделанная не абы как на скорую руку, а собранная из ценных пород дерева. Но как заметила опытным глазом хорошей хозяйки Алена, мебель была уже далеко не новая. Ей было лет пятнадцать или даже все двадцать. И весь интерьер квартиры относился примерно к тем же годам.

Да, в доме пока еще было роскошно. Но эта роскошь с годами уже где-то поблекла, где-то по углам запылилась. Время безжалостно. И роскошная обстановка квартиры лишилась своей главной задачи — подавлять и восхищать. Теперь первым чувством, которое она вызывала, было ощущение ушедшей в прошлое силы, власти и денег.

— А давно Таисия осталась без родителей?

— Отец умер еще в девяностых. А Таисия с матерью осталась. Но и мать у нее около трех лет назад скончалась от инфаркта.

— И как они жили? Работали?

— Нет, работать нигде не работали. Думаю, проедали потихоньку то, что им отец оставил.

Ну, тогда оставил он им очень много, коли уж дело до продажи мебели и ценных безделушек еще не дошло. Полки многочисленных витрин буквально ломились от дорогого фарфора и серебра. Почти все оно было покрыто густым черным налетом, образовавшимся на предметах за годы, что они провели без чистки и полировки. Но несколько вещичек сверкали чистой поверхностью. Они явно были приобретены в последнее время.

И старик консьерж невольно эту мысль Алены подтвердил своими словами:

— При матери-то Таисии особой воли не было. Всему этому богатству мать хозяйкой была, а дочь лишь ее команды выполняла. Мать своего личного дохода не имела. Дочь тоже без дела болталась. Много они не тратили, я бы сказал, даже скромно жили. Одно время мать Таисии даже разговоры о продаже квартиры вела, мол, квартплата до того выросла, что не потянуть. Но той цены, на какую она рассчитывала, ей за апартаменты не дали. Вот она и поутихла. А вот как матери не стало, Таисия в разгул и пустилась: отцовы деньги без счета тратить принялась. Каждый день из магазинов вся обвешанная пакетами возвращалась. Машину себе дорогую купила, хотя сама водить не умела. Шофера наняла — какого-то дальнего родственника, Марата. Специально с Кавказа его выписала, по соседству поселила и работу дала.

— Шофера? — невольно насторожилась Алена.

Шофер, да еще и родственник, мог знать о Таисии очень много.

— И где этот человек сейчас?

— Уволили его. Таисия и уволила.

— Как же так? Почему?

— Когда у нее этот ее женишок... тьфу... этот ее Михаил появился, он ей сразу предложил, что будет сам ее всюду возить. Ну вот, тогда Марату отставка и вышла.

— Значит, шофера Маратом звали?

— Точно.

— А вы знаете, где его найти?

— Знаю, — пожал плечами старичок. — Таисия ему в соседнем доме комнату сняла. Я же ей и посоветовал. Одна моя знакомая овдовела, две комнаты ей не нужны стали, а деньги, наоборот, регулярно требуются. Вот одну из комнат она хорошим людям и сдает. Так что я точно знаю: Марат до сих пор у нее живет, никуда не делся.

Это была настоящая удача. Алена была бы горько разочарована, если бы пришлось уйти из этого дома с пустыми руками. Ей обязательно надо было побеседовать с Таисией, а если это в настоящий момент невозможно, то хотя бы с людьми, которые близко ее знали.

Старичок же вроде как свыкся с Аленой. Принял ее за свою. А после того как увидел ее паспорт с питерской пропиской, даже подобрел. Вот чудак, как будто бы наличие паспорта с местной пропиской гарантирует порядочность человека!

— Жаль мне Таисию. Хоть она и не большого ума баба, но не вредная. Мать ее отродясь мне никаких подарков не делала, хотя и могла бы. А Таисия, как в наследство вступила, всегда мне к праздникам бутылку с закуской несла. Носки вот — тоже ее подарок.

И старик засучил брючину, под которой обнаружился идеально сидящий на ноге носок. Ничего удивительного в этом не было, острый глаз Алены заметил на носке логотип известной фирмы, специализирующейся на спортивной одежде и прочих спортивных принадлежностях. Итак, Таисия не была жадной.

— Хорошие носки, уже два года ношу, а сносу им все нет.

И разговорившись, старик пустился в откровения:

— При матери-то Таисия никаких женихов не имела. Красотой особой она и в юности не блистала. А когда в возраст вошла, то и вовсе проблема возникла. Мать ее тех женихов, что попроще, прочь гнала. А те, что ей самой нравились, на Таисию не позарились. Кабы отец жив был, он бы мигом доченьку с богатым приданым кому-нибудь из своих деловых партнеров пристроил — империю бы укрепил да и счастье дочери бы составил. А тут... Кому сирота нужна, от которой ни проку, ни красоты — ничего?

Несмотря на это, после смерти матери Таисия недолго оставалась одна. Хоть красоты у нее и не было, но зато имелась туго набитая кубышка. И огромная квартира, полностью обставленная и меблированная, плюс кое-какие оставшиеся от отца накопления, конечно, привлекли к Таисии множество кавалеров.

— До Михаила-то у Таисии сначала Валерий был. Потом Павел появился.

— Порядочные люди?

— Куда там! Все аферисты!

— Так уж сразу и аферисты?

— Без очков видно было, что их не сама Таисия интересует, а ее деньги и квартира! Валерий тот родом из девяностых был. Взрослый мужик, а все с пистолетом бегал. Романтик большой дороги! Посадили его, не успел он Таисию окончательно облапошить. Что уж он из нее выманил, того не вернешь, конечно. Но хоть до основного капитала не добрался. Не сумел.

— А Павел куда делся?

— У Павла, у того так и вовсе прописки в городе не было. Он откуда-то из области, да не из Ленинградской, а то ли Псковской, то ли еще откуда. Музыкант, а по мне, так просто бродяга. Таисия его к себе прописать хотела, хорошо, что тоже не успела. Павел ее под машину попал. Пьяный был, так что неудивительно.

— Умер?

— В больнице скончался. Виновника ДТП так и не нашли.

Алена призадумалась.

— Выходит, у Таисии было три жениха и все закончили несчастливо?

— Да уж, уберег господь девочку от проходимцев.

Господь или кто-то другой? Когда небеса столь быстро и радикально реагируют на проблему, то это невольно вызывает подозрение в том, что проблему решает за них какой-то вполне конкретный человек.

— Михаил этот хуже прочих оказался. Слышали поговорку: «Мягко стелет, да жестко спать»?

— Да.

— Вот это как раз про него было.

За полгода Михаил обрел над Таисией огромную власть. Куда большую, чем имели прежние ее женихи. Да и неудивительно, сделавшись женихом, он почти все свое время посвящал невесте.

— Ни на минуту Михаил ее одну не оставлял. Валерий-то, он только набегами бывал. Павел тоже занят был, в группе какой-то играл. Он только поздно вечером возвращался. А Михаил все время с Таисией проводил. Она в магазин — он ее сопровождает. Обратно опять же вдвоем идут, пакетами обвешанные. Большая часть из них — явно для Михаила обновки купленные. Но Таисия не жадная. Идет, сияет. С ее помощью Мишка и приоделся с шиком, баловала его Таисия. Что было, то было.

— И сколько же они знакомы?

— Да уж почитай с полгода, как он тут окопался. Или даже больше... Сначала-то в простенькой куртенке появился. Это уж после его Таисия приодела. Нет, что ни говори, обобрал бы Мишка свою невесту до нитки. А уж коли бы замуж за него она вышла, тогда бы и вовсе пиши пропало!

— А что же они со свадьбой-то тянули?

— Дядя против был. А без его согласия Таисия на свадьбу никак не решалась. У них в семье так принято, чтобы на свадьбе все родственники, от мала и до велика, собирались. Ну а коли дядя — глава семьи своего согласия не давал, так и родня бы не приехала.

— Дядя — это со стороны матери?

— Отец-то у Таисии сирота был. В детском доме вырос. Прекрасно помню, как он мне про свое сиротское детство рассказывал да про проказы разные, что они с другими пацанами в детдоме откалывали.

Он и в те годы уже изрядным хулиганом был. А уж в девяностых так и вовсе высоко взлетел.

Итак, предположения Алены нашли подтверждение. Благосостояние свое отец Таисии добыл в смутных девяностых.

— Но тогда многие деньги из ничего делали. Какие-то государственные объекты приватизировали, на том капиталы сколачивали.

— Вот-вот. А у отца Таисии несколько компаньонов было. Они на себя одну загибающуюся сапожную фабрику приватизировали. Но уже через пару лет там не только обувь, но и верхнюю одежду шили. Потом там же, на территории швейных цехов, стали парашюты шить. Думаю, мать Таисии после смерти мужа от этого предприятия избавилась, все продала новому хозяину. Отсюда и деньги на жизнь у нее были.

— Это ваши предположения?

Оказалось, что да.

— А компаньоны? Они где? — не успокаивалась Алена.

О судьбе компаньонов отца Таисии консьержу также было ничего не известно. Но Алена и сама могла бы продолжить его рассказ: компаньоны либо находились за решеткой, либо попали под пулю в те же девяностые. И как знать, не отец ли Таисии послал пулю в затылок одному из своих деловых партнеров? В те годы было возможно все. А милиция, заваленная делами по самое горло и задыхающаяся от острой нехватки кадров, не могла реагировать на каждое убийство, совершаемое в стране.

Итак, у Алены появлялось несколько новых подозреваемых. Обиженные компаньоны отца Таисии или же их родственники. Марат — бывший шофер и дальний родственник Таисии. И наконец, самый главный подозреваемый — ее дядя.

Про этого человека Алене хотелось узнать как можно больше. Она подступилась с расспросами к старичку консьержу, но быстро поняла, что не туда сунулась.

— Дядя Таисии? Ну, бывал он тут. Редко, но всетаки навещал племянницу и сестру. Важный такой мужчина, седой уже, с усами. Не ходит, а самого себя несет. Невольно уважать начнешь такого человека. Но на моей памяти это всего три раза и случилось, когда он тут побывал.

— За все эти годы?

— Не жаловал он сестру вниманием. Да и то сказать, она его тоже к себе особенно не ждала. Только если проблемы какие-то возникали, тогда звала. А так... Зачем он ей был нужен? Тратить деньги по уму мать Таисии, в отличие от своей дочери, и сама умела. А помощь ведь всем отплачивать нужно. Будь то друг или даже родной брат.

В душе Алена согласилась с горькими словами старика. Платить приходится всегда.

Но все равно, несмотря ни на что, ей очень хотелось пообщаться с дядей Таисии. Судя по рассказу консьержа, он был в семье авторитетом, главой. А у Таисии еще с детства сохранился такой анахронизм, как уважение к старшим. И значит, слово дяди могло стать решающим. Выходить или не выходить ей замуж за Михаила, решала почему-то не сама женщина, а ее дядя.

— Я слышала от других жильцов, что дядя недавно навещал племянницу.

— Ну, как недавно? Как Марату отставка вышла, так дядя и появился, — кивнул консьерж.

— Разбираться приезжал?

— Верно, было такое дело. Но у Таисии дядя не задержался. Думаю, быстро понял, что она в Михаила крепко втрескалась. Марату тут больше ничего не светит. Ну а сам Михаил дяде этому шибко не по нутру пришелся. Злой он от своей племянницы вышел, сквозь зубы по-своему ругался. Чего говорил, того не разобрать. Но сильно рассержен был, что правда, то правда.

— А где же теперь искать этого дядю?

— У Марата спросите. Он должен знать, они ведь между собой родня. Что Таисия, что ее дядя, что этот Марат.

Снова Марат! Теперь Алена уже не сомневалась: визита к бывшему шоферу Таисии ей не избежать. Теперь это уже не просто желание, а наипервейшая необходимость.

Глава 8

Инга и Милочка с позицией Алены быстро согласились. Их даже не пришлось уговаривать.

— Веди нас к этому Марату!

Но тут неожиданно воспротивился Ваня.

— Э, нет! — категорично заявил он. — Одних я вас, девоньки, к нему не отпущу!

— Что за новости?

— Вы как хотите, Алена Михална, а только типа этого вы сами в злодеяниях страшных подозреваете. Куда я вас к нему одну отпущу?

— Со мной девочки пойдут.

— Да что с них проку? Если этот Марат уже троих крепких парней — женихов Таисии — замочил, неужто он с такими тремя худышками не справится?

Слышать, что кто-то, пусть даже старый охранник — верный и преданный пес, считает вас худышкой, было очень приятно. Но Алена услышала в его словах помимо этого еще кое-что.

— О каких это трех парнях ты речь ведешь? — поинтересовалась она у Вани.

— Так эти... женихи Таисии. Не могли они сами помереть. Это наверняка Марат постарался. Всех трех убил. Сперва тех двоих, а потом уже и Михаила вашего прикончил.

— У Таисии до Михаила только один жених погиб. Второго арестовали.

— Еще хуже! Значит, у Марата этого еще и связи есть. Тут уж, как хотите, больше дядей попахивает. Ведь был же у Таисии дядя?

— Был и есть. Его и разыскиваем.

— А чего его искать? Небось, у Марата этого и сидит. Они же родственники!

Эту мысль нельзя было сразу же сбрасывать со счетов, хотя Алена сомневалась, что дядя Таисии остановился в комнатке Марата. Судя по рассказам, дядя этот весьма богат и успешен. У себя в родном городе еще и влиятелен. Ну, и тут, в Питере, у него, наверное, есть друзья, которые охотно приютят гостя с Кавказа у себя. И в конце концов, есть гостиницы, отели.

— Совсем не обязательно богатому дяде ютиться в одной комнатушке с молодым парнем.

Но Ваня уже уперся:

— Все равно, я вас одних не пущу. С вами пойду!

Спорить с ним было бесполезно. Алена знала: когда на добродушной физиономии Вани проступает это выражение ослиного упрямства, возражать не стоит. Не поможет.

— Ладно, пойдешь с нами.

— Вот спасибочки! — расцвел в улыбке Ваня, став на редкость красивым.

Улыбка здорово красила его лицо. Она у Вани выходила какая-то на редкость открытая и широкая. Пройдя Афган, он каким-то образом сохранил свою чудесную улыбку. Все его племянники, от мала до велика, не чаяли души в своем дяде. Женщины таяли от одного только взгляда Вани. И даже мужчины невольно располагались к нему.

Но это вовсе не означало, что он со всеми и всегда был мягок и улыбчив. Он умел быть и очень суровым, действовать жестко и без промедлений. Враждебно настроенным гражданам было лучше не становиться на пути у Ивана.

Чтобы добраться до дома, в котором жил Марат, надо было пройти через двор и арку в следующий двор. Сам дом здорово отличался от дома Таисии, хотя их разделяло меньше сотни метров. Этот дом был изрядно облупившимся, старая краска так и сыпалась с него. Оно и понятно: дом был плотно затиснут в глубине квартала. С дороги его видно не было. Так чего деньги тратить на его ремонт? Сойдет и так, благо, что проверяющие комиссии, проезжающие по городу, редко сворачивают в тупики или суют свои носы в питерские дворы-колодцы.

С царских времен быт этих утопленных кварталов и домов не сильно изменился. Конечно, в квартирах появились санузлы и холодное, а местами — так даже и горячее водоснабжение. Отопление в домах сменилось с печного на паровое, это тоже был своего рода прогресс. Но если сравнивать эти квартиры с современным строящимся жильем, то уровень комфорта тут оказывался катастрофически низким. Отсутствие лифтов, общее запустение и нежелание властей пальцем о палец ударить, чтобы переселить питерцев из этих почти аварийных домов в другое жилье.

Найдя нужный подъезд и войдя в него без особого труда (домофон хоть тут и наличествовал, но не работал), вся компания недовольно наморщила носы. Пахло в подъезде отнюдь не фиалками.

— Кошки нагадили, что ли? Ишь, вонь какая, прямо с ног сшибает!

И словно в подтверждение слов Вани мимо них прошмыгнули две кошки. Вернее, кот и кошка. Дама была сильно в положении, о чем свидетельствовал ее живот, туго набитый котятами. Но это не останавливало ее пылкого поклонника, который во что бы то ни стало хотел догнать супругу и исполнить свой супружеский долг.

Кошка не особенно сопротивлялась. И парочка устроилась прямо возле батареи.

— Кышь, бесстыжие! — шуганула их Милочка. — Постеснялись бы при людях!

Но кошки лишь нахально смотрели на нее и продолжали заниматься своим делом.

— Пошли, — потянула ее за руку Инга. — Пусть себе... развлекаются.

Милочка недовольно фыркнула, но послушалась.

— Ненавижу кошек, — призналась она Инге, поднимаясь рядом с ней на последний этаж.

— Да что ты? А я вот люблю. С удовольствием завела бы себе котеночка.

— Ой, брось! От них одна грязь и волосы повсюду!

Алена с Ваней шагали первыми и уже здорово вырвались вперед. Все-таки жизнь на свежем воздухе и натуральных продуктах в сельской местности давала свои благоприятные результаты. Жертвы загазованного мегаполиса Инга и Милочка совершенно выдохлись на уровне третьего этажа. А вот Алена с Ваней даже не запыхались, добравшись до пятого.

— Ну, скоро вы там, копуши? — перевесившись через перила, поинтересовалась у них Алена. — Чего пыхтите обе? Вы же девушки, а не паровозы! Давайте быстрей! Ваня уже звонит в дверь!

Впрочем, на звонок Вани из квартиры ответили как раз к тому моменту, когда красные и мокрые сыщицы присоединились к своим друзьям.

— Кто там? — осторожно поинтересовался старушечий голос из-за двери. — Вам кого?

— Мы к Марату. Он дома?

Вместо ответа в двери щелкнул замок, и на пороге появилась сухонькая тетечка лет семидесяти с гаком.

— Марат дома, — ответила она, несколько удивленно и испуганно оглядев группу гостей. — Только что же это... Вы все к нему?

— Да. Можно войти?

— У нас с Маратом уговор: гостей в мой дом не приводить, — не тронулась с места старушка. — Комнату я ему предоставила одному.

— А если к нему вдруг родственники приедут? Из другого города?

— Пусть идут в гостиницу, — не дрогнула старушка. — Сейчас полно всяких гостиниц открылось, не прежние времена!

— Значит, и родственника не пустите?

— Не пущу! А если жениться надумает, то и тогда снисхождения не дождется. Я сразу сказала: сдаю комнату одному молодому человеку, без родственников, семьи и друзей! Один — это один, я понятно изъясняюсь?

Несмотря на свой тщедушный вид, старушка была тверда в принципах. Подбоченясь, она стояла в дверях своей квартиры, словно скала. Чем-то она в этот момент смахивала на консьержа, давшего ее адрес. Неудивительно, что эти двое приятельствовали между собой.

— Скажите, а нельзя ли в таком случае вызвать Марата сюда? Мы бы с ним тут поговорили.

— Я вам не почтальон.

Вот вредная бабка! Да они с консьержем просто два сапога пара. Но Алена ничего не успела напортить, вперед шагнул Ваня.

— Понимаем, — просиял он своей замечательной улыбкой. — Никогда бы и в голову не пришло гонять такую элегантную даму по пустякам. Только обстоятельства чрезвычайной важности вынудили нас просить вашей помощи.

Старушке явно понравилось быть «элегантной дамой». И она спросила уже без прежней враждебности в голосе:

— И что за обстоятельства такие?

— Несчастный случай с родственницей Марата.

— С кем именно? У мальчика большая родня на Кавказе.

— Нет, мы имеем в виду ту родственницу, к которой он приехал в Питер — Таисию.

— И что с ней случилось?

Подруги заметили, как старушка неодобрительно поджала губы, стоило в разговоре прозвучать имени Таисия. Похоже, она ее недолюбливала. Интересно, за что? У старушки была личная схватка с Таисией или же она болела за Марата и не могла простить его родственнице того, что та прогнала от себя парня?

— Скажите, а вы хорошо ее знаете?

— Приходилось видеть.

В голосе старушки теперь отчетливо появились нотки враждебности. Похоже, Таисию она не просто недолюбливала, а открыто ненавидела. И было за что?

— Ну, так знайте... Буквально час назад она выпала из окна.

— Умерла? — невольно ахнула старушка.

Было видно, что новость ее поразила. Пусть она и испытывала к женщине крайнюю неприязнь, но смерти ей все-таки не желала.

И Алена поспешила успокоить старушку:

— Нет, Таисия пока жива. Снег смягчил падение, но все равно состояние крайне тяжелое. Мы бы хотели сообщить о трагедии Марату.

— Я ему сама расскажу!

С этими словами старушка исчезла в глубине квартиры. Дверь она попросту захлопнула перед носом друзей.

— Противная старуха! — вскипела Алена.

Две другие девушки молча с ней согласились. Ваня, имевший такой успех у старушки, казался уязвленным. И даже воспитанная Инга не удержалась, чтобы не признать очевидного:

— Манеры у пожилой леди отсутствуют начисто.

Но долго негодовать друзьям не пришлось. Не прошло и пары минут, как из квартиры выскочил молодой мужчина — Марат с перекошенным лицом. Был он невысок ростом, но крепок и очень подвижен. Под трикотажной майкой переливались литые мускулы. Коротко стриженная голова была посажена на крепкую шею. Парень явно много времени уделял спорту.

Сейчас же он был сильно взволнован, чего совершенно не скрывал:

— Что с Таисией?! Что вы сказали? Она жива?

— Тише, тише, успокойся, парень, — осадил его Ваня. — Жива Таисия. В больнице она.

— Как... как...

Марат начал заикаться. И Ваня, желая подбодрить его, пояснил:

— Таисия упала в груду снега у нее под окном.

— Как?

— Шагнула на балкон, тот под ее тяжестью подался вниз, и Таисия свалилась.

Но Марат словно бы не слушал:

— Этот гад вытолкнул ее из окна?

— Вы говорите о Михаиле? — вмешалась Алена. — Мы как раз расследуем преступную деятельность этого негодяя!

Но Марат в ее сторону даже не взглянул. Он говорил исключительно с единственным мужчиной, с Ваней.

— Я ее предупреждал, что этому человеку нужны только ее деньги, что он за ними охотится. Еще и сообщника себе привел! Чтобы вдвоем сподручнее обирать девушку было. Таисия же такая доверчивая, она верит всему, что говорит ей этот мерзавец! А когда я говорил, что думаю об этом человеке, как об стенку горох!

— Таисия вам не поверила?

Марат покачал головой:

— Я должен ехать к ней! Немедленно! Дайте пройти!

— Тише, парень, угомонись! — снова осадил его Ваня. — Поедешь непременно к своей родственнице. Мы сами тебя на машине и отвезем. А пока расскажи нам про этого Михаила все, что знаешь!

— Дрянь он и урка! Знете, что Миха в тюрьме сидел?

— Откуда такие сведения?

— Отец сказал. Он насчет него справки наводил.

При этих словах Марат как-то особенно потупился, словно сознавая, что сболтнул лишнее, но уже не в силах что-либо изменить. А Алена невольно насторожилась.

Отец? Уж не тот ли дядя Таисии? Или кто-то другой? Если Таисия и Марат — родня, то и дядя у них запросто может быть общим.

— Отец справки про Михаила навел, выяснил, что он уже сидел за брачные аферы, и велел мне за Таисией приглядывать. И еще велел, чтобы особенно хорошо я приглядывал за самим Михаилом.

— А с самой Таисией дядя почему не захотел поговорить?

— Говорил. Бесполезно. Когда она влюбляется, она никого из родни в первое время и слышать не хочет. Мы думали, что у нее с этим Михаилом быстро дело на нет сойдет... Ну, как с теми двумя ее хахалями.

— Если не ошибаюсь, один под машину попал, а второй в тюрягу.

— Правильно.

— Вы с отцом им помогли?

— Да вы что? — возмутился Марат. — Как вы можете такое говорить?

— Возможно, дядя спасал племянницу, а вы... кем вам приходится Таисия?

— Она мне как сестра! — с некоторым вызовом в голосе откликнулся Марат.

— Как или на самом деле сестра?

— Я — приемыш, — хмуро ответил Марат. — Вырос в семье Таисии, ее дядя, мой приемный отец, меня воспитал. Таисию сестрой привык считать. Но общей крови у нас нет. И все равно я ее как сестру всегда любил! А когда мой отец — ее дядя — сказал, что надо кому-то опекать Таисию, потому что после смерти матери она совсем одна в большой квартире осталась, я сразу же согласился. Приехал в ваш город и стал у нее водителем. Она не сразу меня приняла. Сначала я к ней под видом простого шофера приехал. Рядом с ней был, когда эти проходимцы пытались к ней подвалить. А потом, когда один сел, а второй пьяный под машину угодил, Таисия наконец меня признала. Мы с ней уже женихом и невестой считались, когда этот Мишка откуда ни возьмись появился. И она снова голову потеряла. На этот раз из-за Мишки. И ладно бы хороший мужчина, а так... Обижал он ее. Обманывал! Меня выжил, а на мое место сообщника своего привел. Я видел, я знаю!

— Что ты знаешь?

— Знаю, что Михаил за спиной у Таисии машину ее брал для своих целей. Они вдвоем с приятелем странные дела проворачивали.

— А что за приятель? Как он выглядел?

— Высокий такой, светловолосый, короткая стрижка. Помладше самого Михаила. Морда круглая. Что еще сказать? Одет в коричневую кожаную дубленку. Вместе с Мишкой на «Мерседесе» Таисии катались — Мишка и этот белобрысый в дубленке!

Инга насторожилась. Приметы подходили к одному человеку, с которым она познакомилась благодаря Михаилу. А точнее, это был парень, которого Михаил представил ей как своего шофера. Ведь тогда Михаил играл перед ней роль богатого бизнесмена, и личный шофер, без сомнения, добавлял ему статуса.

Однако это была всего лишь игра: и бизнесмен был фальшивый, и шофер поддельный. Теперь Инга понимала: скорее всего, роль шофера перед Ингой сыграл один из приятелей Михаила. И Марат видел, как они катались на машине Таисии.

— Воротник у дубленки светлый? — спросила у Марата Инга.

Тот удивленно кивнул:

— Да. Мехом наружу.

— Я тоже видела этого человека с Михаилом. Мне он представился личным водителем.

— Водителем на той машине мог быть один я! — вспетушился Марат.

Ване вновь пришлось его утихомиривать:

— Тише ты, тише! Мы на твоей стороне. Ты не кричи, а лучше расскажи, что видел. Куда эти двое мотались?

— По своим делам ездили! Обнаглели вконец! На дорогой машине в багажнике всякий хлам перевозили!

— Какой хлам?

— А я знаю? Железные болванки какие-то, ящики, мешки с песком и камнями. Ворье!

— Почему ты так говоришь?

— Ночь уже была. Фирма закрыта. А эти с заднего хода мешки и железки таскали, а потом в область поехали.

— Куда?

— В один дом. Под Павловском.

— И мешки с железками там выгрузили?

— В дом затащили. Или уж не в дом, а в пристройку куда-то. Мне этого не видно было. Забор там высокий и сплошной. Что на участке делается, через него не разглядеть.

— А перепрыгнуть не пробовал?

— Где там прыгнешь, коли поверху колючую проволоку хозяин натянул?

Вот так предосторожности! Уже одно присутствие колючей проволоки, которую хозяин дома протянул, ратуя за свою безопасность, наводит на мысль, что либо в самом доме, либо в окрестностях происходит что-то неблагополучное или даже более того, опасное...

— Мешки? Железные болванки? — задумчиво повторил Ваня и вопросительно взглянул на Марата. — Строили что-то?

— Вряд ли. Хотя фиг его знает. Не понял я ничего, что они делали. В одном только в ту ночь убедился: Мишка этот мутный тип. И этот его приятель, я уверен, не лучше! В фирму какую-то ездили, «Афина Паллада» на вывеске написано. Ничего не скажу, красивая надпись, как будто бы драгоценными камнями вся выложена. Но только дела Мишка проворачивал далеко не красивые!

«Афина Паллада»! Да ведь это же фирма, в которой якобы работал Михаил! Именно ее генеральным представителем он и назвался, когда пускал Инге пыль в глаза и когда еще был в роли Кирилла Охолупко. Но если Марат говорит, что Михаилу и раньше приходилось сталкиваться по каким-то своим делам с этой фирмой, тогда... Что тогда? Или... не с самой фирмой, а только с кем-то из ее представителей, что это может значить?

Но додумать свою мысль Инге не удалось. Марат неожиданно вновь заорал:

— Мишка — гад! Он виноват в том, что случилось с Таисией! Сколько мне пришлось вытерпеть за это время... И почему Таисию всегда тянет на негодяев? Выбери она меня, уж я никому в жизни бы не позволил ее обидеть! А этот Михаил ее обманывал, врал на полную катушку! В любви клялся, в верности, а сам с другими женщинами встречался! На машине Таисии этих баб катал! Она ему доверяла, а он...

Слов, чтобы достойно описать всю низость поведения Михаила, у Марата решительно не хватало. Но эмоции били через край. И с каждой минутой, с каждым вырывающимся из его широкой груди проклятьем в адрес Михаила, этот горячий парень с истинно кавказским темпераментом казался сыщицам все более и более подозрительным.

Милочка сначала молча косилась на Марата, а потом шепнула на ухо Инге:

— Такой запросто мог зарезать Михаила.

Инга тоже так думала. Сомнения у нее были по другому вопросу.

— Сам он разговаривает так, словно бы еще не знает о его смерти.

— Притворяется.

— А Таисия? — прошептала Инга. — Думаешь, это он ее из окна вытолкнул?

Тут Алена не утерпела и тоже подключилась к беседе:

— Таисия могла и сама свалиться или спрыгнуть. Узнала откуда-то про смерть Михаила и спрыгнула сама. Шума борьбы или криков о помощи никто из соседей не слышал.

— Марат мог действовать молча.

— Но Таисия бы молчать точно не стала. Да и не было видно в квартире следов борьбы.

— Он мог подкрасться к ней сзади. Они же хорошо знакомы, родственники, до появления Михаила даже пожениться собирались. В таком случае у Марата запросто мог быть ключ от квартиры Таисии.

Такой вариант нельзя было совсем исключать. И Алена вовсе не удивилась, когда услышала, как Ваня спрашивает у Марата:

— Сам-то ты где два часа назад был, браток?

— Два часа назад?.. С работы возвращался. Смена у меня закончилась, вот я и шел домой.

— И ни шума, ни приезда «Скорой» не видел?

— К моему жилью можно с двух сторон подойти. Со стороны дома Таисии есть проход. Но я воспользовался другим, который из переулка сюда ведет.

— Допустим. А ты с кем домой возвращался?

— Один.

Значит, вполне мог по дороге завернуть к названной сестричке!

— А к Таисии сегодня не заходил?

— Что мне у нее делать? — опустил глаза в пол Марат. — Она мне ясно указала мое место.

— Так заходил или нет?

— Нет! Конечно нет! И почему вы меня допрашиваете? Вы лучше Михаила допрашивайте. Он Таисии зла желал, на деньги ее зарился! Он ее и пытался убить! Его надо задержать! По любому он в чем-то, да виноват!

Марат говорил так убежденно, что складывалось впечатление, что он искренен. Но с другой стороны, если он так яростно обвиняет Михаила, значит, не знает о том, что соперник мертв? Или это все игра? Но тогда Марат просто зарывает свой талант в землю и место ему на театральных подмостках.

— Скажите, а что ваш отец думал по поводу отношений Таисии и Михаила?

— Говорил, что надо выждать, пока она перебесится. Это его собственные слова.

— Только выждать?

— Пока дело до свадьбы не дошло, отец не хотел всерьез вмешиваться. У Таисии и раньше задвиги случались. Очень уж тянет ее на мерзавцев. Вот отец и решил: пусть погуляет, если уж на то пошло. Все равно воспитана она в городских обычаях. Да и взрослая. Перечить ей бесполезно. У самого отца три дочери на выданье, они из дома без спроса и шагу ступить не смеют. Но, опять же, у них и личного капитала не имеется. А у Таисии от отца большой бизнес остался, мой отец за этим бизнесом приглядывает.

Что-то много за кем и чем этот таинственный дядя Таисии «приглядывает». Желание поближе познакомиться с этим человеком или хотя бы узнать его имя стало для Алены совершенно нестерпимым. Видимо, Ваня почувствовал ее настроение, потому что задал Марату следующий вопрос:

— Ну а как отца твоего найти можно? Надо ведь сообщить ему про Таисию. Про то, что с ней случилось.

Марат молча вытащил мобильник и ткнул в кнопку быстрого набора. Говорил он с родственником на непонятном подругам языке. Так что точный смысл разговора остался им неизвестен. Но, закончив говорить, Марат кивнул:

— Отец сказал, что тоже приедет в больницу. Повезло нам, что он сейчас в Питере. Словно чувствовал, взял и приехал!

— И давно приехал?

— Около недели уже тут. У дяди Мурата живет.

— Еще один родственник?

— Брат отца. Двоюродный. Давно уже в Питере обосновался, вся семья его здесь. Отец у них живет.

— А ты чего не с ними?

— Я...

Марат здорово смутился. Но все же собрался и буркнул:

— А я тут... поближе к Таисии жить остался. Не хотел далеко от нее уезжать.

Вот до чего доводят сильные чувства. Марат даже после измены ему Таисии продолжал любить ее! Наверное, эта любовь доставляла ему огромную боль. Неудивительно, что хозяйка квартиры, наблюдая страдания Марата, невзлюбила Таисию.

— Отец неделю назад прилетел, хотел вопрос с Михаилом как-то решать.

Услышав это, Инга немедленно дернула Алену за руку и уставилась на нее пронзительным взглядом. Алена без слов поняла подругу. Около недели, как таинственный дядя Таисии прибыл в их город, а уже сколько событий произошло!

Убит Михаил. Таисия выпала из окна. Все стрелки указывают в сторону дяди! Сначала он избавился от потенциально опасного Михаила, который зарился на деньги Таисии, а затем для верности избавился и от самой племянницы. Наверное, Таисия стала здорово раздражать дядю своей необузданной любвеобильностью: трое женихов за совсем недолгий промежуток времени. Да женщинам Кавказа и одного-то мужчины за всю их жизнь бывает чересчур много, они воспитаны в скромности. А тут сразу три, да подряд, да все такие никудышные! Позор семьи, вот что такое Таисия.

Если предположить, что исчезновения двух предыдущих ее женихов — это дело рук ее дяди, то не мог ли он прикончить и Михаила? А потом, хорошенько подумав, и саму Таисию? Ведь останься племянница живой, она быстро утешилась бы и нашла себе следующего жениха. И его тоже потребовалось бы устранить. Так не лучше ли одним махом решить все проблемы, убрав первопричину всех бед?

Тем более что деньги Таисии, за неимением у девушки других близких родственников вроде родителей, детей и супруга, достанутся ее дяде?

— Ты как хочешь, а мне этот дядя здорово подозрителен!

— Во что бы то ни стало нужно с ним для начала познакомиться.

Дядя Таисии оказался энергичным человеком. Пока сыщицы перемывали ему кости, он успел выяснить, в какую больницу увезли племянницу. Перезвонил Марату и продиктовал тому адрес, куда следует подъехать.

— Мы тоже едем!

Марат не стал возражать. Понимал, наверное, что это просто бесполезно.

Правда, в саму палату к Таисии пустили только Алену. Да и то лишь после того, как Ваня пошушукался с лечащим врачом и к тому в руки перекочевало несколько симпатичных голубеньких бумажек. После этого врач мигом подобрел и забыл, что в реанимацию пускают только близких родственников.

— Проходите, только ненадолго. Человек, которым вы интересуетесь, уже там.

Не без внутреннего трепета Алена проследовала в указанном направлении. Она не боялась, что дядя Таисии набросится на нее. Даже если он и жестокий убийца, не станет же он убивать ее в людном месте, на виду у десятка свидетелей? И все же спиной она чувствовала тревожный взгляд своего верного Вани.

Дядя Таисии оказался совсем не таким страшным, каким нарисовало его воображение Алены. Был он невысок и сухощав. Его черные в молодые годы волосы теперь почти полностью поседели. А когда он обернулся к вошедшей Алене, то девушка увидела, что и морщин у дяди предостаточно. Он был уже далеко не молод. Да оно и понятно, ведь и Таисия была совсем не девочка.

Разглядеть Таисию у Алены не получилось из-за обилия проводков и трубочек, которыми была буквально утыкана несчастная. Но одно Алена поняла стопроцентно: потерпевшая не была красавицей, об этом говорил выдающихся размеров нос, торчащий среди проводков.

— Как она? — шепотом спросила Алена.

— Пока неизвестно, — покачал головой дядя. — Врачи оказали ей первую помощь и, так как девочка сильно плакала, вкололи ей снотворное. Теперь она спит.

— А что говорят врачи?

— Они надеются на лучшее.

И в уголках его глаз появилась влага. Неужели плачет? Или это просто аллергическая реакция на сухой больничный воздух? Алена решила пока не делать никаких выводов. Но в целом дядя ей даже понравился. Он не был похож на жестокого убийцу, способного ради денег племянницы отправить на тот свет двух человек, а потом еще покушаться на жизнь самой племянницы. Было в нем какое-то присущее горцам благородство.

Но как уже говорилось, Алена решила пока не делать никаких поспешных выводов. И знаками указав дяде Таисии на дверь, предложила ему выйти из палаты в коридор.

— Наверное, вы Анна? — первым делом спросил мужчина у Алены. — Красивая стильная блондинка... Племянница мне много про вас рассказывала.

— В самом деле?

Алена не очень-то понимала, как ей реагировать на это заявление. Дядя Таисии принял ее за подругу племянницы, это позволяло надеяться на откровенный разговор. Предоставленным шансом надо было воспользоваться. Но вот беда, она даже не знает, как зовут собеседника! Не удосужилась поинтересоваться у Марата, вот тетеха!

К счастью, дядя сам исправил неловкость. Он протянул Алене руку и произнес:

— Будем знакомы, Тамерлан.

— О! — невольно ахнула Алена. — Какое звучное имя.

Все любят комплименты. Мужчины в особенности. И дядя Таисии не был исключением — ему польстила реакция Алены. И он взглянул на нее с еще большей симпатией:

— Вы настоящая красавица. Таисия вами всегда восхищалась.

— Не надо хоронить ее раньше времени. Я говорила с врачом. Травмы тяжелые, но надежда есть.

— Не скрою, я очень встревожен тем, что происходит с моей племянницей. Все эти проходимцы, которые крутятся вокруг нее со дня смерти ее матери... Я чувствовал, что будет беда. Когда молодая женщина живет одна, это нехорошо и неправильно.

— Но вы сделали все, что было в ваших силах!

— Вы так думаете?

— Вы даже Марата к ней прислали, чтобы он за ней приглядывал.

— Да, только, боюсь, я не до конца прояснил своей племяннице свою задумку. Таисия отнеслась к Марату как к прислуге. А у меня были насчет парня совсем иные планы.

— Какие же?

— Марат — сын моего очень хорошего друга. Когда тот умер, его старших детей забрали к себе прочие родственники. Но Марат... он родился гораздо поздней всех других детей. И к тому же его мать, рожая Марата, умерла сама. А вскоре и отца не стало. В общем, в родне к мальчику испытывали двойственные чувства.

— Родственники в душе винили его в смерти матери?

— Считали, что Марат приносит одни лишь несчастья. Что он, если хотите, притягивает их к себе и к тем, кто его окружает.

— Но это же чушь!

— Конечно, несусветная глупость. Его мать знала, на что шла, рожая в столь зрелом возрасте. А смерть отца... Ну, к ней Марат вообще не имел никакого отношения.

— И тем не менее родня отказалась от ребенка, а вы его усыновили?

— Именно что усыновил. У меня никогда не было сына, только три дочери. Все три уже замужем. Сговорены они были с женихами еще до появления на свет Марата. Непросватанной оставалась одна Таисия. И когда моя сестра умерла, а Таисия осталась совсем одна, я подумал: почему бы и нет? Почему бы мне не послать Марата к ней, чтобы он был ее опорой и подмогой? Возможно, у них что-то получится... Таисия осталась одна, ей явно не хватает тепла и участия. Возможно, они понравятся друг другу.

Алена молчала, и дядя воскликнул:

— Не знаю, зачем я вам все это рассказываю! Вам, наверное, это совсем неинтересно.

— Нет, нет, напротив, — заверила его Алена. — Очень интересно!

При этом она думала, что дядя далеко не прост. Речь у него была безупречна. Даже кавказский акцент был почти не слышен. К тому же чувствовалось, что этот человек начитан, умен и имеет хорошее образование.

— А сама Таисия вам ничего по этому поводу не говорила?

— Насчет Марата?

— Да. Одно время мне казалось, что у молодых все идет к свадьбе. Но потом появился сначала один «жених», потом второй... Затем этот Михаил... Будь он неладен! И откуда он только свалился нам на голову! Редкий проходимец! Впрочем, других у Таисии и не бывало.

— Но ведь перед Михаилом были еще двое. Валера и Паша.

— Верно. Но от них нас судьба уберегла. Первый был просто бандитом, он быстро сел за решетку, где ему самое место. А второй любил заложить за воротник. И в пьяном виде угодил под машину.

— Таисия очень переживала, — высказала догадку Алена.

Дядя принял догадку за утверждение, ведь он посчитал Алену близкой подругой своей племянницы, от которой у той не было секретов.

— Переживала, верно. Но лично я считаю, что лучше уж недельку как следует поплакать, чем потом всю жизнь понемногу слезы лить.

Дядя вытер влажный лоб большим носовым платком. Вид у него был озабоченный и расстроенный одновременно.

— Что касается Михаила, то с ним я даже не представляю, как быть. Я навел о нем справки. Он аферист, был судим. Совсем не такого человека я хотел бы видеть членом нашей семьи.

Дядя Тамерлан говорил о Михаиле как о живом. Да и на жестокого убийцу он был решительно не похож. И тем не менее Алена спросила у него:

— Вы считаете все случившееся совпадением? У Таисии были три жениха, но ни с одним она под венец так и не пошла. Уж не встал ли между ними кто-то еще?

Дядя удивленно на нее взглянул:

— Что вы имеете в виду?

— Михаил куда-то запропастился, — с делано безразличным видом произнесла Алена. — Вы не знаете, куда он исчез?

— Исчез? Говорите, исчез? И как давно?

— Уже несколько дней не появлялся у Таисии. Может, он ее бросил?

— Да, да, Марат мне что-то такое говорил. Он ведь приглядывал за Таисией, заметил, что Михаил пропал.

Дядя явно хотел что-то сказать, но заметил позади Алены кого-то знакомого и взмахнул рукой:

— Иди сюда!

Алена оглянулась и увидела Марата. Тот быстро подошел к своему приемному отцу.

— Говори, давно Михаил пропал?

— Уже несколько дней он не появляется.

— А что Таисия? Ты с ней говорил?

— Да.

— И что?

— Сказала, чтобы я не лез в ее дела.

— Плакала?

— Нет.

— Была подавлена?

— Я бы не сказал.

— Похоже было на то, что Михаил с ней порвал?

— Вот уж совсем нет! Я так понял, он просто куда-то уехал. Делать приготовления к свадебному путешествию, так вроде. Таисия считала, что Михаил готовит ей нечто совершенно особенное.

Ноздри у дяди Тамерлана гневно дрогнули. А затем он стал что-то быстро говорить Марату, причем то и дело тыкал пальцем в сторону палаты, где лежала Таисия. О чем у них идет речь, Алена толком понять не могла. Понимала, что говорят эти двое о Таисии, но вот в каком ключе? Что требует дядя от Марата? Чтобы тот остался и охранял покой Таисии? Или дядя хочет получить от Марата согласие на совсем противоположную вещь? Может быть, дядя хочет, чтобы Марат остался и довел до конца начатое им дело? Добил Таисию, пока та беспомощна и опутана медицинскими трубочками?

Дорого бы дала сейчас Алена, чтобы понять, о чем говорят эти двое. Отойдя в сторонку, она продолжала следить за говорившими между собой родственниками потерпевшей. Снять совсем с них подозрение Алена никак не могла. Да, они оба казались искренне озабоченными судьбой Таисии. Но опять же, с каким знаком была эта их озабоченность? С плюсом или с минусом? О чем сговаривались сейчас мужчины между собой? О том, как им выручить родственницу из беды? Или о том, как бы побыстрее окончательно погубить ее?

Глава 9

Оставаться в больнице друзьям было незачем. Состояние Таисии было тяжелым, но стабильным. Врачи не хотели делать оптимистичных прогнозов, но по их бодрому виду сыщики поняли: шансов выкарабкаться у Таисии довольно много.

— В больнице ей вряд ли что-либо грозит. Если даже предположить, что ее падение из окна не случайно, вряд ли дядя и Марат осмелятся повторить покушение под оком видеокамер.

Что касается подруг, то они познакомились и поговорили с дядей Таисии. То есть выполнили то, ради чего сюда приехали. Повидали дядю. Теперь у них было кое-какое представление о том, что он за человек.

— Надо бы узнать, как обстоят у него дела в плане бизнеса, — заметил Ваня. — Если там все гладко, бизнес идет в гору и приносит прибыль, тогда ладно. Но если у дяди Тамерлана в бизнесе провал, это даст нам лишнюю зацепку.

За то время, что компания провела в больнице, Ваня проявил редкую ловкость и расторопность. Он познакомился с симпатичной пышечкой Настей, работающей в регистратуре. Именно она принимала от дяди Тамерлана деньги за оплату дополнительных услуг сиделки. Для этого требовался паспорт. И теперь Ваня знал не только имя, но и фамилию, и прочие данные человека, оплатившего комфортное пребывание Таисии в больнице.

— Сейчас бы знакомого компьютерщика. Он бы мигом проверил этого Тамерлана Агабековича!

И нам бы сказал, что это за человек. Можно ли ему доверять?

— А меня больше интересует та подруга Анна, за которую меня принял дядя Таисии.

— Хорошо, что Марат при вашем разговоре не участвовал. Он бы мигом объяснил дяде его ошибку.

Действительно, Марат должен был знать Анну, ведь он много времени провел рядом с Таисией. Он должен был быть в курсе также и того, как найти Анну. Но в то же время подруги не хотели обращаться к Марату за помощью. Они все еще не определились в своем отношении к нему. По словам дяди, Таисию обожали и он, и Марат. Но так ли это было на самом деле?

И еще имелась одна вещь, которая цепляла мысли Инги, словно железный заусенец на гладкой балке.

— Я вот все думаю... Михаил, когда он представился мне Кириллом, держался на ювелирной выставке очень свободно. Опять же, кольцо, которое он мне подарил. Мне кажется, оно дорогое. И сделано в единственном экземпляре в «Афине Палладе». Где Михаил мог его взять?

— Мало ли где, — безразлично откликнулась Алена.

— И еще этот его личный водитель, — не унималась Инга. — Я уверена, что именно с этим мужчиной Михаил ездил ночью к офису «Афины Паллады».

— Марат рассказывал.

— Вот! Что им там было нужно?

— В самой «Афине Палладе» ни твоего Мишку, ни его водителя знать не знают. Мы же смотрели фотографии из личных дел сотрудников. Помнишь?

— Да. Но что, если нам проверить тот дом, куда Михаил ездил со своим напарником ночью?

— Дом?

По лицу Алены было видно, что идея эта ей понравилась.

— Где там был этот дом? — задумчиво пробормотала она. — Под Павловском, да? Хм... Слушай, а где Марат?

— Тут где-то был.

— Надо, чтобы он показал нам дорогу. Одни мы этот дом нипочем не найдем!

Марата удалось перехватить прямо у больницы. Они с дядей уже садились в новенькую «Киа», машину не из самых дорогих, но и не из дешевых. Твердый середнячок, жалоб на который почти не случалось.

— Марат, можно тебя на минуту?

И когда тот подошел, Алена попросила:

— Покажи нам дорогу до того дома, о котором ты говорил. Ну, куда Мишка мотался на машине Таисии. Помнишь дорогу?

Марат кивнул. Он не заставил себя уговаривать, сразу же сел в машину к подругам. Правда, предварительно о чем-то переговорил со своим отцом, после чего дядя Тамерлан сам сел за руль и, посигналив друзьям, уехал.

— Ну, поехали. Я еще хочу успеть вернуться сегодня к Таисии. Врачи разрешили родственникам дежурить возле ее кровати. Сейчас отец привезет тетю Суфью — жену дяди Мурата, она с Таисией побудет. Потом старшая дочка тети Суфьи приедет или я, если успею.

Да, родственники тесно сплотились возле Таисии. И снова Инга не могла понять: хорошо это или плохо? Пожалуй, что хорошо. Ведь не могут же все поголовно родственники Таисии быть негодяями, желающими девушке смерти из-за наследства?

До дома, о котором говорил Марат, было недалеко. Не доезжая до Павловска нескольких километров, машина свернула с трассы на асфальтированную, но куда более узкую дорогу.

— По ней мы тоже сможем выехать прямиком к тому дому, который нам нужен.

И когда впереди показалась застройка частного сектора, Марат с удовлетворением вздохнул:

— Тут! Все правильно. А я боялся, что не найду. В прошлый раз ведь я здесь был ночью.

— А как ты следил за этими двумя?

— На машине с Хусейном.

— Тоже родственник?

— Троюродный брат.

— И как ты его уговорил взяться за слежку?

В ответ Марат удивленно посмотрел на сыщиц и пожал плечами:

— Он же мой брат. Я сказал, что хочу посмотреть, чем занимается Мишка, когда уезжает на «Мерседесе» Таисии якобы по делам. И что мне нужна его машина. После этого Хусейн сам предложил мне поехать со мной. Ведь Михаил тоже был не один — мало ли как могли развернуться события. Поддержка брата никогда не помешает.

— Долго еще ехать?

— Уже приехали. Сейчас за поворотом будет этот дом.

Но Марат попал пальцем в небо. Впрочем, он и сам не ожидал, что вместо дома, куда ночью Михаил и его приятель привозили свой груз, окажется пепелище.

— Мама родная! — ахнула Алена, едва выбравшись из машины. — Что тут приключилось?

Еще только смеркалось, и зрелище было жуткое. Огонь тут бушевал страшный — от дома остались одни лишь стены и фундамент. Несмотря на то что они были из бетона и камня и в огне пострадать не могли, жить на руинах было нельзя. Крыша провалилась и погибла в огне. Оконные стекла лопнули от жара. Но больше всего Ингу поразили покореженные огнем деревья — яблони, вишни и сливы.

— Ты уверен, что это тот самый дом?

— Да. Видите, ограда какая приметная. И колючая проволока натянута. Ни у кого из соседей проволоки на ограде нету.

По пепелищу ходили какие-то люди. По всей видимости, местные маргиналы, старающиеся найти какие-то вещи для себя, на продажу или даже по заказу хозяев сгоревшего дома. И Ваня обратился к одному из них:

— Будьте добры, ответьте: что тут произошло?

Двое мужиков средних лет в грубых сапогах и куртках оставили свое занятие и подошли к приезжим.

— Как че произошло? Пожар. Или сами не видите?

— Видим. Но вы не знаете, как начался пожар?

Один из мужиков сплюнул и безразлично пожал плечами:

— Фиг его знает, отчего полыхнуло. Дело-то поздно вечером было, почти ночью. Но Виталька по ночам поздно не ложился. Проводку, наверное, коротнуло. У Витали в мастерской много разных приборов было: и печь электрическая, и вытяжка, и еще всякая хрень.

— А когда это произошло?

— Да уж дня три.

— Не, сегодня только третий пошел.

Мужики принялись вспоминать, вяло поругались, но к единому мнению так и не пришли. Однако было ясно, что пожар приключился уже после убийства Михаила. И значит, отнести его на счет того, что Михаил пытался прикончить своего напарника, не получалось. Разве что напарник в пожаре выжил, нашел врага и самолично того прикончил.

И в связи с этим возникал важный вопрос:

— Ну а сам хозяин выжил?

— Какое там! Одни кости обгоревшие остались. Хорошо еще, что Лялька — жена Виталькина — в ту ночь у матери ночевала. Только потому и жива осталась. А так бы вместе с Виталей в дыму задохнулась.

— Значит, хозяин погиб в огне?

— Задохнулся.

— А вдруг это был не он? Вдруг вместо Витали в дыму задохнулся кто-то другой?

— Странные вы вещи говорите, — почесал затылок тот из мужиков, что был поразговорчивее и посообразительнее. — Это кому же в доме у Витали среди ночи быть?

— Ну, может, гость какой допоздна задержался.

— А ведь и правда, гость у Витали в тот вечер был, — неожиданно хмыкнул второй мужичок и мелко-мелко рассмеялся, прикрывая рукой беззубый рот. — Только не гость, а гостья. Поздно пришла, темно уж было.

— Ты чего мелешь, шляпа немытая? Какая такая гостья?

— А такая. Красивая девка, блондинка. Я думал сначала, подруга какая Лялькина. А как сама Лялька следователю начала объяснять, что в ту ночь дома не ночевала, — я сразу и смекнул, что к чему. Полюбовницу Виталя к себе в гости приглашал.

— Так ведь на улице темно было. Как же вы разглядели девушку?

— А у Витали над калиткой фонарь приспособлен был. Не всегда горел, а только когда в дом кто-то входил или выходил.

И кивнув, мужичок закончил свою мысль:

— Вот так-то. Пока жены не было, Виталя потаскуху какую-то к себе в гости позвал.

— Брешешь! — не выдержал его приятель. — Они с Лялькой дружно жили.

— Я эту полюбовницу вот этими самыми глазами видел, когда она к Витале заходила. Он сам ее в ворота впустил, а мне кулак показал. Таким я его и запомнил.

И небритый тип неожиданно жалобно шмыгнул носом и вытер покрасневшие веки. Но Алену в его рассказе взволновало другое.

— А ее тело тоже нашли?

— Кого?

— Полюбовницы этой!

Мужики переглянулись и вновь принялись дружно чесать затылки. Но в конце концов собрались с мыслями и объяснили, что обгоревшее тело было всего одно — Виталино. А если баба и была, то она ушла еще до пожара, что, конечно, странно. Потому что куда бы она одна и среди ночи тут делась?

— Разве что на такси уехала. Для такой богачки такси нанять не проблема. Да и Виталя не бедствовал. Дом у него был — хрямина! Три этажа — два из камня, верхний из дерева.

— А где полыхнуло?

— В мастерской у него пожар начался. На первом этаже.

— А чем Виталя покойный занимался?

Но мужики неожиданно насторожились:

— Эй, а чего это вы нас все выспрашиваете и выспрашиваете?

— Тихо, мужики, — попытался урезонить их Ваня. — Друзья мы Виталины, ясно?

Но мужики на удочку не попались.

— Друзья-а-а? А сами что-то совсем ничего про Виталю не знаете! А ну, говорите правду! А то ни словечка вам больше не скажем.

Пришлось отвести их в сторону от Марата и рассказать и про убийство Михаила, и про покушение на Таисию. После этого соседские мужики согласились взглянуть на фотографию Михаила. И один из них даже припомнил, что пару раз видел, как тот приезжал к хозяину сгоревшего дома.

Но что за дела связывали этих двоих, соседи сказать не брались. По их словам, Виталя, несмотря на молодой возраст, ему еще не исполнилось и сорока, был человеком нелюдимым. Сам в гости ни к кому не ходил и у себя в доме тоже посторонних не привечал.

— Да что там, даже мальчишек соседских отучил к себе во двор лазить. Видели, какую ограду себе соорудил? Меня прямо оторопь взяла, когда я увидел, чего он делает. Так ему и сказал. Людей, говорю,

Виталя, на зону за преступления ссылают, а ты сам себе зону у себя дома соорудил. Или готовишься уже?

— А он чего?

— Куском кирпича швырнул. Чуть было в морду мне не попал. Сука он был, хотя про покойников плохо говорить и не принято. Сколько раз у него на опохмелку просил, ни разу не дал! А ведь деньги у Витали были. Были! Ну, и кто он после этого? Сука и есть!

На этом разговор и закончился. Поговорить с женой покойного хозяина дома Лялей подругам не удалось. Она была у матери. А адреса сей достойной особы соседские мужички не знали.

На обратной дороге все молчали. Очередной след, который мог привести к разгадке личности убийцы, завел их в тупик. Говорить ни у кого охоты не было. И лишь избавившись от Марата, подруги принялись строить догадки вслух:

— Михаил мертв. Этот его приятель — бывший шофер — тоже мертв. Совпадение? Или что-то другое?

— Насчет этого Витали еще не факт, что именно он в доме сгорел. Останки в плохом состоянии, опознать тело было невозможно. Мы лишь можем предполагать, что в доме сгорел именно хозяин. Но что, если это был не он?

— А кто?

— Ну, та женщина, которая к нему приезжала. Или еще кто-то.

— А сам Виталя, прикрываясь тем, что он официально умер, поехал в город и прикончил там Михаила?

— И Таисию, может, тоже он из окна вытолкнул?

— Почему бы и нет! — воскликнула Алена. — Мы же не знаем, чем Михаил с этим Виталей занимались. И во что они втянули Таисию, тоже не знаем. Она могла что-то такое об их делишках пронюхать, за что Виталя их обоих и устранил: и Михаила, и Таисию.

— Михаила — возможно, — подал голос Ваня. — Но Таисию — это точно не он. Ее-то за что? Я так думаю, Мишка свою невесту за дуру конченую держал. Ни в какие свои дела он ее посвящать бы не стал.

Но это была личная точка зрения Вани. А как там дела обстояли на самом деле, еще неизвестно.

Оказавшись в городе, подруги вновь остались в компании одного лишь Вани. Марат уехал к своему отцу, а потом к Таисии. Милочка еще в больнице вспомнила, что дома у нее есть свои дела, и от поездки в Павловск отказалась.

Ну а Алена с Ингой, окончательно вымотавшись за целый день, почувствовали, что буквально валятся с ног. К тому же они все трое были страшно голодны. В животе бурчало, как в старых водопроводных трубах. Слышать и ощущать это было не очень-то приятно.

— Хочу есть, — тоскливо произнесла Инга. — Умираю.

— И не говори. С утра на ногах.

— В животе прямо все в трубочку скручивается.

— Совсем забыла! — хлопнула по лбу Алена. — Нас ведь ждет Блумберг в ресторане!

За всеми сегодняшними многочисленными разъездами и делами подруги совсем забыли о том, что пригласили адвоката поужинать с ними вместе.

— А где он нас ждет?

— В «Бастионе». Слышала о таком? Дорогое место и очень пафосное.

Инга покачала головой. Нет, не слышала. Она не часто ходила по дорогим ресторанам или, если уж на то пошло, вообще по ресторанам. Предпочитала готовить себе сама. Качество еды, которую подавали в ресторанах, по большей части вызывало в ней разочарование. Если и не отравишься, то все равно надумаешься всякого.

Но если за компанию, то Инга была не против ресторанной еды. На миру, как известно, и смерть красна. Но будь она одна, спокойно покушала бы у себя дома. Правда, готовить после целого дня хлопот и беготни совсем не хотелось.

— А в этом «Бастионе» нас быстро накормят? А то бывает, что, пока блюдо приготовят, уже уходить пора.

Пока Инга стенала и сомневалась, Алена уже связалась с Блумбергом, переговорила с ним и бодро заявила:

— Все в порядке! К нашему приезду еда будет готова! Ты, Ваня, сядешь отдельно.

— Буду в пределах видимости, — по-военному четко отрапортовал охранник.

«Бастионом» оказалось новое заведение, специализирующееся на блюдах традиционной еврейской кухни. Тут подавали кошерную пищу, которую Блумберг уписывал с видимым удовольствием.

— Обычно после восьми вечера я ничего не ем, — сообщил он подругам, промокнув губы салфеткой. — Но сегодня заседание коллегии адвокатов, в которой состоит и ваш скромный слуга, несколько затянулось. Я пытался привлечь внимание своих коллег к тому, что уже слишком поздно, пора и честь знать, но мой глас не был услышан. Поэтому я вынужден извиниться за отсутствие пунктуальности у моих коллег.

— Ничего, мы сами были заняты.

В глазах Блумберга мелькнул интерес. Но расспрашивать он не стал. Вместо этого щелкнул пальцами официанту.

— Я осмелился сделать заказ и для вас тоже. Взял нам всем фирменную говядину в горшочке. Попробуйте, сразу поймете, что такое кошерная пища!

На взгляд Инги, поданное им тушенное с овощами и пряными травами мясо ничем не отличалось ни на вкус, ни на вид от точно такого же куска вырезки, приготовленного в любом другом месте. Но Блумберг твердо считал, что питаться надо согласно заветам предков и открытиям современной науки. И Алена с Ингой, рассудив, что вреда от такой кухни точно не будет, приступили к трапезе.

Мясо оказалось мягким. Они с удовольствием с ним расправились и почувствовали, что совершенно наелись. От второго горячего блюда они отказались. А вот Блумберг заказал себе еще фаршированную щуку, поданную ему в виде ломтя от целого рулета. Кусок плавал в бульоне, а все блюдо в целом больше напоминало суп. Уставшие, сытые и согревшиеся подруги почти дремали, наблюдая, как Блумберг расправляется со щукой, не забывая развлекать их разговором:

— Чтобы правильно приготовить фаршированную щуку, ее нужно почистить, снять с костей все филе, шкуру снять чулком, а голову отрезать. Потом из головы, плавников и костей сварить крепкий бульон, можно добавить другую мелкую рыбку для наваристости. Мясо щуки надо пропустить через мясорубку, лучше несколько раз, затем смешать с размоченной булочкой, зеленью. Фарш запихнуть обратно в кожу, зашить и варить получившуюся колбасу до готовности в рыбном бульоне.

— Очень трудоемкий процесс.

— Моя мама готовила щуку каждые выходные. Прекрасно помню, на все у нее уходило три с половиной часа, но результат того стоил! Мамину рыбу хвалила даже моя бабушка — папина мама. А она, откровенно говоря, была скупа для моей мамы на похвалы. А вот мама была совсем не такая. Она так мечтала, чтобы я наконец женился, что любила мою избранницу уже, так сказать, заочно.

Говоря о своей маме, Блумберг то и дело поглядывал в сторону Инги. Это не укрылось от глаз Алены, но оставило саму Ингу совершенно равнодушной. Она вообще не поднимала глаз от тарелки и казалась отсутствующей. Чтобы исправить невежливость подруги, Алена откликнулась на последнюю реплику Блумберга:

— Свекровь редко похвалит невестку. Это обычное дело. Ваши мама и бабушка не были исключением.

— Мама скончалась десять лет назад. Бабушка ушла еще раньше. Мне очень не хватает моей мамы, она была самым близким мне человеком. И когда ее не стало, я на многое взглянул иначе. В общем, теперь я хочу исполнить мамино самое большое желание. И я ищу себе подругу, которая бы умела и, самое главное, хотела готовить щуку по выходным.

— Пока не встретили?

— Я не женат — значит, не встретил.

Инга пропустила разговор своей подруги с адвокатом мимо ушей. Меньше всего на свете ее интересовали брачные и гастрономические предпочтения господина Блумберга. Если человек настолько зациклен на фаршированной рыбке, так женился бы на поварихе. Небось, в этом ресторане на кухне трудится какая-нибудь милая еврейская женщина, которая с радостью примет предложение руки и сердца. Если речь о сердце в данном случае уместна.

— Конечно, кто-то скажет, я мог бы взять в жены повариху из этого ресторана, — неожиданно произнес Блумберг, и Инга, вздрогнув, подняла на него глаза.

Она встретилась со спокойным, слегка насмешливым взглядом адвоката и окончательно смешалась. Он что, читает ее мысли? Как он понял, о чем она думает?

— Но это женщина шестидесяти лет, родилась и выросла она в Узбекистане. У нее муж, трое детей и семеро внуков. Вряд ли она согласится бросить их всех для того, чтобы до конца своих дней по выходным готовить фаршированную щуку для одинокого еврея.

— Господин Блумберг, не расстраивайтесь вы так. Найдете вы себе жену, какие ваши годы?

— Однако хотелось бы не только найти, но еще и пожить с любимой... Как продвигается ваше расследование?

Последний вопрос был неожиданным и никак не связанным с тем, о чем они говорили прежде. Подруги вроде бы и ждали этого вопроса, но все равно он прозвучал словно гром среди ясного неба. Алена закашлялась. А Инга, чувствуя, что совсем засыпает, торопливо попросила себе десерт:

— Мороженое, пожалуйста. Сливочное, с орешками.

Вид у Блумберга сделался неожиданно несчастным. И только приступив к мороженому, Инга догадалась, по какой причине. Блумбергу было невыносимо видеть, как кто-то поглощает при нем молочную пищу сразу же после мясного блюда. В еврейской кулинарии мясное и молочное не могло смешиваться ни в каком виде. И если после молочной пищи мясную можно было съесть этак через полчасика, предварительно прополоскав рот, а лучше почистив зубы, то молочное поверх мясного в течение одной трапезы есть и вовсе запрещалось.

Но Блумберг стойко выдержал это зрелище. И что уж совсем было странно, он ничуть не расстроился, когда Алена, последовав примеру подруги, взяла себе на десерт точно такое же мороженое. Почему-то вид поглощающей некошерную пищу Инги вызывал в Блумберге массу переживаний. А вот на лопающую мороженое Алену он взирал с совершенным спокойствием, без намека на страдание.

Десерт на какое-то время оттянул разговор. А затем Блумберг вновь приступил к расспросам:

— Я должен быть уверен, что вам, Алена Михайловна, ничего не грозит. Поймите, если с вами что-нибудь случится, ваш муж снимет с меня мою бедную еврейскую шкуру!

— Будет вам прибедняться, господин Блумберг, вы у нас побогаче многих будете. Да и шкуру вашу никто не тронет. Не зверь же мой муж!

— Алена, я все понимаю, но Василий Петрович мой хороший и давний друг. Если я не уберегу его жену, сам себе этого не прощу.

— Слушайте, господин Блумберг, а ведь вы и правда можете нам помочь!

— Весь к вашим услугам. Что нужно сделать?

— У вас есть возможность пробить одного человечка по своим каналам?

— Что вы имеете в виду?

— Ну, узнать, есть ли у него надежный бизнес, враги, судимости. Нам сейчас все сгодится.

Блумберг колебался недолго.

— И кто этот человек? — спросил он.

— Махмедов Тамерлан Агабекович.

Блумберг помолчал, роясь у себя в памяти.

— Не припоминаю, чтобы я слышал это имя. Он серьезный бизнесмен? У него крупный бизнес?

— В том-то и дело, что мы не знаем. А узнать это необходимо. И, кстати, этот бизнес может находиться не в Питере, не в Москве, а где-нибудь на Кавказе.

И подруги посвятили своего друга в суть дела. Они также объяснили, зачем им нужна информация о дяде Таисии.

— Если дядя Тамерлан и сам богат, то ему зариться на состояние племянницы резона нету.

— Но тогда все равно под подозрением остается Марат. Он держится так, словно ни в чем не виноват. Про убийство Михаила он вроде вообще не в курсе. Про Таисию говорит, что любит ее. Но при этом парень совсем небогат и полностью зависим от своего приемного отца — дяди Таисии. Кроме того, Марат привык считать Таисию почти что собственностью, своей невестой. И вдруг такой облом. Девушка, за которую его просватал дядя, изменяет ему один раз, потом второй, третий! У всякого бы лопнуло терпение. Если Марат выпихнул девицу из окна, я его очень хорошо понимаю.

— Таисию никто не выпихивал, — возразила Инга. — Под ней провалился балкончик. Дом совсем старый, перекрытия, в том числе и балконные, давно сгнили. Внутри отец Таисии полностью все заменил, а вот балкон, должно быть, оставил без ремонта. Под тяжестью снега и тела Таисии он обвалился.

— Может быть, что и так. Но все равно странно.

— О чем и речь! — Найдя единомышленника, Алена страшно обрадовалась. — Так вы нам поможете?

— Придется, — вздохнул Блумберг. — Ведь иначе вы все равно продолжите свое расследование, а я даже не буду знать, в каком направлении вы движетесь. И Василий Петрович мне за вас голову оторвет.

Но при этом смотрел он почему-то совсем не на Алену. Адвокат не сводил умных печальных глаз с Инги. Но та ничего не замечала. После целого дня, проведенного на ногах, после беготни и сытного ужина ее окончательно развезло. Она клевала носом, ничего не видя перед собой. И совершенно не обращала никакого внимания на беднягу Блумберга!

На следующее утро Инга проснулась от волшебного аромата свежего кофе, который разносился по всей квартире. Но на кухне она обнаружила лишь одного Ваню, который колдовал над старенькой джезвой, в которой слабо шипел темно-коричневый напиток.

Инга до того удивилась, что не сдержалась и воскликнула:

— Ваня! Ты умеешь варить кофе!

От ее громкого голоса охранник вздрогнул, и немного кофе попало на пол.

— Ой, простите! — сконфузился Ваня. — Сейчас я все исправлю.

Инга махнула рукой. Но охранник продолжал бубнить:

— Сейчас тряпочкой вытру. Не волнуйтесь, ничего заметно не будет.

— Ерунда. Это я сама виновата, напугала тебя своим криком.

— Нет, моя вина, — почему-то еще больше расстроился Ваня. — Не скоординировал движения. Старею. Скоро уже буду не в состоянии ложку до рта донести.

— Ты же не слышал, как я вошла.

Желая подбодрить охранника, Инга сделала только еще хуже.

— Еще и слух потерял! — побледнел Ваня. — Уже не слышу, когда ко мне сзади подходят. Еще немного — слепнуть начну. А там уже и до конца совсем недолго...

Инга окончательно смешалась, не зная, как ей реагировать на подобное заявление. И не нашла ничего лучшего, чем брякнуть:

— Ваня, ты прекрасно сохранился для своих лет.

— Да? Но все равно уже не юноша.

— Все когда-нибудь проходит.

Инга с удовольствием пригубила напиток, приготовленный и разлитый охранником по чашечкам. Кофе получился густой, словно шоколад. Она бы насладилась им, но мешал все тот же Ваня, зудевший над ухом:

— Не юноша, верно говорите, а женат до сих пор ни разу не был.

— А что так? — машинально отреагировала Инга, которой, откровенно говоря, было совсем неинтересно.

Но охранник тут же приободрился и живо откликнулся:

— Не получалось все как-то. Женщину подходящую не встретил. Бывает, что совсем уж со знакомой в ЗАГС соберемся, а потом что-то в планы вмешается и расстроится наш поход. То у меня командировка, вернусь — а любимая уже другого себе нашла. То сам откажусь, потому что не мой это человек. По-разному бывало, всего и не упомнить теперь. Но факт налицо. Я до сих пор не был женат.

— Ну, это не так страшно. Куда страшней прожить с человеком много лет подряд и лишь затем понять, что вы друг другу чужие.

— А у вас так было? — быстро откликнулся Ваня. — Ответьте, Инга, так? Для меня это очень важно, поверьте!

Инга не успела поинтересоваться, почему это так важно для него: в дверь позвонили. Поплотней запахнувшись в свой халатик, Инга пошлепала к дверям.

— Кто там?

Ваня немедленно вырос рядом с ней. Но в его услугах необходимости не возникло.

— Это участковый, — ответил Инге знакомый голос Татаринцева. — Разрешите войти?

— Входите.

Ваня исчез так же незаметно, как и возник. А Инга распахнула дверь и впустила визитера. Татаринцеву она была даже рада. Он ведь лицо официальное, значит, и ходы, которыми он ходит, тоже официальные. А Инге было очень нужно через официальное лицо навести справки для их расследования насчет дома в Павловске.

И прежде чем Татаринцев разулся и прошел на кухню, Инга успела ввести его в курс дела.

— Разве не подозрительно, что дом, куда ездил Михаил с этим своим Виталей, сгорел, а хозяин его погиб?

— Действительно, подозрительно.

— Вы наведете справки об этом пожаре? Ну... по своим каналам?

— Все досконально выясню.

И с этими словами Татаринцев двинулся на кухню следом за Ингой. Там он молча обменялся рукопожатиями с Ваней, получил от него чашку кофе и уселся за стол рядом с Ингой. Ваня тоже недолго стоял у плиты. Плюхнулся по левую руку от Инги и стал слушать, какие новости принес Татаринцев.

— В общем, обошел я всех соседей, со многими поговорил и нашел все-таки человека, который видел вашего преступника!

— Видел? — обрадовалась Инга, испытывая жгучее желание броситься на шею к участковому. — И как он выглядел?

— Да вот тут... хм... Тут загвоздочка получается.

— Какая загвоздочка? — не поняла Инга.

Ваня тоже воззрился на Татаринцева с недоумением, переходящим в негодование:

— Ты как есть говори! Чего женщину пугаешь?

— Да я не пугаю, — растерялся Татаринцев. — А загвоздка в том, что один из свидетелей видел вроде бы мужчину в темном плаще. Во всяком случае, кого-то высокого и шагающего по-мужски. Только тот свидетель лица преступника не разглядел.

— Помню. Бедолага, который с женой помириться до самого утра не мог. Но он ведь не утверждал, что мужчина в темном пальто именно ко мне шел.

— Точно. Но я всех соседей обошел, всех расспросил. Ни к кому из них этот тип не поднимался. Из одиноких женщин, к кому мог бы любовник ночью заглянуть, уж извините, только вы одна. Все прочие либо дряхлые старики, которым уже не до любовных утех, либо люди солидные, семейные, обремененные детьми и внуками.

— Может быть, к кому-то из этих... детей? Многие из них уже вполне взрослые люди.

— Но живут они вместе с родителями. А те никаких незваных ночных гостей у себя в доме не наблюдали. Значит, тот тип шел к вам! Верней, не тип, а типша!

— Что? — изумилась Инга. — Но ведь свидетель склонялся в пользу того, что под темным пальто или плащом был мужчина?

— Ну а та свидетельница, которую я нашел, наоборот, видела женщину.

— Видела? А кто?

— Ваша соседка из квартиры напротив видела, как около трех часов утра к вам в квартиру вошла невысокая светловолосая женщина.

— Моя соседка напротив? — задумалась Инга. — Вы имеете в виду бабу Варю?

— Варвара Семеновна Травкина, — заглянув в свои записи, подтвердил участковый. — А вы ее знаете?

— Бабу Варю весь подъезд знает. Послушайте, да разве же можно верить ее словам? Она же первая сплетница! Всем известно, что в ее сплетнях от силы один процент истины.

— Не знаю, со мной она разговаривала очень убедительно. Сказала, что мучилась бессонницей. Сидела у окна, на двор таращилась. Видела, как эта женщина на такси приехала, а спустя десять минут обратно уехала. Таксиста даже не стала отпускать, он ее во дворе с включенными фарами ждал. И двигатель не глушил.

Инга слушала очень внимательно. Если правда то, что рассказала баба Варя, у нее в квартире той страшной ночью побывал даже не один, а двое незваных гостей. Первый был мужчиной в темном пальто, который и зарезал Кирилла-Михаила. А вторая... кем же была вторая гостья? И что ей понадобилось среди ночи у Инги дома?

— Может быть, кто-нибудь из моих подруг? — нерешительно предположила она. — Встревожились обо мне или еще что...

— А среди ваших знакомых есть подходящая под описание персона?

— Дайте-ка сообразить. Невысокая и светловолосая? Да, есть. Даже несколько.

— Расспросите их всех.

— К чему? Если это и впрямь была моя подруга, она бы уже давно мне сама позвонила. Нет, это был кто-то другой. А баба Варя не видела лица этой женщины?

— По ее словам, когда незнакомка вышла из такси, она лица не разглядела. Да и вообще не подумала, что женщина к вам в квартиру пойдет. Это баба Варя поняла, когда услышала, как ваша входная дверь стукнула. Ну а когда незнакомка выходила из вашей квартиры, то она шапку низко-низко на лоб надвинула да еще голову наклонила, словно специально постаралась лицо свое скрыть. Но, конечно, кое-что бабе Варе все равно удалось рассмотреть. Она считает, что портрет этой женщины могла бы изобразить. Так вы расспросите своих подруг? Вдруг все-таки это кто-то из них?

— Хорошо, — покорилась Инга. — Я спрошу.

И тут же она вновь насторожилась:

— И сколько же эта женщина пробыла у меня в квартире? Десять минут?

— Даже и того меньше. Фактически вошла и вышла.

— Могла она за такое короткое время совершить убийство?

— Чисто теоретически — да. Но на практике... Думаю, ей больше времени бы понадобилось. Все-таки не так легко в живого человека, пусть и спящего, нож вонзить. Да еще надо было время потратить на то, чтобы этот самый нож найти на кухне, взять, вернуться в комнату и... и убить.

— А ваши эксперты разве не могут определить, кто держал в руках оружие? Мужчина или женщина?

— Вы от них слишком многого хотите. Не забывайте: само орудие преступления до сих пор не найдено. Нет у нас и отпечатков пальцев или других следов преступника. Мы лишь предполагаем, что орудием убийства мог оказаться нож из вашего кухонного набора. Точнее, самый большой из них. Наш эксперт не поленился, нашел аналогичный нож, и теперь можно сказать, что удары были нанесены этим орудием.

— Ну а личность преступника по этим ударам нельзя установить? Хотя бы примерно?

— Конечно, специалисты могут определить, откуда и из какого положения был нанесен удар. В заключении наших экспертов, например, четко написано: потерпевший находился в горизонтальном положении, предположительно спал.

Инга не удержалась от вздоха облегчения: все-таки Михаил совсем не страдал. Он умер во сне, ничего не почувствовав. Спасибо за это Вере. Хотя, с другой стороны, не окажись в вине снотворного, Михаил бы и не заснул... Он смог бы оказать сопротивление преступнику. Мог остаться живым! А Инга... Инга не оказалась бы под следствием.

От мысли, сколько бед навлекла на ее голову Вера своей завистью, Инга испытала жгучую неприязнь к бывшей родственнице. Вот ведь гадина! Все-таки добилась того, что у Инги теперь неприятности.

Татаринцев, не подозревая о мыслях Инги, продолжал гудеть:

— Эксперты также могут рассчитать силу удара и, как следствие этого, определят физические данные нападавшего. Но вот определить пол — мужчина или женщина нанесли удар ножом — это уж, извините, никак не возможно.

— Но хотя бы телосложение убийцы, какое оно было? Изящное и миниатюрное, как у светловолосой незнакомки? Или крепкое и рост высокий, как у мужчины в темном пальто?

— Второй тип внешности более вероятен.

— Отлично, — откликнулась Инга, хотя ровным счетом ничего «отличного» в рассказе участкового не находила. Наоборот, ей с каждой минутой становилось все страшней. Что за паломничество случилось в ту страшную ночь в ее квартиру?

Но от размышлений Ингу отвлекла Алена. Она появилась на кухне, сладко зевая. И в изумлении остановилась, обнаружив подругу пьющей кофе в обществе двух мужчин.

— А мне чашечки случайно не найдется? — несколько обиженно протянула она.

Никто не успел ответить Алене. У Инги завибрировал сотовый.

— Блумберг, небось, звонит? — немедленно отреагировала Алена, усаживаясь за стол и почему-то при этом улыбаясь во весь рот.

Инга причины веселья подруги не поняла. И удивленно пожала плечами:

— Почему обязательно Блумберг?

— Да так, — хмыкнула Алена вполголоса. — Пришло что-то на ум.

Инге звонил совсем не Блумберг. Да и с чего бы ему звонить ей? Это только Алене могла прийти в голову такая нелепая мысль. На самом деле Инге звонила Соня. Та самая Сонюшка, которую она потеряла на выставке, да так и не нашла.

Увидев ее номер на дисплее, Инга обрадовалась, но и смутилась немного. Все-таки она была виновата перед Соней. Со дня злополучной выставки они не созванивались. Сначала Инга была занята своим скоротечным романом с Михаилом. Потом оказалась в КПЗ. А теперь вот гоняется по городу за преступником, про которого неизвестно даже, мужчина это или женщина!

— Ты где пропала? — прозвенел голосок подруги. — Не звонишь, не появляешься! Я на тебя даже немного обиделась.

— За что?

— На выставке меня одну оставила. Бросила!

— Я не бросала! Я тебя искала, звонила много раз подряд.

— Странно, — озадачилась Соня. — Ни одного твоего звонка у меня в принятых нету. Я думала, ты не хочешь со мной больше общаться. Специально удрала от меня на выставке и не звонишь!

— Но я тебе звонила. Честно!

— Ладно, забудем. Обе мы сглупили. Я ведь тоже могла тебе позвонить, поинтересоваться, как у тебя дела. Не будем больше о прошлом. Лучше расскажи, что у тебя новенького?

— Ой, даже и не спрашивай, — вздохнула Инга. — Новостей так много, не знаю, с чего и начать. Надо будет нам с тобой встретиться и спокойно все обсудить.

— Я могу подъехать к тебе прямо сейчас! Ничем не занята, наоборот, думаю, куда податься.

— Понимаешь...

Теперь Инга была смущена еще больше. Не так-то просто отказывать близким людям в гостеприимстве, когда они ясно дали понять, что хотят тебя видеть.

— Понимаешь, сейчас я несколько занята.

— Понятно, — произнесла Соня, причем было ясно, что на сей раз она разобиделась не на шутку. — Ну что же... Позвони мне, когда сможешь. Я очень за тебя волнуюсь.

— Обязательно.

Инга была растрогана. Милая, преданная Сонюшка! Она ничуть не обиделась, она волнуется за Ингу. Родной человечек! Ласковая, слова поперек никогда не скажет. Не то что эта командирша — Аленка!

Инга была очень признательна своей подруге за помощь, которую та ей оказала и оказывает. Но при этом она не могла отделаться от мысли, что Алена слишком уж рьяно взялась за решение ее проблем. Иной раз Инге даже начинало казаться, что это и не ее проблемы они решают, а собственные Аленины.

Но Инга постаралась выбросить эти мысли из головы, сознавая, насколько они нелепы да и, что там, просто неблагодарны!

Она вновь присоединилась к своим друзьям, с радостью убедившись, что в ее отсутствие они не скучали, а дружно обсуждали поимку преступника. Вот только мнения у сыщиков о том, как действовать дальше, разделились.

— Искать надо мужчину в темном пальто!

— Нет, мы про него ничего не знаем. Никаких примет! Надо искать светловолосую женщину, она тоже могла видеть преступника или даже действовать заодно с ним!

После долгих дебатов было наконец решено, что Татаринцев отвезет с таким трудом добытую свидетельницу бабу Варю в отделение, где с ее помощью художники попытаются составить фоторобот светловолосой женщины. Ну а Ваня с девушками навестят в больнице Таисию.

Ваня уже звонил в больницу, и ему сообщили радостную новость: бедная пострадавшая при падении Таисия пришла в себя. И хотя дежурная предупредила, что к пострадавшей по-прежнему никого не пускают, кроме самых близких, Алена не сомневалась: они прошли раз, пройдут и сейчас.

Глава 10

Она не ошиблась, к Таисии их допустили без особых проблем. Ваня пошушукался с врачом, и Алена получила разрешение пройти в палату.

— Правда, час назад у потерпевшей был следователь, он расспросил Таисию про нападение. А потом рассказал ей о смерти ее жениха. После этого у пациентки случился истерический припадок. Впрочем, от успокоительного укола на сей раз она отказалась. Потом следователь уехал, а к больной зашла ее подруга. Поэтому будет лучше, если вы немного подождете. Больной трудно много разговаривать пока, да еще она перенесла такой стресс.

— Она вообще сможет со мной поговорить?

— Думаю, да. Ведь чувствует себя больная просто прекрасно.

— Вы говорите серьезно? Вчера я видела Таисию в реанимации.

— А сегодня мы ее уже перевели в обычную палату, — радостно развел руками доктор. — Все травмы у нее носят легкий, поверхностный характер. Сотрясения мозга нет. Пострадавшая отделалась переломом ноги и двумя треснувшими ребрами. Ну, еще синяки на бедрах. Но их вообще можно не считать.

— Удивительно!

— Я бы сказал, Таисии парадоксально повезло при падении. И еще... лишний вес тоже сыграл тут свою положительную роль.

— Да?

— Он послужил в качестве смягчающей подушки, не дав камням и железной арматуре повредить внутренние органы.

Алена была рада слышать, что жизни Таисии больше ничего не угрожает. Но ее также волновало и другое:

— А что она сказала следователю? Он ведь не сразу огорошил ее известием о смерти Михаила?

— К сожалению, про нападение Таисия сказала немного. Она ничего не помнит о том, кто на нее напал. По ее словам, она была у себя дома одна. Но внезапно ей стало нестерпимо душно. В этом нет ничего странного, у пациентки еще ранее была диагностирована легкая форма бронхиальной астмы. Она не выносит сильных запахов, они ее буквально душат. Поэтому, почувствовав духоту, Таисия распахнула балконную дверь, чтобы сразу впустить в квартиру свежий воздух. И когда она стояла у окна, ей позвонили. Она увлеклась разговором и не заметила, как к ней кто-то подошел сзади и сильно толкнул в спину. Так сильно, что Таисия, сама того не желая, вылетела через открытую дверь и оказалась на балконе.

— И кто был этот злодей?

— Неизвестно. Сама пострадавшая успела почувствовать только аромат дешевого парфюма, который исходил от этого человека.

— Она не видела лица нападавшего?

— Какое там! Она даже не может сказать, мужчина это был или женщина. По ее словам, духи были скорее мужские, очень сильные.

— Значит, Таисию толкнули, она не удержалась на месте, вылетела на балкон и тот под ее тяжестью пополз вниз?

— Да. Она уперлась руками в балконное ограждение, восстановила равновесие и только хотела оглянуться назад, как балкон под ней рухнул. Поэтому в памяти у нее остался только сильный толчок в спину и удушливый аромат незнакомого парфюма.

Но что, если этот сильный запах Таисия почувствовала еще раньше? Не осознавая, именно из-за него она и распахнула балконную дверь. Значит, злодей уже был в ее квартире, когда она открывала окно и начинала разговор по телефону. Злодей все это видел, он просто воспользовался ситуацией.

Как же злоумышленник проник в ее квартиру? Входная дверь не имела следов взлома. Это Алена помнила совершенно ясно. Участковый с консьержем в первую очередь занялись тем, что детально осмотрели замок и дверь, найдя их неповрежденными.

Это означало лишь то, что у негодяя имелся ключ от квартиры Таисии. Им он и воспользовался. Это вызвало у Инги неприятные ассоциации. Ведь и в ее собственную квартиру убийца Михаила проник именно через дверь, ничуть не повредив ни ее, ни замок.

И, похолодев, Инга подумала: а что, если предположить, что убийца Михаила и человек, покушавшийся на жизнь Таисии, — это одно и то же лицо? Тогда что это за таинственный тип, которому подвластны все замки и двери? И почему он охотился за Михаилом и Таисией? Чем эти двое так ему насолили, что он решился на зверские убийства? Ведь в том, что на жизнь Таисии кто-то покушался, теперь сомнений уже не было.

Пока они разговаривали с врачом, из палаты вышла стильная блондинка, сразу же направившаяся в противоположный конец коридора.

— Все, пора! — шепнул врач. — Идите! Только помните: у вас есть не больше десяти минут.

Алена шмыгнула в палату и невольно ахнула: вся палата была заполнена разноцветными воздушными шариками и цветами. Впрочем, из цветов тут стояли ирисы, хризантемы и тюльпаны. Цветы с крайне нежным, почти воздушным ароматом или даже без аромата вовсе.

— Кто вы? — послышался хрипловатый голос с кровати.

Алена подошла ближе и наконец увидела Таисию. Даже если отбросить синяки и ссадины, покрывавшие лицо и руки женщины, она красавицей не была. В большинстве своем кавказские девушки хороши собой, но Таисия являлась исключением. Нос у нее был непропорционально велик, глаза малы, а подбородок слишком тяжел. Внешность была лошадиная, но фигура при этом, как успела заметить Алена, излишне полная.

— Кто вы? — повторила Таисия, причем на сей раз в ее голосе прозвучали властные интонации.

Алена быстро объяснила.

— А, — проронила Таисия, — Марат мне о вас рассказывал. Вы ищете Михаила.

— Ну... в общем, да.

— Не надо, не ищите его, — слабо покачала головой Таисия. — Все равно не найдете. Он умер.

Алена испугалась, что Таисия вновь зарыдает. Но та неожиданно сказала:

— Я сразу же позвонила Марату. Он уже едет сюда.

— Вы сообщили Марату, что Миша убит?

— Да.

Что тут скажешь? Надо было понимать, что рано или поздно Марату все равно сказали бы о смерти Михаила. Подруги и так долго скрывали от него правду.

— И как он отреагировал?

— Обрадовался. Конечно, вслух не сказал, но по голосу было ясно, что он рад.

— Я его понимаю.

— Понимаете?

— Марат влюблен в вас по уши. Видеть, как вы собираетесь замуж за его соперника, было для него пыткой.

— Он сам вам это сказал?

— Да.

— Надо же, — покачала головой Таисия. — А мне он ни разу о своих чувствах не говорил.

Но Алену прежде всего интересовали взаимоотношения Таисии и Михаила, а не Таисии и Марата.

— Скажите, вы не беспокоились из-за длительного отсутствия Михаила?

— Нет. Миша предупредил меня, что его несколько дней не будет и связаться с ним не удастся. Он уедет.

— Куда? Куда уедет?

— Сказал, что в одно место, где должен закончить приготовления к нашей с ним свадьбе. Он готовил для меня какой-то особенный сюрприз.

Алена едва удержалась, чтобы не хмыкнуть. Понятно, Михаил собирался вплотную «окучить» Ингу, а на это ему нужно было время и спокойствие. Чтобы Таисия не трезвонила ему поминутно. Вот он и наврал своей невесте, что готовит для нее сюрприз, а сам в это время принялся красиво ухаживать за Ингой. Ведь Михаил должен был провести у Инги как минимум одну ночь. И конечно, ему надо было каким-то образом оправдать свое ночное отсутствие перед Таисией.

И тут в глазах Таисии внезапно появилось выражение беспокойства и неудовольствия.

— Вся моя родня была настроена против Миши, — горько произнесла она. — Они его буквально проклинали! Я это точно знаю. И они придумывали про него всякие гадости. Но Миша мне объяснил: родне нужны мои деньги. Вот они и стараются поссорить нас. Ах, он был такой хороший, такой заботливый, все время рядом. Только в последние дни он занялся сюрпризом, который готовил для меня.

— Таисия, я хочу вам сказать, что ваш Михаил...

— О-о-о!.. — не слушая ее, запричитала Таисия. — Какое горе! Жених убит! Я снова одна. Совсем одна против них всех! Я знаю, это все дядины проклятия. Все его вина!

Таисия так горько рыдала, что на шум прибежал врач. На этот раз женщина от успокоительного не отказалась. И Алене пришлось выйти из палаты.

Но она недолго пробыла одна. На шум к палате Таисии спешила давешняя женщина. Она окинула

Алену цепким взглядом и, сменив маршрут, сразу же направилась к ней.

— Подруга пострадавшей, — успел шепнуть Алене проходивший мимо нее врач. — Зовут Анна. Та еще стервоза!

Та самая Анна, за которую вчера дядя Тамерлан принял Алену. И что же? Они похожи? Алена тоже уставилась на подругу Таисии и с радостью отметила, что если сходство и есть, то лишь самое отдаленное.

Черты лица блондинки не отличались ни правильностью, ни даже симметрией. Но она, что называется, сумела сама себя сделать. От природы маленькие глазки и неправильная форма бровей были подкорректированы татуажем, нос явно подвергся пластической операции. А замечательные волосы от природы были явно куда более темного оттенка. Также гладкость фарфорового личика наводила на мысль о многочисленных чистках и шлифовках.

Но общее впечатление, надо отдать должное Анне, все равно было эффектным.

— Это вы представились Тамерлану моим именем? — сильным грудным голосом произнесла женщина, остановившись напротив Алены. — Зачем?

В ее голосе явственно слышался укор. И даже не укор, а скорее угроза. Ваня мигом заслонил собой хозяйку. И Анна, а она этого не ожидала, слегка растерялась. Но надо отдать ей должное, смятение на ее лице не задержалось. Поняв, что подавить противника кавалерийской атакой не получилось, Анна мигом сменила маску и заулыбалась:

— О, что-то я совсем не в себе. Трагедия с подругой совсем выбила меня из равновесия. Извините меня за мой выпад. Но все же, зачем вы представились Тамерлану мной?

— Не знаю, — откровенно призналась ей Алена. — Как-то само собой получилось.

— Само собой?

Анне явно требовались объяснения. И более того, извинения. И Алена поторопилась их принести:

— Некрасиво вышло, я очень сожалею.

— Ничего, — криво улыбнулась Анна. — Благодаря Марату недоразумение прояснилось. Он объяснил Тамерлану, что вы — совсем посторонняя женщина.

Алена готова была поклясться, что если бы они находились наедине, то эта крашеная штучка подобрала бы для нее куда более хлесткий эпитет.

— Мы ведем расследование.

— Марат так и сказал. Вы интересуетесь Михаилом.

Инга тоже рассматривала подругу Таисии со все возрастающей подозрительностью. Надо сказать, Анна ей совершенно не понравилась, потому что была наглой, агрессивной и слишком самоуверенной. Но это еще не все. Анна была блондинкой, пусть и крашеной, но все же блондинкой. И хотя ее рост был средним, модная худоба этой женщины могла вызвать у случайного свидетеля обманчивую иллюзию ее миниатюрности.

И поэтому Инга смотрела на подругу Таисии и никак не могла отделаться от мысли: а что, если это Анна была той блондинкой, которая заглянула к ней в ночь убийства? А что? Побывал же у нее в гостях жених Таисии. Почему бы и ее подруге было не заглянуть?

И хотя никаких доводов в пользу этой версии у Инги не имелось, она не сводила глаз с той, кого сочла потенциальной преступницей.

Но Анна все же сумела обуздать приступ раздражения. На ее лице вновь заиграла приветливая дружелюбная улыбка. И она произнесла, обращаясь к Алене и остальным:

— Забудем же это недоразумение. Нам надо поговорить.

— Мы хотели повидать Таисию.

— Подруга не хочет никого видеть, — быстро произнесла Анна.

Видимо, она не знала о том, что Алена уже побывала в палате Таисии и поговорила с ней. Анна хотела защитить свою подругу, но все равно ее ложь произвела на Ингу неприятное впечатление.

Но Анна продолжила говорить, и недоразумение прояснилось:

— Когда я уходила от Таисии, она пожаловалась на усталость и сказала, что хочет побыть одна.

— Что же, в таком случае визит к Таисии надо отложить, — притворно вздохнула Алена.

— У нее с утра уже побывал следователь, потом ее навестила я, вряд ли у подруги хватило бы сил на еще одно свидание, — подтвердила Анна, обрадованная легкой победой.

Настроение у нее заметно улучшилось. И уже почти весело она произнесла:

— Мне известно, что Михаил тоже мертв. Это правда?

— Почему «тоже»? Кто еще умер? Таисия-то ведь очнулась.

— Ну да, — поспешно согласилась Анна. — Но я имела в виду, что на нее ведь тоже покушались, и успешно? Не так ли? Не будь под окном снега, Таисия была бы уже мертва. Как и Мишка.

Эта женщина производила на подруг двойственное впечатление. С одной стороны, теперь она явно стремилась им понравиться. А с другой... с другой, подруги никак не могли заставить себя поверить этой особе до конца. Анна казалась шкатулкой с двойным дном. И в какую она сейчас играла игру, сыщицы взять в толк никак не могли.

Тем не менее Анна была явно хорошо осведомлена обо всем том, что происходило между Таисией и ее «женихом». Пренебрегать таким свидетелем было нельзя.

— Вы хорошо знали Михаила?

— Трудно не общаться с человеком, за которого твоя лучшая подруга собирается выйти замуж.

— Замуж?

— Таисия была зациклена на замужестве. Ее мать всегда твердила, что высшее счастье для любой девушки — это выйти замуж. Причем подразумевалось, что замуж можно идти только за человека обеспеченного, способного предоставить своей жене безбедное существование.

— Вот уж это никак не Михаил!

— Таисия очень падка на мерзавцев. А если проходимец еще и хорош собой, как этот, то все. Она настолько попала под власть этого человека, что даже мне стало трудно с ней общаться. Я должна была либо вместе с ней восхищаться Мишей, либо молчать. Любое слово критики в его адрес подруга воспринимала в штыки. Один раз мы с ней даже крупно поссорились по этому поводу. И я поняла, что могу потерять подругу.

— А вам этого не хотелось?

— Я боялась, что без меня Михаил окончательно восторжествует. Ему ведь очень быстро удалось прогнать Марата. Я была на очереди следующей, но сдаваться не собиралась!

И Анна гордо вскинула голову, чтобы всем окончательно стало понятно: она не из тех людей, кто легко сдается!

— Я запихала свое мнение поглубже и вовсю начала подпевать Таисии.

...И очень скоро Анна заметила, что настороженные взгляды Михаила сменились снисходительно-ласкательными. Мерзавец не сомневался, что видит перед собой еще одну жертву его мужского обаяния. Он расслабился, поверил в то, что нравится Анне. И, как следствие этого, он начал доверять Анне.

Михаил понимал, что Анна куда умней Таисии. Он неоднократно делился с Анной своими планами насчет ее подруги. Не сомневаясь, что Анна в него влюблена, Михаил говорил ей:

— Мне бы только дотащить Тайку до ЗАГСа. А уж там я на законном основании смогу общипать ее как курочку.

Единственной загвоздкой являлся дядя — глава родового клана Таисии. Воспитанная в почтении к старшим, Таисия отказывалась выходить замуж без благословения старшего в роду мужчины — дяди Тамерлана. А в том, что дядя своего согласия на этот брак не даст, Михаил был уверен. Да и Анну решение дяди не удивляло:

— Ни образования, ни работы, ни жилья собственного! Прописан Миша был у одной легковерной дурочки, но жить с ней не хотел. Девушка была бедная, а Михаил гнался за синей птицей.

— Почему же ты не рассказала о его планах Таисии?

— Чтобы поссориться с ней? Я же объясняю, у нее совсем крыша поехала. Даже если бы я записала откровения Михаила, а потом дала ей послушать, проходимец все равно бы выкрутился. Наплел, что запись поддельная или что он просто дурачился — одним словом, нашел бы, что сказать Таисии. И она бы ему поверила. Ему, а не мне!

Это было похоже на правду. И все равно позиция Анны казалась подругам какой-то двусмысленной. С одной стороны, говорит, что ненавидела Михаила. А с другой — получается, что она с ним даже кокетничала. Во всяком случае, не отвергала его ухаживания, а в чем-то даже и поощряла.

— Наблюдать за Михаилом было отчасти даже забавно. У него в башке всегда имелось множество планов, как заработать много денег, обведя вокруг пальца очередную дурочку.

Ну да, если наблюдать со стороны, то забавно. Если только не ты очередная жертва предприимчивого альфонса, то его действия могут даже и развлечь.

— Мишка был симпатичным, — продолжала разоблачать покойника Анна. — И он нравился бабам. Так что Таисия была не единственной его зацепкой.

Сыщицы лишь покивали в знак согласия. Милочка тоже говорила о том, что Михаил не зацикливался на одной лишь «невесте». Да и сама Инга могла бы это подтвердить хоть под присягой. Но оказалось, что у Анны имеется куда более веское обвинение.

— Я даже не уверена, что Михаил бы довел дело с Таисией до ЗАГСа. В последнее время у него на примете появилась куда более выгодная партия.

Даже так? Подруги развесили уши и стали слушать Анну еще более внимательно.

— Эта женщина появилась в жизни Миши около месяца назад, но с той поры его словно бы подменили. Имени этой особы я не знаю. А сам Миша называл ее не иначе, как «моя прекрасная леди». Причем про леди — это он не врал. Девушка является наследницей целого графства в окрестностях Лондона. А вам ведь известно, почем в Лондоне недвижимость и вообще земля?

Теперь подругам стало и вовсе интересно. По сравнению с деньгами наследной владелицы английского графства богатство Таисии окончательно меркло. А следовательно, меркла и ее привлекательность в глазах Михаила.

— И где же он с этой своей «леди» познакомился?

— Где познакомился, не знаю. Михаил мне о своих планах рассказывал далеко не все. Но в тот раз он здорово выпил, вот и проболтался, что хорошенькая изящная блондиночка еще и богачка.

— Может быть, врал?

— Не знаю, — покачала головой Анна. — Если насчет графства и приврал, то все равно, я уверена, какая-то недвижимость в Англии у девушки точно была.

— Почему ты так решила?

— Мишка не был наглым вралем. В его рассказах всегда крылась крупица истины. Крохотная, но была. Я хорошо изучила этого человека. Вы можете положиться на мое суждение о нем, я вообще редко ошибаюсь в людях. И про эту девушку могу сказать: она Мишку зацепила всерьез.

— Возможно, он просто влюбился в красавицу?

— Кто? Мишка? — изумленно вытаращила глаза Анна. — Влюбился? Вот уж точно, что вы его совсем не знали!

— Но все же... бывают же разные ситуации в жизни.

— Только не для Мишки. Для него в женщине были важны лишь две вещи — красота и ее деньги. Причем деньги стоит даже выставить на первый план. Он и на Таисию запал, хотя она не красавица, из-за ее денег. И на ту милашку из бара тоже.

— Значит, ты ее все-таки видела?

— Ну так, — самодовольно хмыкнула Анна. — О чем и речь! Не на пустом же месте мне Мишка принялся про свою «прекрасную леди» все подробности вываливать. Надо было его к этому подтолкнуть. Я и подтолкнула.

Теперь подруг от Анны и на тракторе было бы не оторвать. Они слушали, как редкая паства внимает своему любимому проповеднику во время воскресной мессы.

— Заметила я их в баре. Мишка вообще любитель по разным кабакам шастать. А тут я в одно из его излюбленных местечек заглянула. Нет, совсем не думала, что Мишка туда тоже завернет. Совсем даже не ожидала его там увидеть.

Ох, что-то слабо в это подругам верилось. Наверняка Анна специально следила за «женишком» своей подруги. Играя роль его наперсницы и делая вид, что она на стороне Миши, подруга Таисии вела двойную игру. Эта женщина умела быть коварной. Но в конце концов, это мелочи, сути самого дела никак не меняющие. Сыщицы отметили про себя, что Анна не так уж проста и может при случае и солгать, но в целом рассказ женщины о том, как она встретила в баре Михаила с его новой подругой, звучал увлекательно и правдоподобно. И поэтому они внимательно выслушали его от начала и до конца.

— Я к ним подходить не стала. Мишка сидел спиной к входу, так что меня он не заметил. Его подруга тоже взглянула на меня лишь мельком.

Оба были слишком увлечены своим разговором, чтобы обращать внимание на что-то или кого-то еще.

— Мне удалось подсесть к ним совсем близко. И я услышала часть их беседы.

Услышанное неприятно поразило Анну. Она и прежде знала, что Мише доверять не стоит, он человек ненадежный, в Таисии его, скорее всего, привлекает ее квартира и оставшийся от отца капитал. Но одно дело подозревать и совсем другое — слышать об этом своими собственными ушами.

— Эта блондиночка, оказывается, была не лыком шита. Смекнула, что Мишка с ней не вполне откровенен, наняла сыщика и выяснила, что Михаил живет с другой женщиной. Вы бы слышали, что он ей заливал насчет Таисии! Будто бы она и больная физически, и умом убогая, и вообще, никакие они не любовники. Он ухаживает за калекой в память о друге — брате убогой. Да у Таисии отродясь никаких братьев не было! А Мишка дальше заливает. Мол, помрет скоро Таисия, освободит его от данного другу обязательства. Считаные ей денечки на свете жить осталось, скоро болезнь ее совсем верх возьмет... Таисия либо в дурке до конца своих дней окажется в позе овоща, либо совсем помрет, что для нее же самой было бы, конечно, лучше.

На этом месте Анна остановилась, чтобы перевести дыхание и видеть реакцию подруг.

— Ну и ну...

Прозвучало это достаточно осуждающе, и Анна вновь кинулась обличать Михаила:

— У меня прямо в голове все от ярости помутилось. Надо же быть таким подлым вруном! Но дальше больше! Дальше оказалось, что ухаживает за убогой Михаил отнюдь не бескорыстно. Он назначен ее единственным опекуном, поэтому все ее имущество достанется ему. Вот только надо доволочь убогую до ЗАГСа, потому что в противном случае могут возникнуть затруднения. Одно дело, когда на имущество погибшей или безнадежно больной претендует законный муж. И совсем другое — когда это всего лишь друг ее покойного брата.

— И что же эта блондинка? Поверила она ему?

— Глазами хлопала, как будто бы поверила. Только сказала, что ей не нравится идея отвести убогую в ЗАГС.

— И что же она предлагала взамен?

— Себя она ему предлагала. Мол, объяснения Михаила ее вполне удовлетворили, что она прямо в восхищении от его благородства. Но приносить себя в жертву убогой больной она ему не позволит. Она его, дескать, слишком для этого любит. У нее другой план: они с Михаилом поженятся, а для больной будет нанята профессиональная сиделка. Надо полагать, на это ее капитала хватит. А если не хватит, то она сама будет приплачивать, потому что страшно богата и деньги для нее не деньги — так, тьфу и фантики!

— И что же Миша? Ухватился он за это предложение?

— Еще как! Слышали бы вы, какие нежности из него посыпались. Просто не мужчина, а киоск со сладостями и цветами!

И, переведя дух, Анна решительно закончила:

— Нет, этот мужчина совсем не подходил Таисии. Вот Марат — дело другое. Не знаю, какого лешего она хорошего порядочного парня от себя прогнала, а мерзавца, наоборот, приблизила. Впрочем, она всегда была небольшого ума и очень падка на всякого рода лесть. Марат красиво говорить совсем не умеет. Он скорее поступок благородный совершит, чем комплимент даме отвесит. Понимаете, о чем я говорю? Он своей даме спину подставит, чтобы через лужу перенести. А вот галантно похвалить при этом ее туфельки или стройные ножки ему и в голову не придет. Таисии же требовалась романтика. Маменька ее слишком уж в узде держала. Таисия в свои шестнадцать лет романтики не испробовала, вот в тридцать ее на нее и потянуло.

— А вы давно знаете Таисию?

— Со школы. Вместе учились, а в старших классах крепко сдружились. Я у них дома часто бывала, за свою у них в семье с годами стала. И отца, и мать Таисии хорошо знала.

— И что это были за люди?

— Да как вам сказать... — заколебалась Анна. — Откровенно говоря, не очень. Папа у Таисии был самый настоящий бандит, реально с уголовным прошлым. А мама... Ну, она была настоящей восточной женщиной. Считала, что место женщины в доме. Она и Таисию так же пыталась воспитывать. Только в той гены ее папаши-бандита, видать, давали о себе знать. Мать с большим трудом с Таисией могла сладить. Особенно под конец, когда уже слаба стала, а дочь, наоборот, свою силу почувствовала.

— У Таисии и до Михаила были связи с мужчинами. Что про них можете сказать?

— Только то, что подругу на негодяев всегда тянуло. Видать, гены отца, чтоб им пусто было! Таисия его образ сильно идеализировала. Отсюда и ее проблемы с мужчинами. Она считала, что кто-то из них будет ее любить так же, как обожаемый, но рано ушедший папочка. Но это же чушь! Никто из этих мужчин к Таисии подобных чувств не испытывал. Держали ее за кошелек на ножках и без мозгов.

— Но что вы скажете в связи с их быстрым... м-м-м... устранением?

— А что я могу сказать? Слава богу, что устранились. А то хлебнула бы с ними подруга горя, это уж точно.

— Все-таки странно, — продолжала гнуть свою линию Алена. — Трое женихов — и все они исчезли.

— Да что же тут странного? По Валерке тюрьма плакала, туда он и попал. Пашка за воротник сильно закладывал. И не просто спать пьяный заваливался, а на приключения его все время тянуло. А Мишка из одной койки в другую без конца скакал. Вот и допрыгался, прикончила его одна из его подружек. Может быть, та самая блондиночка... Соня!

Это имя сильно резануло слух Инги.

— Как ты сказала? — вскинулась она. — Соня?

— Ну да. Ту блондиночку, с которой я застукала Мишку в баре, Соней звали. Это я уж потом у него выяснила. Но он и тут увильнул от ответственности. Я своими ушами слышала, что у них дело к свадьбе движется, а мне он принялся втирать, что это деловая партнерша. Дескать, он для нее одну работу скоро выполнит. Девица хоть и небогатая, но из кожи вон лезет, чтобы одной своей врагине с помощью Мишки отомстить.

— И каким же это образом?

— Врал он все! Путал меня. Не хотел, чтобы я Таисии про его новую пассию проболталась. Лично я думаю, что эта девушка была богатой наследницей земли в Англии, но она поручила Михаилу некую работу.

— А все-таки? Что Михаил еще рассказал про эту... Соню?

— Ну, если верить словам Миши, врагиня та сильно зазналась. Нос вверх так задрала, что и не опустишь. А этой Соне такое поведение ее подруги было как нож в сердце. Мало того, что та у нее жениха в свое время увела, так она и сама им пользоваться не захотела, развелась. А деньги продолжала из него тянуть! Да еще перед Соней постоянно этим хвасталась. Вот какая хитрая тварь! Неудивительно, что у Сони терпение лопнуло.

— Но чего она добивалась?

— А чтобы Миша охмурил зазнайку, а потом ее бросил. И еще оскорбил бы как-нибудь при этом.

— Оскорбил?

— Ну, старой кошелкой назвал или что-нибудь в этом духе. Михаил насчет «кошелки» сомневался — мол, не в его это принципах женщин оскорблять.

Хотя если они того заслуживают или за деньги, тогда дело другое.

— И что? Вы ему поверили?

— Как я уже говорила, верить Мише можно было процентов на десять. Все остальное в его рассказах было враньем. К тому же я своими ушами слышала, как он обещал этой Соне жениться на ней. А вот про подругу-зазнайку в тот раз в баре, наоборот, ни одного слова сказано не было.

Анна развела руками и закончила:

— Так что ручаться я вам не могу. Но что от Михаила слышала, то вам рассказала, все и без утайки. А уж вы сами дальше думайте, что с этими сведениями делать.

Инга взглянула на Алену. С того самого момента, как в разговоре прозвучало имя Соня и были озвучены ее приметы, Инга не находила себе места. Очень уж эти приметы подходили к ее подруге. Да и звали ту точно так же — Соня...

Было это простым совпадением или за этим крылось нечто большее? Инга не могла даже самой себе дать четкого и ясного ответа. Но одно она понимала совершенно точно. Если ее подозрения верны, то они нашли того, кто мог стоять за всей этой ужасающей историей.

И еще Инга видела, что ее верная Алена, судя ее по прищуренным глазам и задумчивому виду, думает о том же самом. Вот только высказаться пока что боится, потому что если правда то, что они обе предполагают в этот момент, то тогда... тогда получится такое, о чем даже и думать-то страшно.

Алена отвела Ингу в сторону и шепотом поинтересовалась у нее:

— Надеюсь, теперь тебе все понятно?

— Не могу в это поверить!

— А я тебя всегда предостерегала от этой особы! Миленькая, маленькая, а глазки злые, так по сторонам и шныряют. Мышь-мутант! Жертва генных экспериментов! Грызун с сердцем гиены!

— Ну, не надо так про мою Соню, — попросила добросердечная и не желающая ни в ком видеть дурное Инга. — Может быть, это еще и не она.

— А кто тогда?

— Ну... женщина с похожими приметами.

— Ага! — фыркнула в ответ Алена. — Как же! У тебя легион подруг — блондинок по имени Соня!

— Нет, все равно, я не верю. Надо показать Анне фотографию нашей Сони.

— А заодно и твоей соседке! Зря только ее Таtаринцев к себе в отделение поволок за фотороботом. Только жизнь парню усложнили! Всего-то и надо было, что у тебя в альбоме с фотографиями порыться да показать фотку твоей разлюбезной Сонюшки этой бабе. А кстати, это идея! У тебя же есть фотографии Сони?

— Ну не с собой же. Хотя...

И озаренная одной мыслью, Инга вытащила из сумочки свой телефон и принялась листать фотоальбом. Вот она вдвоем с сыном стоят, облокотившись на гранитный парапет Дворцовой набережной, оба смеются прямо в объектив. А фотографировала их... Соня и фотографировала! Милая, славная Соня, к которой Инга была так сильно привязана. Просто не верилось в то, что, забыв все доброе и светлое, что было между ними, она взялась мстить Инге. И за что мстить? Разве Инга виновата, что Дима — ее будущий муж — предпочел ее Соне? Да, Соня познакомилась с ним первая, но выбрал-то он ее — Ингу!

Но все равно, чем больше размышляла Инга, тем глубже в ее душу заползало подозрение в том, что в рассказе Анны есть зерно истины. Да, да, крохотное зернышко истины, превратно истолкованное и перевранное посторонними людьми, но оно там бесспорно имелось.

Дрожащими руками Инга листала альбом с фотографиями.

— Тут должны быть наши с ней фотки. И других девчонок тоже.

Алена нависла над подругой, просматривая вместе с ней фотографии. Пыхтела, тяжело вздыхала и наконец не без некоторой доли зависти в голосе произнесла:

— А вы тут без меня весело время проводили! Половины твоих новых подруг я даже и в лицо не знаю.

Инга немного устыдилась. Но вовремя вспомнила, что это Алена первой умотала в свои Дубочки и даже на развод Инги с мужем оттуда не приехала. Прикатила лишь спустя месяц, объяснив, что у племенных жеребцов с конюшни Василия Петровича, тех самых, с помощью которых ее муж собирался вывести свою новую знаменитую российскую породу скаковых лошадей, приключилась неведомая хворь. Оставить мужа и его жеребцов в такой ситуации она никак не могла. Если бы хоть один из жеребцов пал, Василий Петрович неизбежно принялся бы врачевать свое горе с помощью излюбленного средства русского человека от любого недуга — водки.

— Вот эту фотографию покажем! — неожиданно воскликнула Алена, вновь воодушевляясь и забывая свою недавнюю обиду.

На указанной фотографии Инга была в окружении сразу нескольких своих приятельниц. Отмечали поступление в университет сына Надежды. Мальчик поступил сам, родителям не пришлось даже тратиться на репетиторов. И отложенные деньги они радостно спустили на торжество в ресторане.

Народу собралось много. Пришли подруги Надежды с мужьями и детьми. Так что на упомянутой фотографии Соня оказалась затиснутой в дальних рядах. И тем не менее, когда фотографию показали Анне, она не без колебаний, но ткнула пальцем именно в Соню:

— Вроде бы эта девушка похожа на ту, с которой я видела Мишу. Но я могу и ошибаться. Качество фотографии, извините, не самое лучшее.

Но Алене было достаточно и этого. Испустив торжествующий возглас, она вцепилась в Ингу:

— Едем к Татаринцеву! Пусть задерживает негодяйку!

И все же Инге казалось невероятным, что незаметная тихоня Соня могла напасть на спящего человека с ножом. А потом хладнокровно покинуть место преступления, да еще после звонить Инге и выражать ей свое сочувствие.

— Я не уверена, что это она, — колебалась женщина. — Не уверена, что это Соня.

Но уже произнося эти слова, Инга понимала страшную правду, которая открылась пред ней. Ведь у ее Сони в предках числился прапрадед, прибывший в Россию из далекой Британии в поисках счастья на новой земле. Новая родина пришлась предку по вкусу, он навсегда остался в России. Тут он женился на дочери купца и на приданое жены открыл собственное дело. Однако до самой смерти он не переставал упоминать о крохотном участке земли, принадлежащем когда-то его семье и дающем право всем мужчинам их рода именоваться «лендлордами» — держателями земли.

Инга хорошо знала, как гордится Соня своими «дворянскими» корнями. Как трепетно пестует в себе мысль, что когда-нибудь ей удастся поехать на родину предков, своими собственными глазами увидеть те земли, что когда-то принадлежали ее роду.

Лично сама Инга полагала, что земля эта была никак не больше детского одеялка. Но Соне нравилось думать иначе. И как знать, не вырос ли в устах Михаила тот кусочек земли, давно проданной за долги, до размеров целого поместья в окрестностях Лондона?

Глава 11

Участковый встретил подруг с восторгом. Его легко можно было понять — дела с фотороботом у Татаринцева не заладились с самого начала. Свидетельницей баба Варя оказалась никудышной. До такой степени, что составленные с ее помощью фотороботы вызывали то смех, то жуткую оторопь у тех, кто приходил на них взглянуть.

— Женщины с таким лицом просто не может быть! — заявил следователь Фискалов, заглянувший в кабинет, чтобы проверить, как движется дело. —

Это какой-то монстр! Появись она на улице в любое время суток, ее бы сопровождала целая толпа зевак.

Но когда Алена сунула под нос бабе Варе распечатанную и увеличенную до приемлемых размеров фотографию с телефона Инги, соседка немедленно воскликнула:

— Да вот же она, эта гадина! И зачем было меня полдня мучить, коли у вас ее фотография и без того была?

Обиженная до глубины души баба Варя отправилась заполнять протокол. А Татаринцев озабоченно почесал затылок:

— Ну что? Будем брать голубушку?

— Неужели Соня — убийца?

— Если даже и не сама убила, могла знать подробности. Не случайно ведь она подговаривала Михаила, чтобы он вас охомутал. И потом не просто так заявилась к вам домой среди ночи. Нет, думаю, что надо ее брать!

— Делайте что хотите. Но я все равно не верю в Сонину вину, — тихо пробормотала Инга.

И все же ей пришлось поверить. Алена настояла на том, чтобы они трое остались в отделении и дождались прибытия Сони с конвоем. Первым в коридоре отделения появился участковый Татаринцев. В руках у него покачивался прозрачный пакет, на дне которого белой змейкой свернулось длинное жемчужное ожерелье. То самое ожерелье, украденное в ночь убийства Михаила из квартиры Инги.

— Узнаете бусики? — почти весело поинтересовался Татаринцев у обомлевшей женщины. — На квартире вашей подружки изъяли. У нее, кстати говоря, там целый алтарь в вашу честь. Ожерелье, я так понимаю, было своего рода боевым трофеем.

Больше он ничего не прибавил и оставил Ингу в полнейшем замешательстве. А когда и Соню доставили в отделение, Инга сперва даже не узнала своей приятельницы. Худенькое личико Сони буквально перекашивали ярость и гнев. А когда уж она увидела свою врагиню — Ингу, то на лице у нее отчетливо проступила ненависть.

— Чтобы ты сдохла, стерва! — выкрикнула Соня прямо в лицо подруге, когда им разрешили пообщаться в кабинете следователя. — Всю жизнь ты мне погубила! Из-за тебя я и работы лишилась, и мужа, и семьи... Всего ты меня лишила!

— Соня, о чем ты говоришь? Чего я тебя лишила?

— Дима должен был жениться на мне! Я все спланировала для нас с ним. У него квартира, у меня квартира, вместе мы могли бы обменять их на одну хорошую просторную жилплощадь. Или же жить у меня, а его квартиру сдавать. И у нас было бы двое детей, мальчик и девочка. Я всегда мечтала, чтобы у меня сначала родился мальчик — защитник и верный друг, а потом девочка — маленькая и с рыжими кудряшками. А ты... ты все это у меня украла!

— Но я же не знала, что у вас с Димой все так серьезно. Вы мне не говорили.

— Дима и не знал! Зато я знала!

Инга с ужасом смотрела на Соню и думала о том, а здорова ли ее подруга психически? Такого пылающего ненавистью взгляда у нормального человека просто не может быть! И за что Соня ее ненавидит? Той истории, когда Дима предпочел Ингу, а не Соню, исполнилось уже двадцать лет. Неужели все эти годы Соня вынашивала в себе семена ненависти и лелеяла мечту о мести? Похоже, что да. Но так же и свихнуться недолго!

— Соня, но почему ты решила мне отомстить именно сейчас? Ведь мы с Димой уже развелись!

— Вы-то с ним развелись, но на мне он так и не женился. Уехал в Лондон... без меня.

— Но и без меня тоже.

— И потом, все равно он продолжает тебя любить...

— С чего ты взяла?

— Вы с ним развелись, а подарки он тебе продолжает делать! Значит, любит! И не ври мне, что это не так!

— Подарки он мне делает по его меркам совсем грошовые. Да и их он дарит только лишь для того, чтобы хорошо выглядеть в глазах нашего сына и знакомых. Ты ведь не знаешь, какой Дима показушник! Если напоказ, то он и звезду с неба готов достать.

— Вот то-то и оно, что звезду он для тебя готов с неба достать. И подарки он тебе дорогие делает. Я сама видела, как ты ожерелье покупала!

— Так оно копейки стоит!

— Копейки? — даже задохнулась от ярости Соня. — Двести сорок тысяч со скидкой — это для тебя копейки? Хотя я понимаю, конечно, в магазине это же ожерелье на все четыреста бы потянуло!

— Какие четыреста тысяч? Соня, о чем ты говоришь?

— Не прикидывайся дурочкой. Я видела, как ты его щупала. И я потом разговаривала с продавщицей, она и назвала мне его цену. А ожерелье это я потом у тебя видела! Думаешь, ты самая хитрая?

— Соня, тут какая-то ошибка. Я купила дешевую имитацию жемчуга.

На какое-то время Соня заколебалась, явно не зная, верить Инге или нет.

— У меня и чек сохранился. До сих пор в сумке его таскаю. Вот, взгляни!

Соня изучила чек со всем пристрастием, на какое только была способна.

— Ты просто ошиблась. Я смотрела совсем иное ожерелье. А купила дешевую подделку в другом месте!

— Все равно, — кинула Соня чек обратно Инге, — пусть даже ожерелье и копеечное, ты накупила на выставке других украшений!

— Да. И что с того?

— А то, что купила ты их на деньги Димочки! Моего Димы! Эти украшения должны были стать моими! Ты присвоила себе мужчину, которого я уже выбрала для себя. Вот этого я тебе не прощу! Никогда! Дрянь! Высокомерная дрянь! Я и Михаила этого, альфонса по вызову, специально для тебя пригласила. Все свое золотишко в ломбард отнесла, все вещи распродала, чтобы только денег на него наскрести. А потом встретилась с ним и задачу перед ним поставила: влюбить тебя в себя, а потом бросить. А еще лучше — мужу ваши с ним фотки послать, где вы голые, в постели! Чтобы Дима наконец понял, что всю жизнь прожил со шлюхой! Ненавижу тебя, дрянь! Убью! Пустите, куда вы меня ведете? Да пустите же меня! Я ей все сейчас скажу!

Соня так бушевала, что ее пришлось увести из кабинета. Инга осталась вдвоем со следователем. Она пребывала в полнейшем замешательстве. Видя ее состояние, даже следователь проникся к ней сочувствием.

— Хотите воды? — предложил он Инге.

Воды она хотела. Женщина с жадностью осушила целый стакан, но лучше ей от этого не стало.

— За что она меня ненавидит? — жалобно взглянула она на следователя. — Вы что-нибудь поняли?

— Ну и подружка у вас, врагу такой не пожелаешь. Это ведь она была у вас той ночью. Небось, и мужика вашего заколола из зависти. Если хотите знать мое мнение, она совсем чокнутая. Сегодня же напишу просьбу об освидетельствовании подозреваемой медицинской комиссией. Уверен, что врачи признают ее невменяемой.

Инга все еще была бледна. И следователь ободряюще похлопал ее по плечу: мол, все понимаю, но пора и честь знать, освободите кабинет, другие посетители в коридоре томятся. Инга поднялась на ноги, которые почему-то дрожали. И не без удивления услышала:

— Что касается вас, то я приношу вам свои глубочайшие извинения. Ваше задержание было ошибочным. Теперь мы нашли истинную преступницу, спасибо и прощайте.

Инга вздрогнула:

— Так вы считаете, что Кирилла... то есть, простите, Михаила, это она убила?

— А кто же еще?

— Ну, я не знаю. Был же в ту ночь еще один визитер. Помните? Мужчина в темном пальто!

— Про того мужчину никто ничего определенного сказать не может. Даже толком не выяснено, в вашу он квартиру поднимался или еще куда-то.

— Но ведь никто не признался, что к нему приходил такой гость. Значит, он шел ко мне!

— Мог и в подвал завернуть. Или на чердак. Да мало ли какие ситуации в жизни бывают! Родители ночью спали, а дочка хахаля приняла. Да после побоялась при родителях признаться, что к ней мужик приходил. И вообще... Чего зря голову ломать, если вот она — преступница? Как говорится, готовая, на блюдечке с голубой каемочкой.

Инга собиралась возразить, что Соня, может, и свихнулась от одиночества и зависти, но она не убийца. Соня такая трусиха, что даже Инге за все эти годы, что они общались, ни разу не предъявила свои претензии. Если она побоялась с Ингой поговорить открыто, неужели она бы отважилась убить... нет, пусть не ее саму, а Михаила, который вообще был человеком посторонним? Как у Сони на него только рука поднялась?

— ...Ты как хочешь, а мне эта Соня никогда не нравилась. — Такими словами встретила Алена подругу. Алена дожидалась Ингу в коридоре. В кабинет к следователю ее не пустили. И теперь она отводила душу, честя Соню на все корки: — Тихушница. Вечно пакости из-под полы творила. Мелкая пакостница, вот кто она такая!

— Да, согласна, — кивнула Инга. — Мелкая пакость — это вполне в духе Сони. Но убийство... Нет, она не убийца!

— Ну... — протянула Алена. — Если ты насчет невиновности Сони, то я...

— Соня — не убийца. Ты сама сказала, она всего лишь мелкая вредина и завистница.

— По-всякому ведь в жизни случается, — с большим сомнением протянула Алена. — Ты не расстраивайся заранее, но я тут с Татаринцевым поговорила. И он... одним словом, он хочет отвезти тебя на квартиру к Соне.

— Зачем?

— Хочет тебе кое-что там показать.

Инга пожала плечами. Что она могла не видеть на квартире у Сони? Бывала там сто раз. Вот Соня у нее бывать избегала. Всегда находила отмазку, чтобы не пойти к Инге. Раньше Ингу это всегда удивляло, но не теперь. Сегодня она узнала страшную тайну Сони: оказывается, ее приятельница со студенческой скамьи питала давнюю привязанность к мужу Инги — Диме. Бывать в их общем гнездышке, даже после того, как Дима из него вылетел, было для нее невыносимо тяжело.

— И все же в ночь убийства она ко мне приехала, — напомнила самой себе Инга. — Чего она добивалась? Неужели только взяла ожерелье и драгоценности, которые считала своими?

Но когда она прибыла вместе с участковым Татаринцевым и Аленой на Сонину квартиру, смущение Инги стало быстро таять. Квартира еще не была опечатана, в ней работала следственная бригада. Но никто из оперов не стал возражать против присутствия в квартире Инги с Аленой.

— Это она, — многозначительно произнес Татаринцев в ответ на взгляд мужчины, выглянувшего из «тещиной спальни».

В квартире Сони, как и во многих других квартирах «хрущевского» типа, имелся крохотный закуток — то ли встроенный шкаф, то ли кладовка.

В принципе, неплохая задумка, вот только эта комнатка съедала пару драгоценных метров. А метров в хрущевских хижинах и так было не густо.

Инга часто бывала у Сони, но никогда не заглядывала в эту кладовку. Она всегда стояла закрытой на прочный замок. И Соня клялась, что замок сломан и она сама уже много лет не заглядывала в кладовку. Также она неизменно повторяла одну и ту же фразу: «Завтра же поменяю замок». Но время шло, а замок оставался все тот же и пребывал во все том же нерабочем состоянии.

Поэтому, когда Татаринцев протянул к нему руку, Инга поспешно предупредила:

— Этот замок сломан. Если хотите его открыть, придется сломать.

Она стремилась избавить Татаринцева от неудобного положения. Но он ее помощи не принял. И даже напротив, ехидненько так осведомился:

— Серьезно? Сломан?

— Тут понадобится ломик или фомка.

— А я вот думаю, что все будет гораздо проще.

С этими словами Татаринцев повернул ключ, и замок легко открылся.

— Он работает? — изумилась Инга. — А Соня мне говорила, что ключ давно потерян. Да и все равно бесполезен, так как замок сломан.

— Вам еще много предстоит узнать о вашей подружке. Судя по всему, в голове у нее сплошная каша из больших черных тараканов. Да вы сами взгляните!

И с этими словами он распахнул перед Ингой дверь в кладовку. Она заглянула и не удержалась от испуганного возгласа. Тут же ее отодвинули в сторону, это Алена рванула к ней на помощь. Но и она закричала, увидев содержимое кладовки. В тот же миг раздался топот ног Вани, который стремился на выручку к своей хозяйке.

Но Алена жестом остановила Ваню, показывая, что ей ничто не грозит. И прошептала, глядя на Ингу:

— Да она самая настоящая сумасшедшая! Инга, ты хоть понимаешь, как тебе повезло, что эта чокнутая тебя не прикончила?

Бледная как полотно Инга смогла лишь кивнуть. Слова не шли у нее из горла. То, что она увидела в маленькой кладовке, казалось кадром из какого-то ужастика про свихнувшегося маньяка, охотящегося за своей жертвой. Вот только действие ужастика происходило в реальности. Да и жертвой на сей раз была сама Инга.

Все стены в кладовке были оклеены ее фотографиями. Причем на многих она была вместе с сыном или мужем. Но их лица были вырезаны или просто густо закрашены. А вот фотографии Инги были изуродованы самым варварским способом: на многих в глаза были вколоты булавки и иголки. Другие явно подвергались действию огня или кислоты. Другие были разорваны на мелкие кусочки, а затем сложены в неправильном порядке: глаз находился на месте живота, голова между колен, нос на месте попы.

— Это все сделала Соня?

— Она не приукрасила, когда сказала, что ненавидит вас долгие годы. Видите, как она развлекалась?

— Да уж, — с содроганием согласилась Инга, разглядывая надписи, которыми Соня снабдила свои художества.

Они были достаточно красноречивыми и говорили сами за себя: «Сдохни!», «Ненавижу!», «Будь ты проклята!». И даже целые четверостишия, в которых живо описывался мучительный конец, который ждал Ингу в будущем.

Но вершиной всего было сооружение в центре кладовки. Это было нечто вроде алтаря, где в центре красовался увеличенный поясной портрет Инги, измазанный чем-то, подозрительно напоминающим кровь. И кроме того, в грудь был воткнут нож. Самый обычный кухонный ножик, купленный в хозяйственном магазине, он тоже был густо замазан бурой кашицей — то ли засохшей кровью, то ли чем-то столь же гадким и ужасным.

Почувствовав неприятный запах, все еще исходящий от этой кашицы, Инга отшатнулась.

— Какое сильное чувство она ко мне испытывала! Но как же я никогда не замечала этого?

Татаринцев лишь вздохнул в ответ. Мол, у тебя самой надо спросить об этом, красавица. А Алена поспешила заступиться за подругу:

— Инга у нас такая... Ни в ком дурного не видит. Небось, считала, что Соня к тебе искренне привязана, да?

— Я ее жалела. Она такая одинокая... Жила в бедности. Работала за копейки в библиотеке. Только в последнее время нашла себе хороший приработок. Освоила ремесло репетитора русского языка и литературы. Брала надомную работу по написанию дипломов и курсовых работ для нерадивых или просто занятых студентов. И еще могла написать за школьника заданное ему сочинение. У нее хороший стиль, клиенты были ею довольны, они хорошо платили Соне.

— Вот Соня и наскребла денег, чтобы нанять для тебя альфонса. Небось, понимала, какой тип мужчин тебе нравится. Вот и выбрала такого, от какого ты не смогла бы отвернуться.

— Да, но все равно мне непонятно.

— Что?

— Если она меня так ненавидела, а она меня ненавидела...

— Сомнений в этом нет.

— ...значит, она должна была в ту ночь убить именно меня, а не Михаила. Я ведь выпила снотворного и крепко спала. Я не могла оказать ей сопротивления.

— Может, перепутала? Хотела убить тебя, а ножом ударила твоего любовника? Не разглядела под одеялом, куда бьет?

Инга покраснела и возразила:

— Но ведь она должна была убедиться в своей ошибке. Почему же не ударила уже меня?

— Ну, не успела. Нервы сдали, испугалась... Какая разница?

— Нет, все равно странно. Мы с ней были так близки, она вполне могла сделать дубликаты ключей от моей квартиры. Она могла прийти в любую ночь, зачем выбрала ту, когда я была не одна? И потом, она ведь не могла знать, что мы с Михаилом выпьем снотворного и вырубимся без чувств? Это был форс-мажор, Соня его предугадать не могла никак! Зачем она приходила?

— Ну что ты к деталям прицепилась! Соня тебя ненавидит. Она была в ночь убийства у тебя дома. Это она убила Кирилла-Михаила!

— Нет, все равно не сходится. Зачем ей было его-то убивать? Она ведь его специально наняла для того, чтобы он меня соблазнил и опозорил!

— Ну, решила, что ты и альфонса охмуришь. Подумала, что он уже в тебя влюбился. Может, он на условный звонок ей не ответил, вот она себе и накрутила всякого.

И обведя рукой помещение кладовки, красноречиво описывающее те вещи, которые, как мечтала Соня, могли бы произойти с Ингой, подруга добавила:

— Как мы видим, с головой у девушки полный бардак. Что толку пытаться разобраться в мыслях чокнутой? Пусть этим психиатры занимаются, а не мы!

Татаринцев был согласен с Аленой:

— Главное, что она больше не сможет причинить вам вреда. Я привел вас сюда для того, чтобы вы поняли, какой опасности подвергались, терпя эту заразу подле себя. И... и еще я подумал, что вы вздумаете корить себя. Скажете, что это вы виноваты, что Соня оказалась за решеткой. Так вот, не надо этого делать. Вы сами видите: эта женщина не стоит вашей жалости.

— Но все-таки я увела у нее мужа, — пробормотала Инга, сама понимая, что это несусветная глупость.

Поверить в такое могла только Соня с ее пусть извращенным, но богатым воображением.

Глава 12

Следующие дни не принесли Инге ожидаемого спокойствия. Да, заговор Сони был раскрыт, а сама она отправилась за решетку. Но при этом она не спешила каяться в содеянном, и даже совсем напротив. Соня попыталась вновь очернить Ингу, заявив, что Михаил был уже мертв, когда сама Соня вошла в квартиру. И что Инга была бодра, мылась в ванне, смывая с себя кровь жертвы.

— Это уж совершенная чушь! — заявила Инга.

Примерно в том же духе высказался и следователь, чем привел Соню в состояние исступленного бешенства.

— Вы мне не верите?! Да чтобы вы все сдохли! Проклятые! Сговорились с этой сукой! Чем она лучше меня? Ведь у нее теперь никого нет — ни мужа, ни сына, ни любовника!

— Значит, признаете, что любовника вашей подруги убили вы?

— Нет!

— Из ревности действовали?

— Нет, я не убивала!

— Состояние психики у вас крайне нестабильное. Небось, убили да после сами забыли. Не задержалась подобная мелочь у вас в мозгу.

И уже откровенно потешаясь над арестованной, следователь насмешливо прибавил:

— Подумаешь, ерунда какая. Сами мужчину по вызову наняли, сами же от него избавились.

Соня терпеть издевку не стала. Прибегла к своему любимому методу: набросилась на следователя с проклятиями, после чего была вновь препровождена в камеру, где принялась требовать себе адвоката.

Услышав об этом от Татаринцева, Инга ненадолго задумалась, а затем предложила:

— Может быть, к ней послать нашего Блумберга?

Алена, которая в этот момент тоже находилась на кухне и с удовольствием пила чай, захлебнулась и забулькала. Отдышавшись и откашлявшись, она вытаращила на Ингу глаза:

— Ты что? Ты хоть знаешь, сколько стоят услуги Блумберга? Нет, я тебе не хочу глаза колоть. Но одно дело платить ему ради тебя. И совсем другое — платить за какую-то лживую двуличную гадину, которая мечтала увидеть тебя мертвой! Да если хочешь знать мое мнение, у нее просто кишка тонка оказалась, чтобы тебя зарезать! А явилась она сюда к тебе именно для этого!

— У меня осталось еще немного денег, — тихо произнесла Инга. — Как полагаешь, я смогу нанять Блумберга?

— Ох и упрямая ты, Инга! — осуждающе покачала головой Алена. — Хочешь — плати. Я в этом участвовать не стану. А ты уж если что вобьешь себе в голову, нипочем это у тебя оттуда не выковыряешь. Похожа ты в этом на моего Василия Петровича. Прямо брат и сестра вы с ним!

Но в голосе подруги Инге неожиданно послышалась грусть. Инга с удивлением взглянула на Алену.

— Скучаю по своему лысому пузанчику, — призналась ей Алена. — Сама не понимаю: что со мной такое? Наверное, старость подкрадывается?

И чтобы избавиться от непрошеных мыслей, Алена пошла к компьютеру, желая хоть по скайпу пообщаться с любимым супругом. А Инга отправилась к телефону. В ее звонке к Блумбергу был довольно большой подтекст. Она не только хотела поручить ему защиту Сони, еще она хотела напомнить адвокату, что он обещал им помочь в их расследовании.

Татаринцев тоже обещал Инге, что наведет справки о владельце сгоревшего дома в Павловске, но ничего ценного участковый по своим каналам так и не раздобыл. Эта версия, даже толком не оформившись, почти сразу же зашла в тупик.

— Смерть хозяина сгоревшего дома признана результатом собственной неосторожности хозяина. Я побеседовал с его женой, она говорит, что ночевала у матери, что с мужем они накануне днем морили в доме грызунов. Их развелось видимо-невидимо. Пахло после процедуры в доме не ахти, поэтому женщина и уехала. Теперь рыдает, говорит, что лучше бы осталась.

— Но тогда она бы погибла, сгорела вместе с мужем.

— И тем не менее... — многозначительно вздохнул Татаринцев. — Любила она его, потому и убивается теперь.

— А про блондинку? Женщина про нее что-нибудь знает? Кто это был?

Татаринцев замялся с ответом. Он явно не знал, что сказать. Но в конце концов выдавил из себя, что доверять показаниям двух маргиналов вряд ли стоит. Женщина могла померещиться одному из них спьяну. Да и если была женщина, вряд ли она оставалась в доме долгое время. Ведь на пепелище было обнаружено всего одно тело — мужское, тело хозяина дома.

— Точно его?

Вот в этом у Татаринцева сомнений не было. По его словам, товарищами из отделения полиции была проведена серьезная работа, была сделана экспертиза останков. В частности, один из оперативников смотался в районную стоматологическую клинику, где раздобыл карточку пациента. Сверившись с ней, а также сделав еще ряд анализов, эксперты могли почти со стопроцентной вероятностью утверждать, что в огне погиб именно хозяин дома, а не какой-нибудь его случайный дружок-приятель, завернувший, если так можно выразиться, на огонек.

Слова Татаринцева звучали так веско, что Инга почувствовала себя просто редкой дурой. Спрашивать адрес жены покойного Ляльки в такой ситуации было просто неловко. Она ограничилась тем, что поинтересовалась:

— А чем занимался покойный?

И услышала расплывчатый ответ:

— Он был индивидуальным предпринимателем. Налоги платил вовремя, и со стороны правоохранительных органов к нему никаких претензий нет. В документах в графе «Вид предпринимательства» стоит «Занятие искусством».

— А жена что говорит?

— Говорит, что у ее мужа руки были просто золотые. Он и камень обрабатывать и гранить умел. И с металлом работал. И еще много чего умел. Вообще, мне сдается, супруги жили душа в душу. Наличие любовницы в данном случае вряд ли возможно.

Татаринцев открыто дал понять Инге, что не верит в показания соседей, якобы видевших молодую красивую женщину возле сгоревшего дома в ночь пожара.

И вот теперь Инга хотела просить Блумберга, чтобы тот помог им с версией о виновности дяди

Тамерлана и Марата. На раскрутку этих двоих только и оставалось надеяться. Но как их раскрутить? Проследить за ними? Тоже идея, и даже в чем-то неплохая. Вот только уставшая от беготни последних дней Инга хотела побыть дома. На улице вновь сильно похолодало, температура упала до минус пятнадцати в городе и до минус двадцати по области. Шнырять в такой мороз по улицам Инге совсем не хотелось.

И она набрала номер адвоката.

— Я слышал, вас можно поздравить? — спросил Блумберг, едва поздоровавшись с ней. — Наверное, мои услуги вам больше не требуются?

— Что вы! Совсем наоборот!

— В смысле? — удивился адвокат. — Вам же удалось найти настоящего преступника. Вернее, преступницу.

— Вот о ней и речь. Не возьметесь ли вы ее защищать?

В трубке послышалось сдавленное бульканье, очень похожее на то, какое совсем недавно издала Алена. Блумберг тоже пил чай, когда ему позвонила Инга? Хотя вроде бы в ресторане он утверждал, что является стойким приверженцем кофе.

Но Инге некогда было задумываться о гастрономических пристрастиях Блумберга.

— Так что? Вы согласны?

— Вы меня об этом просите? Лично?

— Да, прошу. И очень сильно.

— Но зачем вам это надо?

— Дело в том... мне кажется, что Соня не виновата.

— Но я слышал, она вас ненавидела, — удивился Блумберг. — Даже нечто вроде алтаря у себя дома соорудила. Приносила там жертвы своему безумию...

— Да, да, это все так, это все верно. Соня совершенно чокнутая. Она ненормальная истеричка, свихнувшаяся от одиночества и недостатка мужского внимания, но...

— Так в чем же дело?

— Соня не убивала Михаила! — выпалила Инга, чувствуя, как давящий ей до сих пор на грудь обруч внезапно распался, словно бы сам собой. И уже куда более уверенным тоном она закончила: — Я в этом совершенно уверена!

Прокашлявшись, адвокат вежливо осведомился:

— И можно узнать, на чем основывается эта ваша уверенность?

— Не знаю. Интуиция, если хотите.

Судя по ответному скептическому кашлю, донесшемуся из трубки, Блумберг в женскую интуицию не очень-то верил. И когда Инга уже готовилась закончить разговор, понимая, что адвокат не на ее стороне, Блумберг неожиданно произнес:

— Только ради вас, Инга. Хорошо, я возьмусь за это дело.

— Спасибо! — обрадовалась она.

— Благодарить будете после. Сейчас что от меня нужно вам конкретно? Полагаю, вы хотите, чтобы я встретился со своей... клиенткой?

— Это было бы прекрасно.

— Я встречусь, — коротко ответил Блумберг. — И еще... Ведь насколько я теперь понимаю, ваше расследование продолжается?

— Ну... видимо, да.

— Тогда я должен сообщить вам сведения о человеке, который вас заинтересовал.

А кто же ее интересовал?! Дядя Таисии — Тамерлан, вот кто! Это о нем Инга просила адвоката навести справки.

— И что вам удалось узнать? — с жадностью спросила она.

— Кое-что удалось. И знаете... Возможно, что вы правы, не веря в виновность вашей так называемой подруги. Возможно, она и не убивала Михаила.

— И уж совершенно точно, что Таисию она из окна не выталкивала, — с воодушевлением подхватила Инга. — Это сделал кто-то другой.

— Да, другой.

— Вы знаете кто?

— Предполагаю, — уклонился от прямого ответа адвокат. — Но одно мне не понятно.

— Что же?

— Если это он, то почему Таисия до сих пор жива? Ведь у него было достаточно времени, пока пострадавшая находилась без сознания. Охраны возле ее палаты не было никакой, ее должны были поставить лишь после того, как следователь запротоколировал показания потерпевшей о совершенном на нее нападении.

— Да, верно. Но кого именно вы имеете в виду? Дядю Тамерлана или Марата? Кого из них двоих? Или я не все знаю и есть еще кто-то третий, кто желает Таисии зла?

Но Блумберг ничего не пожелал объяснить Инге по телефону. Ей даже показалось, что сделал он это намеренно. Хотел оставить себе шанс встретиться и поговорить с ней лично.

Алена все еще ворковала со своим Василием Петровичем, который выглядел несколько печальным. Но увидев в скайпе Ингу, он заметно приободрился. Он и вправду хорошо к ней относился, хотя Инга до сих пор не понимала почему. После окончания Института культуры она много или просто достаточно денег никогда не зарабатывала. И например, ее собственный муж всегда за это ее жалел и немножко презирал. А ведь у мужа Инги денег было куда меньше, чем у Василия Петровича. Да и с людьми Василий Петрович общался с куда как более могущественными.

Но почему-то именно Ингу выслушивал муж Алены, когда ему, как выражалась сама Алена, «попадала шлея под хвост». И доводы, изложенные Ингой, воспринимались Василием Петровичем адекватно. В то время как доводы жены, твердящей ему то же самое, но другими словами, вызывали в нем лишь вспышки ярости.

А в ярости Василий Петрович был страшен. И очень хорошо, что такие вспышки за все время их совместной жизни Алена наблюдала лишь дважды. Да и то все они были направлены не на нее, а на окружающие предметы меблировки. Разбитых китайских ваз и кувшинов из Мейсена было жалко до слез. А также антикварной мебели из палисандра и карельской березы, разнесенной яростным порывом Василия Петровича буквально в щепки. Но все же лучше, что пострадали они, а не окружающие.

Таков был Василий Петрович — муж Алены. И сейчас он был обижен на жену за невнимание и долгое молчание, поэтому и предпочел разговор с Ингой. Ей он в подробностях описал стать жеребчика, около двух месяцев назад родившегося от племенной кобылы Зарянки и жеребца Сахиба. Именно на Сахиба Василий Петрович и возлагал свои надежды.

— Приезжай к нам, чего вам там в городе с Аленкой делать? Уже весна скоро. Ручьи потекут, грачи прилетят. И ты сама увидишь, какие чудесные жеребята родились от моих кобыл. Ноги как у фотомоделей, грудь словно бочонок. УЗИ показало, что легкие и сердце у них такого объема, что коняшки обгонят любого немчуру!

Инга вежливо поддакнула. Впрочем, она даже не сомневалась в том, что через несколько лет новая порода заполонит весь подиум мирового конного спорта. Если уж Василий Петрович за что-нибудь брался, то он не отступал, пока не добивался успеха в задуманном.

— Я приеду, Василь Петрович. Но сейчас не могу, сами понимаете.

— Небось, жениха себе нового сыскала? Аленка мне говорила, какой-то красавец там возле тебя отирается.

Инга удивилась, но все же ответила:

— Не такой уж и красавец.

— Ну ладно. Надеюсь, когда вы с Аленкой там нагуляетесь, вспомните и про меня, старика, — грустно закончил разговор Василий Петрович, и изображение в скайпе погасло.

Инга воззрилась на подругу в крайнем изумлении:

— Ты что? Ты ему так и не сказала, что тут у нас происходит?

— Он бы начал волноваться.

— А так, думаешь, он не волнуется? И потом, это просто не честно. Ведь ты подвергаешь свою жизнь опасности, гоняясь за преступником! А вдруг с тобой что-нибудь случится?

— Ой, да брось ты! Что может случиться, когда рядом неотлучно дежурит Ваня? И потом... откровенно говоря, я очень люблю наши Дубочки, но все-таки я там закисаю. Там очень тихо, спокойно, но чертовски скучно. Василий Петрович с утра и до ночи пропадает на конюшне. А мне что остается? Вышивать шелком? Не умею, да и не хочу уметь этого!

— Занимайся домашним хозяйством.

— Этим у нас ведает Геля.

Геля была кухаркой в доме Василия Петровича еще до появления в его жизни Алены. Геле было к семидесяти, и она обладала сварливым характером, исключение делала лишь для одного хозяина. К Алене кухарка до сих пор относилась как к барыне-белоручке, которую можно и нужно постоянно поучать и учить уму-разуму.

— Она меня к выпечке своих пирогов и на сто шагов не подпустит. Говорит, стоит мне появиться на кухне, как тесто опадает.

— Врет!

— Хотя бы и так? — пожала плечами Алена. — Все равно я не хочу вместо Гели становиться к плите. И новую кухарку тоже не хочу. Еще не факт, что новая будет лучше старой. И потом, если взять новую, то куда девать Гелю? Она мне весь мозг вынесет, оставшись без дела!

Да, жизнь в Дубочках, казалось бы такая легкая и простая, все равно имела ряд сложностей. Но по сравнению с катавасией, в которую угодила Инга, это были цветочки.

Встреча с Блумбергом состоялась тем же вечером. На сей раз Алена отказалась идти в ресторан, сославшись на плохое самочувствие:

— Что-то у меня живот прихватило, да и голова болит. Как бы не грипп! Василий Петрович очень не любит, когда я болею. Хоть в этом я должна угодить моему старичку.

Инга подозрительно оглядела подругу. Та закуталась в пуховый плед до подбородка. Но при этом румянец на щеках у подруги горел очень ярко, глаза весело блестели из-под прикрытых век. И к тому же она еще толком не успела прожевать бутерброд, чьи собратья лежали перед ней на большом блюде. Большой ломоть хлеба с зернышками кунжута и подсолнечника, которые приятно поскрипывали под зубами. Потом немножко майонеза для сочности, пара-тройка листиков зеленого салата, руккола, зеленый лук, потом ломтик буженины или карбоната, несколько оливок, и сверху кружок свежего помидора и кусочек маринованного огурчика.

Буженина еще свисала изо рта Алены, когда Инга вошла к ней и услышала о страшном нездоровье подруги.

— Ты уверена, что не хочешь пойти в ресторан?

На блюде лежало еще целых три бутерброда, которые Алена соорудила для себя. Для занедужившей аппетит у подруги был очень даже.

— Иди, иди, — махнула рукой подруга. — Мне ничего не нужно. И пусть Ваня тоже пойдет с тобой.

— Ваня? Но разве он не твой телохранитель?

— Замки у тебя на дверях Ваня уже поменял. Вторая дверь железная. Открывать ее я никому не собираюсь. Дайте мне в конце концов спокойно поболеть! Побыть в одиночестве, подумать!

— Но ты же сама жаловалась на скуку в Дубочках! Говорила, что закисаешь, когда вокруг тишина.

— Слушай, иди уже в ресторан! — вызверилась на нее Алена. — Не доставай меня!

— Но Ваня...

— Ваня отвезет тебя до места, дождется и доставит назад. И все! Я так решила!

Спорить с подругой было бессмысленно. Каким-то образом она всегда умудрялась устраивать все так, что мир крутился вокруг нее. Ваня тоже не стал противоречить хозяйке. Он быстро встал и направился к дверям вместе с Ингой. Выглядел он как-то странно, был напряжен. И за всю дорогу до ресторана, где Ингу уже ждал Блумберг, не произнес ни единого слова. Лишь лаконично отвечал на вопросы Инги — «да» или «нет».

Зато Блумберг при виде ее расцвел как маков цвет. Ресторан был все тот же, но зато на сей раз адвокат основательно подготовился. В ведерке с тающим льдом стояла бутылка шампанского. И на закуску Инге подали красиво сервированный на тарелке из пальмовых листьев салат из фиников, сделанный специально по рецепту самого Блумберга. Сваренные в меду финики отлично сочетались с куриным мясом, ломтиками сельдерея, морковью и кедровыми орешками.

— Это очень полезное блюдо. Сельдерей улучшает обмен веществ в организме. Финики — это дар богов людям. В них содержатся природные вещества, которые способствуют выведению холестерина из организма. И как следствие этого, они препятствуют возникновению сердечно-сосудистых заболеваний, в том числе и инфарктов. Об этом впервые заговорили ученые из города Хайфе.

— Это в Израиле.

— А нам с вами, как людям, перешагнувшим определенный возрастной рубеж, уже надо задуматься о состоянии своей сердечно-сосудистой системы. Да и всех других систем тоже.

Слышать о своем возрасте из уст кавалера было не очень приятно. И Инга поспешно перевела разговор на другую тему:

— А мед в салате зачем?

— Мед — это вообще удивительнейшая вещь. По своему составу он природный антисептик. Вы знаете, что тело Александра Великого транспортировали к месту захоронения в ванне из меда?

— Нет, я не знала.

Инга как раз подносила ко рту ложку с кушаньем. Но после слов Блумберга рука как-то сама собой замерла. Однако Блумберг, не замечая произведенного его словами на спутницу эффекта, продолжал вещать:

— В меду прекращаются все гнилостные процессы. Древние врачеватели обмазывали раны медом, чтобы избежать воспаления, потом прикрывали их бинтами, и раны прекрасно затягивались. Мед — это небесная амброзия. Он не портится тысячелетиями. Тот мед, который поднимают из египетских захоронений, вполне годится в пищу.

— Надеюсь, нам подали другой мед? — пошутила Инга. — Более свежий?

Блумберг улыбнулся:

— Для вас, дорогая Инга, только все самое лучшее и свежее.

Салат Инга в конце концов все же попробовала, и он ей понравился. Она вообще всегда была открыта для всего нового. И этот салат пришелся ей по вкусу. Он был легкий, питательный и вкусный. Как раз для сладкоежек, мечтающих похудеть.

— Но вы обещали меня не только накормить, но еще и кое-что рассказать.

— О да! Я поговорил с вашей подругой — Соней.

— И как она?

— Даже не знаю, что вам и сказать... Она клянется, что не убивала Михаила.

— Зачем же она приходила ночью ко мне домой?

— Она говорит, что у нее с Михаилом был заключен договор. Он появляется на ювелирной выставке, о которой вы Соне все уши прожужжали, знакомится там с вами, а дальше дело техники. Вы в него влюбляетесь или, по крайней мере, сильно заинтересовываетесь им. Соня изучила ваш вкус, она считала, что Михаил вам понравится.

— И она угадала. Он мне понравился, даже очень.

— Ваша подруга на это и рассчитывала.

— И что дальше?

— Дальше вы проводите вместе с ним ночь или даже несколько ночей. А потом он вас бросает. Подробностей я не узнал, но думаю, что бросить он вас должен был как-то гнусно. Либо прилюдно оскорбив, либо обокрав, либо еще что-то такое сделав, не очень для вас хорошее. Ну, чтобы вы почувствовали себя совсем убитой.

— Такова была задумка Сони?

— Да. Еще от себя прибавлю, что Михаила она все время называла Кириллом.

— Мне он тоже представился этим именем. Кирилл Охолупко — генеральный представить ювелирной фирмы «Афина Паллада».

Адвокат даже подпрыгнул на своем стуле:

— Как вы сказали?

— «Афина Паллада». А что вы так вздрогнули?

Ингу несколько удивил интерес адвоката к фирме, представителем которой назвался ей Михаил. Но Блумберг не пожелал ничего пояснить. Он лишь пробормотал себе под нос:

— М-хм... Интересно, интересно. И что вам известно по этому поводу?

— Тут прослеживается какая-то взаимосвязь между «Афиной Палладой» и Михаилом. Он не только представился мне ее работником, но еще и подарил кольцо, сделанное в этой фирме.

— Да что вы говорите? А вот это уже совсем интересно.

Блумберг сложил на своем упитанном круглом пузике руки и внимательно посмотрел на Ингу. Ободренная, она принялась рассказывать дальше:

— А еще мы с Аленой узнали, что незадолго до своей смерти Михаил в обществе одного своего приятеля — Виталия — ездил к офису «Афины Паллады» и что-то там грузил в машину Таисии.

— В ее «Мерседес»?

— Да.

— Любопытно.

— А дальше еще хлеще...

Инга рассказала о предпринятой ими поездке в Павловск, о действиях полиции, точно установившей, что погибший был хозяином дома. И закончила такими словами:

— Компаньон Михаила сгорел заживо в своем доме. Было это уже, правда, после смерти Михаила. Но все равно странно?

— Очень любопытно. Ну просто очень! Значит, Михаил был связан с «Афиной Палладой»?

— Да. Но как вы думаете, что это была за связь?

— Пока не знаю, — задумчиво произнес Блумберг. — Но я вам обещаю: я обязательно наведу справки. А что за кольцо, говорите, вам подарил Михаил?

— Красивое кольцо с танзанитом. Увы, оно пропало.

Инга передернула плечами. Ей внезапно стало прохладно. Наверное, все из-за событий, в которые ей вновь пришлось окунуться. Ей лично вся эта история была неприятна уже сама по себе. И вспоминать ее участников ей не хотелось. Но пока преступник не был пойман, приходилось раз за разом прокручивать в уме все случившееся. Только так можно было зацепиться за краешек веревочки и по ней дотянуться до преступника.

— Так, а что же там с моей Соней?

— Она призналась в том, что сама познакомилась с Михаилом по брачному объявлению. Он пообщался с ней буквально пару дней, после чего исчез.

— Ну да, у Сони дома мышь на аркане повесилась. Михаил быстро понял, что ловить ему там нечего.

— После их разрыва Соня долгое время даже не вспоминала про Михаила. Но когда вы стали ее допекать рассказами о том, какими дорогими подарками засыпает вас ваш бывший муж, она не выдержала. Распотрошила свою заначку «на черный день», продала имеющиеся в доме ценные вещи, нашла телефон Михаила и позвонила ему.

Эти двое договорились быстро. Соня заплатила аванс. И остаток денег пообещала отдать Михаилу после того, как тот сделает свою работу.

— Но зачем в таком случае Соня приходила ко мне домой ночью?

— По ее словам, она хотела проконтролировать, как Кирилл... то есть Михаил выполняет порученное ему задание. У Сони с собой был фотоаппарат, она намеревалась сделать несколько компрометирующих вас снимков. Так, чисто для себя самой, любимой. Чтобы было потом чем на досуге развлечься.

В том, что ее подруга свихнулась, Инга убедилась еще раньше. Так что слова адвоката не шокировали ее. Она лишь заметила:

— Прийти ко мне было крайне неосторожно со стороны Сони. Ее могли увидеть соседи.

— Насколько я знаю, ее и увидели. Странно только, что ваша соседка не смогла сразу же опознать Соню.

— Меня это вначале тоже удивило, а потом я сообразила, в чем дело. Понимаете, мои соседи никогда не видели Соню. Ведь прежде Соня никогда не бывала у меня дома в гостях.

— Никогда?

— Нет. Видимо, сначала ей было слишком тяжело наблюдать наше с Димой семейное счастье. А потом... потом... не знаю, наверное, не приходила по привычке.

— Однако адрес она знала, и даже ключи от вашей квартиры имела.

— И когда понадобилось для выполнения ее задумки, все равно пришла.

— Она объяснила это так. Михаил должен был перезвонить ей, как только оказался бы у вас в доме. Но он этого почему-то не сделал.

— Потому что мы с ним распили бутылку вина, в котором было намешано снотворное. И очень быстро оба заснули. Видимо, Кирилл только и успел, что донести меня до кровати.

О том, что Кирилл ее еще и переодел, Инга стыдливо умолчала. Не к чему Блумбергу знать о ее свидании с Кириллом такие подробности.

— Но Соня не знала, что вы оба попросту спите, ее стали мучить самые разные догадки. Сначала она более или менее спокойно ждала условного звонка. Затем, потеряв терпение, сама начала звонить Михаилу на трубку. А когда он и тут не ответил, собралась и поехала к вам. Нервы у нее были ни к черту, ее всю трясло. Она просто не могла усидеть дома.

— И как она хотела попасть внутрь моей квартиры?

— У нее имелись запасные ключи, которые она заботливо сделала себе заранее. Но воспользоваться ими Соне не пришлось. Дверь была открыта.

— И ее это не удивило?

— Это было предусмотрено их с Михаилом планом. Так что Соня без колебаний вошла в квартиру, убедилась, что вы спите в одной кровати, и тихо покинула вашу площадь.

— Она не разбудила Михаила?

— Это было бы слишком опасно. Соня опасалась разбудить вас. Она лишь прихватила купленные вами на ювелирной выставке изделия — браслет и серьги с розовыми топазами.

Услышанное зацепило Ингу:

— Еще там было ожерелье из майолики, которое Соня приняла за жемчужное.

— Да, его она тоже взяла. Я не стал его упоминать, ведь вы уже знаете, кто его у вас украл.

И все равно что-то тревожило Ингу. Наконец она поняла:

— Но было еще кольцо с танзанитом в платиновой оправе в виде морской раковины.

— Про кольцо она ничего не сказала.

— Не может быть! — настаивала Инга. — Кольцо лежало на той же подставке, что и прочие украшения. И оно тоже пропало!

— Кольцо было приметное?

— Более чем!

— И дорогое, надо полагать?

— Дороже, чем все, что я сама купила на выставке, вместе взятое. Это и был тот самый подарок Михаила, о котором я вам уже говорила!

— Нет, про кольцо Соня ничего не говорила, — развел руками Блумберг.

— Спросите у нее обязательно! — горячо попросила у него Инга. — Почему-то мне кажется, что это очень важно.

Адвокат кивнул. В это время им принесли горячее — чудесную морскую рыбку дорадо. Беседовать под нее было одно сплошное удовольствие. Видимо, боясь вновь испортить аппетит своей собеседнице, Блумберг отложил серьезные разговоры до десерта. Ну а под мороженое Инга была готова выслушать все, что угодно.

— Я навел справки про этого дядю Тамерлана. И боюсь, что сведения вас не порадуют. — И так как Инга молчала, адвокат начал рассказывать дальше. — В первую очередь все слухи о его якобы «богатстве» сильно преувеличены. На самом деле все собственное богатство дядюшки Тамерлана — это небольшое сельскохозяйственное предприятие, неуклонно терпящее убытки. То у них виноград померзнет, то груши не востребованы, потому что из Краснодарского края огромную партию завезли, то еще что-то приключается. Некоторым людям лучше не заниматься тем, чем они занимаются, — сама природа восстает против них.

— Но какие-то деньги у дяди Тамерлана имеются?

— Очень в этом сомневаюсь. В последние годы он поддерживал свое хозяйство на те средства, что поступали ему от сестры.

— Матери Таисии?

— Да. Женщина никогда даже не собиралась сама заниматься делами мужа. И вступив в права наследования, она поручила присмотр за фабрикой своему брату. И надо сказать, что под его руководством сапожная фабрика вполне процветает. Не за счет наращивания своих мощностей, а за счет аренды. Она находится в хорошем месте, в центре города. Стоимость арендной платы за метр там вырастает до десяти долларов. Одним словом, дядя Тамерлан отнюдь не бедствует. Раз в год он появляется у нас в Питере, проверяет, как идут дела, и за это имеет неплохой процент от прибыли. Именно дядя Тамерлан заключает с арендаторами договоры, находит, если нужно, новых, и на этом его участие в бизнесе заканчивается. Всеми текущими делами на бывшем производстве ныне занимается некий Мурат.

— Еще один родственник?

— Сын еще одной сестры.

Однако у Таисии была большая родня! Дядя, тетя, сестры, брат и прочие.

— Мне не удалось добраться до документов арендодателей, чтобы выяснить точную цифру, получаемую Таисией. Однако я могу сказать примерно, что это больше трехсот тысяч долларов годового дохода. И уже то, что дядя Тамерлан и прочие кормятся с бизнеса, который принадлежит Таисии, очень о многом говорит. Уплыви этот бизнес из их рук, быть беде. Не так ли?

Да, бесспорно, это было так. Таисии принадлежали производственные, складские и офисные помещения бывшей обувной фабрики. Но она являлась не просто богатой наследницей. Она была еще и единственной кормилицей для всех своих бедных и голодных родственников со стороны матери. Для дяди Тамерлана, дяди Мурата, для того же Марата, в конце концов!

— А что со стороны отца по части родни?

— О, тут вообще все чисто. Отец Таисии был признан сиротой. У него не было ни отца, ни матери, а сам он являлся подкидышем. Все его приданое составляло рваное байковое одеяльце и короткая записка — «Сергей. Девятнадцатое июля тысяча девятьсот пятьдесят шестого года». Никаких следов родителей мальчика найти не удалось.

— А его компаньоны? Ну, те люди, с которыми вместе он приватизировал здание обувной фабрики?

— Они давно погибли.

— Значит, Таисии следует опасаться родни исключительно с материнской стороны?

— Точно так! И тут, я вам скажу, вариантов масса. Во-первых, сам дядюшка Тамерлан, который является родителем трех совершеннолетних дочек, которые не слишком удачно вышли замуж. Так что ситуация у дяди Тамерлана не ахти, он целиком и полностью зависит от племянницы и ее процветающего бизнеса. Пока бизнесом управляет дядя и другая родня, а Таисия сидит тихо и довольствуется тем, что ей дают, дела идут хорошо.

— Но если бы она вышла замуж и поручила ведение бизнеса своему мужу, то тогда...

— Тогда дядя Тамерлан и прочая родня остались бы у разбитого корыта.

— А Марат?

— Юноша является приемным сыном Тамерлана. Его родители умерли, а Тамерлан усыновил младенца.

Ну, хоть тут обошлось без вранья! Инга была искренне рада слышать, что дядя Тамерлан оказался настолько добр и благороден, что усыновил чужого мальчика, от которого отказалась его собственная родня. Но это нисколько не снимало с приемного сына и отца подозрения в совершении покушения на Таисию. Особенно с Марата. Ведь если он является сыном Тамерлана, пусть и приемным, значит, он по праву его наследник. В интересах Марата, чтобы бывшая фабрика осталась в ведении его отца, а не была передана Михаилу.

И Инга принялась рассуждать:

— Итак, теперь мы знаем, что дядя Тамерлан небогат...

— Просто беден.

— Марат тоже не имеет никаких источников дохода помимо тех, что получил от Таисии. И еще есть некий Мурат? Я правильно поняла?

— Ну, он как раз получает свои законные деньги. Он следит за порядком внесения арендной платы, решает все текущие вопросы, возникающие в связи с ремонтом или реорганизацией арендных площадей. Он же ведает рекламой и поиском новых арендодателей. Ему вряд ли стоит волноваться за свое место. Хотя, если бы к власти пришел муж Таисии, то он и его мог турнуть с насиженного местечка.

Выходило, что у всей родни Таисии могло возникнуть желание прикончить Михаила. И особенно явно это желание просматривалось у тех троих мужчин, которые были напрямую связаны с Таисией. Дядя Тамерлан, Марат и еще некий дядя Мурат.

— А у этого дяди Мурата наверняка, в свою очередь, имеется множество родни и прихлебателей, которые также кормятся и зависят от его благоденствия. Если бы Михаил турнул этого Мурата, то его собственные мелкие прихлебатели денег больше не увидели.

Таким образом, сеть желающих, чтобы все оставалось на своих местах, разрасталась до поистине грандиозных размеров. Вся родня Таисии была против ее брака с Михаилом! Они были настолько настроены против свадьбы, что даже были готовы принести ее сластолюбию в жертву Марата. Но Таисия и эту сделку с родней отвергла, предпочтя браку с хорошим парнем общение с авантюристами вроде Михаила.

А в том, что Михаил серьезно вцепился в Таисию, сомнений не было. У самого Михаила никакого другого реального шанса, чтобы разбогатеть за счет женщины, не возникло. Рассказ Анны про его связь с Соней оказался чистой небылицей, Анна все не так поняла. Или же Михаил запутал ее, а она, в свою очередь, уже обманутая, обманула подруг.

Это Инга невольно отметила про себя и даже поморщилась. Почему-то мысль о том, что Анна, пусть и невольно и на короткий срок, ввела сыщиц в заблуждение, была ей неприятна. Но усилием воли она запретила себе думать о мелочах, когда на кону были куда более важные вещи.

Разговор адвоката с Соней многое прояснил. Невеста для Михаила из нее была никакая, а вот клиентка очень даже привлекательная. Интересно, какую сумму отвалила Соня за соблазнение ее — Инги? Но Инга тут же осадила саму себя. Это опять были мелочи. Женщина поморщилась, но на сей раз она была недовольна уже собой. Что она все о ерунде думает? Надо думать о главном.

— У Михаила никакой другой богатой невесты, кроме Таисии, на примете не было. Он должен был серьезно зацепиться за эту жирную курочку. Став законным мужем Таисии, негодяй сам занялся бы бизнесом жены и катался бы как сыр в масле. Или же вовсе сплавил бы Таисию с рук, как и собирался: запихнул в сумасшедший дом или поручил бы ее устранение кому-то из братков.

Но тут адвокат с Ингой не согласился:

— Таисия жива, а вот Михаил мертв. Вряд ли в деле замешаны братки.

— Да, да, вы правы.

Мысли Инги снова и снова возвращались к тому, о чем она подумала в самом начале, едва прослышав, что у Таисии есть какой-то бизнес, которым управляет ее дядя.

Так как же могла отреагировать на этот вызов родня Таисии? Особенно мужская ее часть, состоящая почти исключительно из людей горячих и к компромиссам отнюдь не склонных? Иллюзий на сей счет у Инги не возникало.

— А не мог ли дядя Тамерлан, или Марат, или кто-то из очередных дядьев — кузенов — племянников расправиться с Таисией и ее женихом?

— Вот это как раз и вопрос...

И Блумберг невозмутимо принялся за свой кофе. Инга искренне позавидовала его спокойствию. Адвокат утверждал, что принимать пищу надо в спокойной и даже умиротворяющей обстановке. И сам твердо придерживался этого принципа. Ни единая морщинка не омрачала в данный момент его лба. И все время, пока он цедил кофе, на его лице играла приятная, даже безмятежная улыбка.

Глава 13

Домой Инга вернулась в смешанных чувствах. Адвокат галантно проводил ее до машины, долго держал за руку, уверяя, что сделает все от него зависящее, чтобы помочь ей и ее подруге распутать эту историю. Инга так и не поняла, ради нее он будет стараться или ради уважаемого Василия Петровича — мужа Алены, чье имя прозвучало в прощальной речи адвоката не меньше пяти раз.

Но это как-то Инге не очень понравилось. Все-таки на свидание явилась она, а не могущественный Василий Петрович. Или Блумберг надеется, что через Ингу он сможет ближе сойтись с мужем Алены? Действовать через саму Алену несколько рискованно, а вот ее ближайшая подруга, да еще угодившая в затруднительную ситуацию, вполне подойдет...

Настроение у нее стремительно портилось. Блумберг все зудел и зудел. И час прощания действительно растянулся на целый час стояния перед дверями ресторана. А сев в машину, Инга обнаружила еще одну проблему: Ваня сидел надувшийся и молчал, словно бы проглотил целый футбольный мяч, и тот, не дойдя до желудка, застрял у него во рту.

— Ваня, ты что, голодный?

Молчание.

— Обиделся, что я не позвала тебя с собой в ресторан?

Молчание.

— Ну ладно, поехали домой.

Только после этого охранник отмер:

— Что он вам говорил?

— Блумберг?

— Этот тип, что он вам говорил? В любви, небось, объяснялся?

— С чего ты взял?

— Я видел, как он держал вас за руку! Вот так вот прямо держал! Почти полчаса!

Блумберг и впрямь тискал руку Инги так долго, что ей стало даже неприятно.

— Он вас хочет, этот Блумберг!

— И что с того?

Неожиданно Инге стало почти весело. Неужели Ваня ее ревнует к Блумбергу? Похоже на то. Но если у Вани в голове зреют злые мысли насчет адвоката, то совершенно напрасно: Блумберг ей совсем не нравится. Впрочем, как и сам Ваня.

Но Инга не была бы настоящей женщиной, если бы не принялась легонько поддразнивать разгорячившегося мужчину:

— У нас с господином адвокатом намечаются дружеские и плодотворные отношения.

— Дружеские! — горячо фыркнул Ваня. — Еще чего придумайте! Я же видел, как этот тип на вас смотрит!

— И как же?

— Как кот на сметану! Он на вас запал, вот что! Втюрился по уши! Только и мечтает, как затащить вас в свою постель!

— Ваня, мы с господином Блумбергом всего лишь друзья, — произнесла Инга, с трудом сдерживая смех. — Как, между прочим, и с тобой тоже.

— Ясно. Понял. С ним вы друзья. Со мной тоже. С Михаилом этим покойным вы тоже дружили. Похоже, вы со всем миром дружите, а? Что скажете?

В голосе Вани явственно прозвучала злость. И Инга решила, что пора ей тоже обидеться. Надув щеки по примеру того же Вани, она замолчала. Охранник завел мотор. И в полнейшем молчании они доехали до дома, поднялись наверх и разошлись по своим комнатам.

Глядя на окаменевшие лица телохранителя и лучшей подруги, Алена произнесла:

— Ну, похоже, свидание удалось.

— Спокойной ночи, — сквозь стиснутые зубы произнесла Инга.

— Спокойной ночи, — так же холодно ответил охранник.

На следующее утро Ваня опять не разговаривал с Ингой. Алена наблюдала за подругой, но той и дела было мало. К ней явился с визитом еще один посетитель мужского пола — участковый Татаринцев.

— Очень у вас кофе вкусный. Никак забыть не могу. Не угостите чашечкой? А я вам в знак признательности расскажу последние новости с места боевых действий.

Под выразительным взглядом хозяйки Ваня молча направился к плите. Но Инга заметила, что кофе он варил без прежнего энтузиазма. Не стал тереть мускатный орех, турку поставил на полный огонь, хотя полагалось держать ее на минимальном пламени горелки. Одним словом, выполнял приказ, не вкладывая ни частички своей души.

Но Татаринцев все равно выглядел довольным. Он не спускал глаз с Инги. И если отвлекался на остальных, то лишь на какую-то сотую долю секунды. Ни у кого из присутствующих не оставалось сомнений в том, что Татаринцев заявился сюда исключительно ради прекрасной Инги, ее одной и никого другого!

— Ну что, подруга ваша каяться в содеянном не желает, — бодро заявил он, хлебнув кофе и не поморщившись. — Наоборот, во всех смертных грехах она обвиняет вас.

— Меня? В чем же?

— Говорит, что у вас всегда была масса поклонников. И что вы исключительно из вредности выбрали именно того молодого человека — Дмитрия, на которого положила глаз сама Соня.

— Ничего не из вредности. Мы с Димой полюбили друг друга еще в институтскую пору. Неужели вы думаете, что я могла выйти замуж исключительно ради того, чтобы насолить приятельнице?

— Я? Я — нет! Я так не думаю. Но вот ваша подруга думает.

— Никакая она мне больше не подруга! Таких подруг... — У Инги перехватило дыхание от внезапно охватившего ее гнева. — Лживая двуличная типша, вот кто она такая! Втиралась ко мне в доверие, в любви и дружбе клялась, а сама ненавидела меня всю свою жизнь.

— Но тем не менее признательных показаний по делу об убийстве мы от нее пока что не добились.

— А я вам сразу сказала: Соня и не убивала! Она мелкая пакостница, а не убийца!

— Кто же тогда убил? — проникновенно произнес Татаринцев. — Получается, снова вы?

— Нет, я тоже не убивала!

— А кто?

С ответом Инга колебалась недолго. В конце концов, те сведения, которые предоставил ей адвокат Блумберг, не являлись конфиденциальными. Да и Татаринцев не сможет их официально использовать. Где это видано, чтобы следователь подшивал к делу документы о том, что кто-то кому-то там сказал, а потом этот кто-то ему это что-то взял и пересказал?

— В общем, Михаил собирался жениться на Таисии. А у той в изобилии имеется многочисленная и голодная родня, которая вся поголовно кормится с управления бизнесом Таисии. Дяди, тети, кузены и кузины. Кроме того, племянники и племянницы в количестве почти ста человек. Чувствуете, куда я клоню?

Татаринцев верно просек фишку и живо поинтересовался:

— У этой Таисии, если мне не изменяет память, уже были два жениха?

Хорошо иметь дело с человеком старательным, обращающим внимание на каждую мелочь. Инга испытала в отношении Татаринцева самые теплые чувства. Ведь не поленился же, вник в суть дела. Изучил материалы, пусть и косвенно, но все равно касающиеся убийства Михаила. И за какой короткий срок изучил!

— Один из женихов Таисии нынче в тюрьме, а второй и вовсе погиб. Хотя смерть в результате ДТП была признана несчастным случаем, но все равно выглядит подозрительно.

— Особенно если учесть, что третий кандидат на роль супруга Таисии и вовсе оказался убитым!

— Вот-вот! И кто мог его убить?

— Родня невесты, не желающая расставаться с капиталами своей родственницы.

— Да! — с удовлетворением произнесла Инга. — Именно!

Как все-таки приятно, когда рядом с тобой единомышленники. Люди, думающие и чувствующие с тобой на одной волне.

Но Татаринцев тут же охладил ее пыл:

— Для того чтобы привлечь к ответственности одного из этих родственников, мало наших с вами догадок. Нужны факты. Нужны доказательства. Нужны улики!

— А разве мотива совершения преступления не достаточно?

— Нет, нужны доказательства. К примеру, орудия преступления мы так и не обнаружили. Хотя тщательно обыскали вашу квартиру, весь дом и даже обшарили окрестные свалки.

В том, что господа полицейские собственноручно шарили по помойкам, у Инги были сильные сомнения. Наверняка привлекли к делу господ бомжей. А те, не польстившись на скудную награду, не стали усердствовать. Или же убийца забрал орудие преступления с собой.

Татаринцев снова согласился с Ингой:

— Невольно приходится сделать именно такой вывод. Орудие преступления было унесено из вашей квартиры неким третьим лицом. И в таком случае часть подозрения в совершении убийства лично с вас снимается.

— Приятно это слышать. Но мне бы хотелось, чтобы вся вина была с меня снята.

— Это вряд ли в данный момент возможно. К тому же Соня клянется, что взяла у вас из квартиры только бусы и серьги с браслетом. Орудия преступления она не только не брала, но вообще его не видела. Она даже не поняла, что в квартире произошло убийство.

На этом месте Инга перебила участкового:

— Подождите, а как же кольцо?

— Кольцо?

— Вы упомянули про серьги и браслет.

— И еще жемчуг.

— Майолику, — поправила его Инга и тут же отмахнулась: — Да это не важно. Дело тут в другом. Кирилл подарил мне невероятно ценное кольцо с танзанитом. Знаете, что это за камень?

— Впервые слышу.

— Я знаю! — словно школьница подняла руку вверх Алена. — Танзанит иногда называют смесью сапфира и аметиста. Его цвет меняется в зависимости от освещения от ярко-синего до пурпурного. Причем синих кристаллов танзанита в природе как раз совсем немного. Куда чаще встречаются желтые, коричневые или зеленые камни. Но высоко ценятся только крупные кристаллы синего цвета. Кстати, тот знаменитый камень из «Титаника», который полфильма красовался на шее у главной героини, а вторую половину пролежал в сейфе, и есть танзанит!

— Я видел этот фильм, — обрадовался участковый. — Теперь понимаю, о каком камне идет речь. Но он ведь должен стоит очень дорого?

— Танзанит не только редкий, но и очень дорогой камень. Правда, он мягче корундов — рубинов и сапфиров. Поэтому при эксплуатации надо это учитывать. С ним нужно обращаться очень бережно, мыть в теплой воде без применения агрессивных моющих средств. Ну, и носить его нужно аккуратно.

— И на фига такое украшение?

— Для красоты, — снисходительно пояснила ему Алена. — Танзанит — необычайно красивый камень.

Инга встала с места и направилась к компьютеру.

— Я могу показать вам кольцо, о котором идет речь.

Все сгрудились у экрана и с интересом уставились на кольцо.

— Но тут написано, что кольцо снято с продажи.

— Кирилл подарил его мне, значит, купить его уже невозможно. Он его забрал. А все ювелирные изделия, которыми торгует «Афина Паллада», выполнены в единственном экземпляре. Максимум, что можно сделать, если изделие очень уж тебе понравилось, — заказать его аналог. Но все равно, либо камень будет другой, либо металл, либо форма камня будет отличаться.

И заметив взгляды друзей, Инга нахмурилась:

— А что это вы все так странно на меня смотрите? Я не выдумываю. Это все мне Кирилл рассказал.

— То есть Михаил?

— Ой, да, — смутилась Инна, — все время путаю...

Не договорив, она застыла с раскрытым ртом.

— Что?

— Я вот только что подумала... А откуда Кирилл-Михаил мог знать такие подробности о работе ювелирного дома? Ведь он же не работал в «Афине Палладе»!

— Прочел информацию на сайте, — пожал плечами Татаринцев. — Меня больше интересует другое. Где он раздобыл это колечко? Оно, я смотрю, совсем недешевое.

— Может быть, купил? — робко предположила Инга. — И бейджик с именем генерального представителя господина Охолупко в тот же момент спер?

— Михаил делал своим женщинам такие дорогие подарки?

— Не слышала. Но наверное, Таисии мог захотеть сделать. Все-таки они ведь собирались пожениться.

Но Инга и сама не вполне верила в то, что говорила. Ей все еще продолжало казаться, что между Михаилом и «Афиной Палладой» есть некая связь. Но все ее доводы в пользу этой связи казались несостоятельными и нелогичными даже ей самой. Лучше уж помолчать, чем позориться. Тем более остальные заговорили о том, что надо прояснить ситуацию с дядей Тамерланом и Маратом. Могли они совершить убийство Михаила? Есть у них надежное алиби на время совершения преступления? И если даже есть, все равно эту версию следует проработать поточнее.

— Если на кону большие деньги, то преступники могли себе алиби организовать заранее.

— И на дело отправился какой-нибудь их дальний родственник, который по документам сейчас вообще пьет воду в Кисловодске!

— Вся родня, узнав об опасности, сплотится вокруг Тамерлана и Марата. Даже если у тех и нет алиби, им его организуют!

Все это было более чем возможно. Но никто из компании решительно не представлял, с какого конца можно будет подобраться к подозреваемым.

— Просто так взять и арестовать их мы не можем. Нужны хоть какие-то улики.

— Может быть, Анна нам поможет? Вроде бы она тепло относится к Таисии. Та ей вроде сестры.

Видя, что остальных заинтересовали ее слова, Инга торопливо продолжила:

— Эти двое, Тамерлан и Марат, доверяют Анне. Она наблюдала рождение любовного треугольника как бы со стороны. У нее наверняка есть мысли на сей счет. Но самое главное — Анна не захочет, чтобы покушавшийся на ее подругу преступник остался безнаказанным. Она говорила, что хочет, чтобы злодей был пойман!

— Решено. Звони Анне! Если у девицы есть план, мы его выслушаем.

И участковый решительно стукнул ладонью по столу.

Анна звонку Инги обрадовалась.

— А я про вас думала, — сказала она ей после обмена дежурными любезностями. — Помогли вам мои показания? Вы поймали преступника?

— Преступницу. Представляете, ею оказалась моя собственная подруга — Соня.

— Та блондиночка из бара?

— Она встречалась с Михаилом, чтобы поручить ему работу. Он должен был развести меня, как последнюю лохушку. Соня надеялась, что я влюблюсь в Михаила. А разобравшись, что он за фрукт, упаду в собственных глазах ниже плинтуса.

— Видимо, она вас здорово недолюбливала.

— Ненавидела! Так будет точнее!

— Ну а что вы от меня-то хотите?

— Мы разобрались с убийством Михаила, полагаем, что это сделала Соня.

— В самом деле? — заинтересованно спросила Анна. — Это все-таки она его убила? А зачем?

— Пока это не совсем понятно. Но Соня была той ночью у меня в квартире. Она украла мои украшения. Представляете, у нее дома было нечто вроде жертвенного алтаря, на котором она вешала мои изуродованные фотографии.

— А драгоценности ваши ей были зачем?

— Частично, я думаю, она взяла их из зависти. А частично — чтобы иметь вещи, которые мне дороги и которые она могла бы как-то использовать в своих ритуалах.

— Ваша подруга — законченная сумасшедшая, — сделала безапелляционный вывод Анна. — Ею должны заняться специалисты. Говорите, все ваши драгоценности украла?

— Ну, не все, если честно. Но те, что были на виду, она взяла.

— А что именно?

— Ну, бусы из майолики. Соня сочла их очень дорогими, жемчужными.

— Еще что?

— Серьги с розовыми топазами, я купила их на ювелирной выставке вместе с бусами и золотым браслетиком со сканью.

— Это все?

— Нет, — мгновение поколебавшись, призналась Инга. — Еще было кольцо...

— Что за кольцо?

— Даже не знаю, как вам и сказать... Очень дорогое кольцо с танзанитом. И оно пропало. Все украшения нашлись у Сони в квартире, а этого кольца не было. И самое главное, Соня утверждает, что кольцо она не брала. Впрочем, она и в убийстве Михаила не торопится признаваться.

В трубке раздался вздох. Теперь Анна слушала не перебивая. И Инга сумела закончить свою мысль:

— Понимаете, мне кажется, что Михаил не мог просто так подарить мне кольцо стоимостью в несколько тысяч долларов. Он должен был его приобрести для кого-то другого.

— Для кого, например?

— Ну, для Таисии. Или, я не знаю... возможно, он просто у кого-то украл это кольцо?

Анна вздохнула еще раз:

— Наверное, вы правы. Михаил специализировался на краже драгоценностей у доверчивых дурочек, которые впускали его в свою жизнь.

— Но женщина, которая носит такие дорогие украшения, должна быть очень богата. А из богачек в окружении Михаила была одна лишь Таисия.

— И что?

— Может быть, это все-таки ее кольцо?

— Хорошо, я спрошу у подруги, — ответила Анна. — Но мне кажется, если кольцо все равно пропало, то не стоит беспокоить больную тяжелыми воспоминаниями. Она растревожится, станет вспоминать, какой Миша был хороший или, наоборот плохой, расплачется. Ей станет только хуже! А в ее состоянии любое волнение, даже самое малейшее, крайне нежелательно.

— Да, да, вы правы, — пробормотала Инга, чувствуя себя законченной эгоисткой.

Что она прицепилась к этому кольцу? Зачем оно ей? Носить его все равно никогда не будет. Так чего она никак не может смириться с его пропажей? Как непонятно появилось в ее жизни это кольцо, так втайне пусть и уходит!

— Но вы же звонили мне не из-за кольца? — услышала она голос Анна.

— Да. Я хочу... Нет, это неправильно. Я надеюсь, что вы еще раз поможете нашему расследованию.

— Каким образом?

Инга даже зажмурилась. Ну, теперь либо пан, либо пропал. Если Анна на стороне родственников Таисии, она ни за что ей не поможет. Да еще и навредить может! Но все равно выбора у Инги не было.

А о том, что их подозревают, Марат и дядя Тамерлан могли бы и сами догадаться.

— Следователь подозревает Тамерлана и Марата!

— Ну, это ни для кого не новость, — сдержанно рассмеялась Анна.

— Но что вы думаете по этому поводу?

— Марат сильно привязан к Таисии. К тому же он очень почтительно относится к своему приемному отцу. Он охотно женился бы на Таисии, раз того хочет Тамерлан. Полагаю, он также был бы ей хорошим и верным мужем, потому что Марат — честный мальчик. И заключив сделку, всегда неукоснительно выполняет условия договора.

Слова Анны прозвучали как-то холодно и отстраненно. Инга так и не поняла: она хвалит Марата или издевается над ним?

— Но в последнее время отношения Марата и Таисии достигли наивысшей точки кипения. Марат несколько раз позволил себе нелестные высказывания о Михаиле. Таисия вспылила и указала Марату на дверь. Марат лишился работы, лишился невесты, и расположения своего приемного отца, я думаю, он тоже лишился.

— Или лишился бы, не предприми он каких-то ответных шагов?

— Вы имеете в виду убийство Михаила и покушение на жизнь Таисии?

— Да! Мне кажется, это мог сделать Марат!

— Возможно, — согласилась Анна. — Он для этого достаточно решителен. И все же я думаю, что если бы Марат пошел на преступление, то убил бы когонибудь одного.

— Одного?

— Либо Таисию, либо Михаила. Убивать их обоих он бы не стал. Устранив Михаила, он получал шанс вернуть себе сердце Таисии. А убив ее... что же, с ее смертью исчезли бы вообще все проблемы. Но кого бы ни выбрал Марат, он сделал это из-за своих чувств к Таисии.

— Скорей уж он прикончил Михаила! Соперник увел у Марата любимую девушку, невесту. Конечно, Марат должен был ненавидеть Мишу.

— И он его ненавидел, можете в этом не сомневаться, — усмехнулась Анна. — Но как доказать то, что он его убил?

— Вы можете мне в этом помочь?

— У меня есть одна идея, как вывести Марата на чистую воду или доказать, что он невиновен, — задумчиво произнесла Анна и, подумав, прибавила: — Нехорошо, если Таисия выйдет замуж за убийцу. И уж вдвойне скверно, если она выйдет замуж за человека, который на нее покушался. Да, вы правы, нельзя пускать это дело на самотек.

— У вас есть какая-то мысль?

— Есть, — решительно произнесла Анна. — Но одной мне не справиться.

— Мы вам поможем!

— Нет, тут нужна помощь полиции и сотрудников больницы, в которой находится Таисия. Как это ни парадоксально звучит, но, чтобы жить счастливо потом, Таисии придется умереть сейчас.

От этих слов у впечатлительной Инги прямо мороз по коже пробежал. Но когда Анна объяснила ей свой план, сыщица повеселела. На деле все выглядело совсем не так страшно. И даже более того, план Анны вполне мог сработать. Особенно если удастся уговорить следователя и врачей подыграть сыщицам в задуманном ими спектакле.

Инга еще колебалась, но, когда она сообщила о новом плане Алене, подруга неожиданно пришла в бурный восторг.

Глава 14

Постановка драмы готовилась в атмосфере строжайшей секретности. Все должно было выглядеть максимально достоверно. Если у Марата появится хоть малейшее сомнение в правдивости полученного им страшного известия, все может рухнуть в одночасье. И даже если все пройдет гладко, все равно за полный успех нельзя ручаться.

Татаринцев так прямо и заявил сыщицам, когда те явились к нему за поддержкой и одобрением их плана:

— Ох, не нравится мне эта ваша самодеятельность. Что за психологические опыты вы тут решили ставить на живых людях?

Пришлось Инге использовать весь свой дар убеждения, чтобы Татаринцев согласился и пошел с ними к следователю. Тот идею категорически высмеял:

— Даже не просите, не хочу в этом участвовать.

Все сыщики приуныли. И видя это, следователь неожиданно смягчился и добавил:

— Но, с другой стороны, ничего особо противозаконного вы тоже не делаете. Так что и запретить я вам не могу. Договаривайтесь с врачами сами. Если они вам согласятся подыграть, то дело ваше. Вперед, дерзайте. Но сам я такого оперативного мероприятия проводить в жизни не буду.

Позиция следователя была предельно ясна. В случае неудачи все шишки посыпятся на самих сыщиков. Ну а в случае удачи Фискалов получал все награды. Но сыщиков это не волновало. Пусть бы Фискалов получил внеочередное звание, премию или повышение в должности, им было нужно только одно, чтобы настоящий преступник был изобличен и пойман.

Трудней оказалось взять под контроль телефонные разговоры Марата. Ведь необходимо было не только установить наружное наблюдение за подозреваемым, но и выяснить суть его телефонных переговоров. Конечно, это было бы куда проще и правильнее сделать с помощью Фискалова. Но, как уже говорилось, следователь от официального участия в операции отказался наотрез.

— Ничего, гражданин следователь, вы нас еще поблагодарите! — пообещала ему Алена. — Мы-то и без вас справимся. Выведем Марата на чистую воду. А вот вам стыдно потом будет.

Со слов Анны сыщицы знали, что Марат проводит в больнице у Таисии очень много времени. Таисию уже давно перевели из реанимации в обычную палату, правда отдельную, с душем, туалетом, телевизором и прочими приятными мелочами. Так что женщина могла выздоравливать при полном комфорте. Она с каждым днем становилась бодрее. Но до полного выздоровления и выписки из больницы было еще далеко. Сломанным при падении костям предстояло срастаться не одну неделю. И хотя врачи уверяли, что Таисия обязательно поправится, пока женщина передвигалась лишь с посторонней помощью.

Но уход за ней очень хороший. И сиделка всегда под рукой. И Марат. Подруги знали, что практически все время, пока больница открыта для посетителей, Марат торчит у постели Таисии. Приносит ей подарки, кинофильмы, книги, которые они потом вместе смотрят или читают.

Алена по этому поводу даже проворчала:

— Когда он работает, хотелось бы спросить? И где берет деньги на подарки?

Но Марат решил бросить на кон все. Деньгами его, без сомнения, ссудил дядя. А Марат использовал на всю катушку то обстоятельство, что ныне он вновь стал нужен Таисии. Да и она, узнав от самого следователя о многочисленных приключениях и аферах Михаила, уже заметно охладела к покойному. И поэтому отношения между ней и Маратом становились день ото дня все лучше, нежней и доверительней. Марат простил своей ветреной возлюбленной ее загул с Михаилом. А Таисия... хотелось бы верить, что она оценила верность и преданность человека, готового быть рядом с ней, невзирая ни на что.

— После того как она прогнала Марата, он нашел себе работу. А теперь вновь уволился и неизвестно, на какие деньги он живет.

— Наверняка дядя ему что-то дает.

— План у Марата таков — либо он завоюет сейчас Таисию заново и на сей раз окончательно, то есть женится на ней, либо...

О том, какова может быть альтернатива, сыщицам думать не хотелось. Они предпочитали в подробностях продумывать свой план, чтобы ничего у них не сорвалось.

— Мы убедим Марата в смерти Таисии. В смерти, в которой повинно именно ее падение. Марату скажут, что в мозгу у Таисии во время падения образовался сгусток крови, который через несколько дней оторвался и закупорил сосуд. Несмотря на все предпринятые реанимационные мероприятия, спасти ее не удалось. Тело можно забрать после вскрытия.

Для полной убедительности Таисию перевели в другую палату. А в морге заботливо приготовили ее двойника — восковую куклу, которую раздобыла Алена по своим многочисленным связям.

Все приготовления были произведены за одну ночь. Персонал больницы был оповещен о смерти пациентки и щедро вознагражден. Алена не скупилась в средствах, дабы создать нужный фон для игры главных актеров. А ими предстояло стать врачу, старшей медсестре и Анне. От их актерского мастерства зависело, поверит Марат в смерть своей невесты или же нет. И уже от одной только Анны зависело то, расчувствуется ли Марат, услышав страшное известие.

— Он благородный парень. Если он узнает о смерти Таисии, то будет потрясен. А уж если он сам причастен к ней, тогда у нас есть шанс на успех.

Почему-то Анна была уверена, что Марат поддастся на уловку.

— Нам надо, чтобы он раскаялся в преступлении, если он таковое вообще совершал. Но я знаю, что ему сказать, чтобы он почувствовал угрызения совести. Марат мог убить, но не из корысти, а из своих личных, куда более глубоких побуждений.

Итак, час икс приближался. И волнение всех сыщиков достигло максимума. Для посетителей двери больницы открывались в два часа дня. Анна явилась заранее, чтобы успеть к приходу Марата обрести достаточно скорбный вид. Она заранее закапала себе в глаза специальные капли, от которых слезы текли по щекам рекой, сама она покраснела и впрямь выглядела убитой горем.

И Марата она встретила таким возгласом:

— Как раз тебе звоню! Беда у нас! Страшная!

И не успел Марат заговорить, как Анна запричитала:

— Как сердцем беду почувствовала, решила к Тае сегодня пораньше заглянуть. Меня даже пускать не хотели, но я прорвалась. Как чувствовала! На этаж поднимаюсь... А тут такое!..

— Что случилось?

— Умерла наша Таечка! Не выдержала! Тромб в мозгу оторвался... О-о-о... Не могу об этом говорить, пусть лучше они.

Отвернувшись, Анна зарыдала, а в дело вступили врач и медсестра. Они в таких жутких красках описали конец бедной Таисии, когда она металась в страшных мучениях, призывая к своей постели того, кто был ей дороже всего — Марата, что у несчастного парня буквально волосы на голове встали дыбом.

В том, что он поверил врачам и Анне, не возникало сомнений. Теперь следовало надавить на доброе сердце Марата и его порядочность. А Анна, невзирая на то, что соглашалась принять Марата в качестве подозреваемого, продолжала называть его благородным человеком.

— Тебя все просила поцеловать. Мы даже не поняли, что это ее предсмертная просьба. Думали, что пройдет приступ. Ведь ничто не предвещало конца. Таисия хорошо себя чувствовала. Мы с ней как раз о тебе разговаривали, когда она в судорогах забилась. Кричала, что видит своих покойных отца с матерью, они зовут ее к себе. А тебе просила передать, что ты хорошо о ней заботился. Жаль, что вам не суждено быть вместе. О лучшем муже она не смела бы даже и мечтать.

Марат выглядел потрясенным. А Анна еще подкинула дров в огонь.

— Все случилось за очень короткое время. Мне показалось, прямо в один момент. Я кинулись тебе звонить сразу после того, как врачи заявили, что надежды больше нет.

— Я не верю, — пробормотал Марат, бледнея с каждым словом. — Просто не верю! Мы вчера провели с ней весь вечер. Таисия была в хорошем настроении. Врачи обещали ей, что на следующей неделе она уже сможет вернуться домой.

— Тромб... — скорбно произнесла Анна. — Что ты хочешь, Таисия упала с такой высоты! Будь проклят тот, кто толкнул ее! Этот человек убийца! Он убил Таисию!

Марат побледнел еще больше:

— Но она выжила при падении.

— У нее в голове от удара о камень образовался сгусток... да я тебе это уже говорила.

Она сделала вид, что вновь плачет. Сиделка и нянечки-санитарки, нанятые на роли плакальщиц, подхватили и завыли в голос. Все вместе выглядело настолько правдоподобно, что у Алены, наблюдающей за происходящим под видом одной из пациенток травмы, даже в укутанном бинтами носу защипало.

Марат был сражен, но еще не сломлен окончательно.

— Я хочу ее видеть! Хочу видеть тело! Покажите мне мою Таисию!

— Марат, она уже в морге!

— Я должен с ней попрощаться!

Это его желание как нельзя лучше укладывалось в схему, разработанную коварной Анной. Чем больше негативных впечатлений получит Марат, тем глубже будет его раскаяние. Если, конечно, парню есть в чем раскаиваться.

— Изволь. Врачи проводят тебя до морга. А я... извини, я не пойду. Не могу ее видеть... такой.

Марат не настаивал. Напротив, его вполне устраивало, что в морге он окажется с Таисией наедине. Но напрасно бедный Ваня мерз в морге на соседней с восковой куклой каталке, укрытый одной лишь белой простыней. От холода ноги у него совершенно посинели и теперь ничем не отличались от ног его мертвых соседей. Страдания Вани были напрасны. Никаких признательных заявлений у «тела» покинувшей его любимой женщины Марат делать не стал.

Он лишь стонал и бился головой и кулаками о стены, да так, что на кафеле образовались трещины. А костяшки на руках Марата оказались сбитыми в кровь. Это говорило о сильных чувствах, которые обуревали молодого человека. Но пока он еще держал их под контролем. Нужен был еще один, последний толчок, чтобы они вырвались наружу и захлестнули Марата с головой.

Из мертвецкой Марат вышел покачиваясь и явно плохо различая окружающие его предметы. Споткнулся, чуть было не упал. И, удержавшись в последний момент, попытался опереться рукой о дверь, но промахнулся и едва не рухнул на кафельный пол. Ноги Марата почти не держали.

— Но как такое возможно... — шептал он себе под нос. — Только не сейчас. Только не так.

Наблюдая за ним, Анна холодно произнесла:

— Он — готов!

Клиент, что называется, дозрел. Может, это было и жестоко, но именно таков был план Анны. И никто из сыщиков не придумал ничего лучшего. Но теперь им нельзя было терять ни минуты. Пришло время для нанесения окончательного удара. И он был нанесен той же ночью.

Сразу после больницы Марат поехал к дяде Тамерлану. Затем вдвоем они поехали на квартиру к Таисии. Что им там было нужно, неизвестно. Скорей всего, они опасались мародерства. Ведь, прослышав о смерти хозяйки богатой квартиры, туда могли пожаловать незваные гости.

Видимо, по этой причине дядя Тамерлан вечером отправился к себе, а Марат так и остался. Он был один в пустой квартире, хозяйка которой только сегодня умерла. Для замысла друзей все складывалось не просто удачно, а удачно вдвойне.

Дело в том, что на квартире у Таисии уже была установлена целая система, включающая в себя устройство для тотального прослушивания и даже частичного видеонаблюдения за отдельными участками дома. Связь не была односторонней. Точно также, как заговорщики могли слышать Марата, они могли и поговорить с ним. Именно на последнее обстоятельство компания и возлагала особые надежды.

— Дома у Таисии есть неплохой запас алкоголя, Мишка любил выпить стаканчик элитного пойла. Вот Таисия и старалась, чтобы бар всегда был полон.

— А Марат пьет?

— С горя выпьет.

В ожидании прошел вечер, наступила ночь. В окнах дома Таисии постепенно гас свет. И наконец освещенными остались лишь окна квартиры, где нес вахту убитый горем Марат. Он спать не ложился, несмотря на то, что часы показывали уже далеко за полночь.

— Пора! — решила наконец Анна. — Время для решительного удара пришло!

Свет в квартире погас внезапно, словно его вырубили. Никаких предупреждающих миганий, только что было светло — и вдруг кромешная тьма. От ужаса у Марата вспотела спина. Он был парнем далеко не робким, но сейчас в этой квартире, все еще носящей отпечаток любимой хозяйки, ему было жутко. Ах, как же он не хотел тут оставаться! Боялся, что не выдержит мук совести, что-нибудь с собой сделает. Но отец строго приказал Марату остаться. А волю старших надо выполнять беспрекословно.

Марат даже не задумался о последствиях, когда отец приказал ему провести ночь в квартире Таисии, охраняя ее от возможного посягательства чужаков. А Тамерлан, охваченный своими мыслями, даже не замечал волнения приемного сына.

— Тебе нужно остаться. Мы с тобой не знаем, кому раздал Мишка ключи от квартиры. А тут полно ценных вещей. Таисия ничего не разбазарила, мир ее душе!

Теперь дядя отзывался о Таисии в самых лучших выражениях. Что было, то прошло. А смерть списывает любые грехи. Свою распутную племянницу дядя уже простил.

Марат выполнил наказ приемного отца, но это стоило ему немалой душевной жертвы. Находиться в квартире женщины, которую он трепетно любил долгое время, и понимать, что вместе им уже никогда не быть, — это потребовало от Марата напряжения всех его сил.

Но главное было еще впереди. Стоило погаснуть в квартире свету, как Марат услышал какой-то шорох.

— Марат, — внезапно раздался где-то под потолком тихий и печальный голос Таисии. — Марат, ты пришел ко мне?

— Кто тут? — дико вскрикнул Марат.

— Это я, Марат! Я — твоя Таисия.

— Ты... ты жива?

— А как ты сам думаешь?

— Мне сказали... Таисия — это ты?

— Я, мой милый Маратик. Это в самом деле я. И я хочу быть вместе с тобой. До самого конца! Навечно!

Голос Таисии принадлежал ей самой. И надо сказать, что уговорить ее сыграть в готовящемся спектакле было сложнее всего. Но в конце концов и она согласилась участвовать. Ложиться в морге на холодную каталку она категорически не захотела. Да и врачи ей запретили. А вот поучаствовать в том, что ей казалось всего лишь забавой, Таисия не отказалась.

— Хотя это и глупо. Марат предан мне как собака. Одно мое слово — и он готов был прыгать ради меня на задних лапках. Он не мог сделать ничего такого, в чем вы его подозреваете. Меня он обожает. И мое слово для него всегда закон!

Самодовольство, которое прозвучало в словах Таисии, неприятно поразило сыщиков. Но Таисия дала свое согласие на участие в спектакле, а это было важнее всего. И вот сейчас подруги слышали, как ее заунывный голос проникает через уши, заползает под черепную коробку, так что ее хочется сорвать, и внутренне трепетали. Что же испытывает бедный Марат, запертый один в темной квартире наедине с навестившим его духом любимой?

— Таисия, зачем ты вернулась? — дрожащим голосом произнес Марат. — Ты ведь умерла! Мертвые не говорят с живыми.

— Только если нам нечего вам сказать.

— И что ты хочешь мне сказать?

— Как же ты мог, Марат? Я так тебе доверяла... А ты? Чем ты меня отблагодарил?

Марат взвыл и упал на колени.

— Ах, Марат, Марат, — продолжал сокрушаться голос Таисии. — Ведь я тебя любила, замуж за тебя собиралась. А ты?

— И я любил! Ты сама знаешь, я ради тебя горы готов был свернуть. Но ты же из меня всю душу вынула!

— Я тебя любила, Марат. А ты что сделал...

— Ты держала меня подле себя, словно собаку на привязи. Я жил хуже последнего раба. У того хотя бы нет надежды на лучшую участь. А ты надежду мне то давала, то отнимала. Это был ад! Я уже не знал, люблю я тебя или ненавижу! Ты сама виновата во всем!

— Я тебя любила...

— Прекрати! — сжал голову руками Марат. — Замолчи!

Он вскочил на ноги и кинулся к дверям, явно желая вырваться из этого ночного кошмара, выскочить на лестничную площадку, где свет, где другие люди, где голоса и запахи совсем не потусторонние, а живые и реальные. Но это у него не получилось. Замки были заранее заблокированы снаружи. Опытный Ваня предвидел, что Марат захочет удрать, и побеспокоился о том, чтобы у парня не было шанса на спасение.

Таисия продолжала стенать, играя роль привидения:

— Меня ведь убили, Марат. И ты это знаешь.

— Не говори ничего!

— Ты знаешь, кто меня убил? Марат? Скажи мне это!

— Я не могу!

— Я не уйду, пока ты не скажешь. Скажи!

И Марат не выдержал.

— Я! — закричал он во весь голос. — Я это сделал! И гореть мне за это в аду вечно!

С этими словами он резко повернулся и кинулся к тому самому окну, возле которого стояла в последний раз Таисия. Видимо, в голове Марата все помутилось от страха и внезапно настигшего его раскаяния. Потому что, явно не помня себя, Марат добежал до окна, но не остановился. Одним движением ноги он распахнул балконную дверь. Балкона за ней не было, его остатки демонтировали рабочие еще два дня назад. Но Марат то ли забыл об этом, то ли действовал сознательно. Он сделал последний шаг и с диким криком полетел вниз.

Во дворе вся компания, включая перебинтованную Таисию, оказалась практически одновременно. Марат барахтался и стонал — значит, он был жив. Таисия, которая, как выяснилось, без посторонней помощи весьма ловко управлялась со своей загипсованной ногой и костылем, подбежала к упавшему одной из первых:

— Марат! Очнись!

— Смотрите, он живой.

Марату невероятно повезло. Своему спасению он был обязан сразу двум обстоятельствам. Во-первых, перепуганное падением Таисии правление ТСЖ забегало, засуетилось, и на месте рухнувшего балкончика был установлен временный козырек. Большой кусок кровельного железа с загнутыми вверх краями. Однако и этот козырек оказался настолько непрочным, что не выдержал массы взрослого человека, да еще упавшего на него в прыжке. Козырек оторвался от креплений, и именно на нем Марат спланировал вниз.

И второе обстоятельство заключалось в том, что снег вместе с остатками упавшего балкона был давно убран и этим обстоятельством не преминули воспользоваться счастливые автолюбители. Они быстро заполонили все освободившееся место. И Марат вместе со своим «планером» спикировал на одну из этих припаркованных под домом машин. Может быть, кому-то и не нравится, когда у них под окнами ставят легковой транспорт. Но Марату эта соседская машина в данном случае спасла жизнь.

Теперь парень лежал на капоте и жалобно стонал с закрытыми глазами. Понять, что именно у него повреждено, было невозможно. Ни крови, ни сломанных костей видно не было. И все же Марат горестно стонал. И сгрудившись вокруг него, люди не знали, как им быть и что им делать.

На шум прибежал старичок-консьерж. Окинув взглядом место происшествия, он всплеснул сухими ручками:

— Что же вы творите, молодые люди? А? Это что же такое получается? Обещали, что все тихо-спокойно пройдет, а на деле что?

— Дед, тут врач нужен.

— Врачей я уже вызвал, — отмахнулся старик. — Вы лучше мне скажите, почему этот молодой человек упал на соседскую машину? Кто за это безобразие отвечать будет?

— Слушай, дед, — прогудел Ваня, — топал бы ты отсюда? А?

Старичок снова всплеснул руками, потоптался на месте, а затем, все так же охая и причитая, побежал к воротам встречать прибывшую машину «Скорой помощи». Спустя минуту после появления врачей во дворе появился хозяин пострадавшей машины и попытался стянуть Марата с капота.

— Его нельзя сейчас трогать.

— Он мог себе что-нибудь сломать!

— Что-нибудь... — хмыкнул врач. — Да ему повезет, если что-нибудь у него цело останется. Вот люди, недели не проходит, чтобы кто-нибудь тут не выпал! Только недавно бабу отсюда увозили...

— Я тут! — выступив из толпы, приветливо помахала ему костылем Таисия.

Врач онемел, а в разговор вступил хозяин пострадавшей машины:

— Шмякнуться с такой высоты, да на мою машину! Слышь, парень, да ты счастливчик! Я все равно тачку в ремонт отдавать собирался. Не придется теперь дважды ее гонять.

— Повезло, — зашептались в толпе.

— Невероятно повезло!

И действительно, Таисия спланировала из своей квартиры прямо на груду снега, который хоть и был вперемешку с кусками бетона и арматуры, но все же смягчил ее падение. А вот Марату повезло меньше: он упал прямо на землю. Шансов на то, что он останется жив после такого падения, практически не было. Его спасла соседская машина. Хотя у Марата все равно могли оказаться серьезные травмы.

И тем более страшно было услышать голос Марата.

— Таисия, — прошептал он, — я так виноват перед тобой. Но я иду к тебе!

— Вот черт! Похоже, парень помирает, — всерьез озаботился Ваня. — А мы даже не поняли, что он совершил. Таисия! Тая! Покажись ему!

Таисия охотно вышла вперед и встала перед Маратом.

— Пусть поговорит с тобой.

Таисия кивнула. А Марат, едва открыв глаза и увидев ее, часто-часто заморгал. Потом зажмурился. И неожиданно из-под закрытых глаз потекли слезы.

— Я жива, Маратик! Очнись!

Марат послушно открыл глаза и недоверчиво уставился на Таисию.

— Это все был спектакль. Мы тебя разыграли. Хотели, чтобы ты признался в содеянном.

— Таисия... Тая... любимая, — лепетал Марат не своим голосом. — Так ты жива? Я тебя не убил? Это все была шутка?

Он попытался взять невесту за руку, и это ему удалось. Почувствовав под пальцами теплую и живую плоть, Марат окончательно пришел в себя. Невзирая на протесты окружающих и самой Таисии, он сел, а затем и поднялся. Его покачивало от пережитого шока, но боли, похоже, он не испытывал.

— Ты можешь стоять?

— Чувствую себя погано, но жить, похоже, буду, — признался ей Марат. — Тошнит слегка. А ты... ты все-таки жива?

— Жива. Ты рад?

Марат кивнул. Он был не в силах говорить. Чувства его были такими сильными, что на глаза у него вновь навернулись слезы.

— Ну, раз все живы и относительно целы, — сказал Ваня, — предлагаю подняться обратно в квартиру и поговорить о делах наших скорбных.

— И о моей машине! — снова влез хозяин пострадавшего драндулета.

— А с вами, уважаемый, пусть разбирается консьерж. Для всех машин организована стоянка. Почему же вы устроились прямо под чужими окнами?

Парень отошел, бормоча себе под нос о людской неблагодарности.

— В страховой нипочем не поверят, если я напишу, что мне на капот свалился человек. Решат, что я был пьян или под кайфом.

Но никто из сыщиков его не слушал. В том, что скоро во двор прибудут орлы из местного отделения полиции, вызванные бдительным консьержем, никто из них даже не сомневался. А там конец всем задушевным разговорам и нечаянным откровениям. Надо было допросить Марата до приезда твердолобых полицейских, вряд ли способных разобраться в огромной душевной драме парня, толкнувшей его сначала на преступление, а потом на самоубийство.

Глава 15

Хорошо, что невезучесть Марата и тут показала себя во всей красе. Ни нападение на Таисию, ни попытка самоубийства не привели к желаемому результату. Но маски были сброшены. И оба влюбленных человека смогли наконец поговорить о том, как они докатились до жизни такой. Сейчас Марат с Таисией, оба израненные, сидели друг подле друга, держались за руки и трогательно переглядывались между собой.

— Маратик, я ведь тоже перед тобой виновата.

— Нет, это все моя вина. От ревности у меня в голове помутилось.

— А я даже не представляла, что ты так сильно страдаешь. Ты никогда не показывал мне своих чувств.

— Я думал, что с ума сойду, когда понял, что натворил. Толкнул тебя — и сам чуть не умер. Как же, думаю, я без нее теперь жить буду? Только самому умереть и остается. Слонялся вокруг дома, видел, как тебя увезли. Хотел утопиться, да лед на реке. Домой пошел, повеситься хотел. Уже петлю из веревки соорудил, да хозяйка помешала. Пришла, сказала, что ко мне люди пришли. Они вон!

И Марат кивнул в сторону подруг и Вани.

— Вы мне жизнь спасли. Спасибо должен вам сказать.

Ваня пожал плечами. Мол, какой разговор, если что понадобится еще — обращайся.

— Но почему же ты молчал? — вновь повернулась к жениху Таисия. — Я думала, что безразлична тебе. Что ты хочешь жениться на мне лишь в угоду дяде Тамерлану.

— Да я тебя полюбил с той первой минуты, как увидел! И наказ дяди тут совершенно ни при чем.

— Скажи, ты меня прощаешь?

— Это я должен просить у тебя прощения.

— Так прощаешь?

— Да! Тысячу раз да! А ты меня?

— За что?

— За ревность мою дикую. Это ведь я тебя толкнул.

— Ты хотел меня убить?

— Не знаю, чего я тогда хотел, — опустил голову Марат. — Поговорить я хотел. Измучила ты меня. Вот и пришел к тебе для окончательного разговора. Не знал, как ты отреагируешь на мое вторжение, боялся ужасно. Дверь открыл, стою, храбрости набираюсь. Ответственный все-таки разговор у нас с тобой должен был случиться. Я и выглядеть постарался получше. Вспомнил, что ты мне всегда говорила, будто бы главное в человеке — это его обувь и запах. Ботинки начистил, как ты любишь. Духи в магазине купил, продавщица посоветовала какой-то модный аромат. Ну... и пришел.

— А почему сразу ко мне не подошел? Чего боялся?

— Ты по телефону разговаривала, ласково так, все «пусечка» и «лапусечка» через слово. Вот мне ревность в голову и ударила. Ни о чем не думал, просто хотел, чтобы ты прекратила козла этого ласковыми словами называть. Вот и вытолкнул тебя на балкон. Не думал, конечно, что он обвалится.

— Так ты решил, что я с Михаилом разговариваю?

— Ну да. Я ведь не знал тогда, что он уже мертв. Думал, что с ним воркуешь.

— Это я с дочкой своей приятельницы — Зосей разговаривала. Она маленькая, вот я и ворковала.

— Какой же я был дурак!

— И я тоже... дура!

— Нет, я!

— Люблю тебя.

— Милая!

— Любимый!

Однако прибывшие по вызову старичка-консьержа полицейские не были настроены столь романтически.

— Так этот молодой человек, ваш знакомый, утверждает, что покушался на вашу жизнь?

— Это он от неразделенной любви.

— А нам по барабану, — ответили нечувствительные полицейские. — Мы его забираем.

Таисия взвыла и вцепилась в своего Марата. Теперь она не хотела расстаться с ним ни за что на свете. Совершенное на нее Маратом покушение, едва не закончившееся трагично, вызвало в Таисии не возмущение или гнев. Оно вызвало в ней совсем противоположные чувства.

— Вам не понять, что такое настоящая любовь! Марат меня так любит, что даже убить готов, лишь бы другому не отдавать. Вот это страсть! Вот это мужчина! Вот это мой мужчина, понятно вам всем? Никому его не отдам!

Но полицейские отреагировали на ее возгласы как-то вяло. Невзирая на яростные протесты Таисии, они все же забрали Марата с собой.

— У нас приказ! По факту вашего падения возбуждено уголовное дело. Этот мужчина признается в содеянном. Значит, он должен ответить за свои действия по закону.

Окончательно потеряв голову, Таисия закричала:

— Но он убивал исключительно из-за любви!

— Да как угодно! Мы его забираем.

Алена вскочила на ноги:

— Минуту. Всего один вопрос к задержанному.

Полицейские неохотно притормозили.

— Марат, с Таисией мы все поняли. Ты толкнул ее в спину, совсем не подозревая, что балкон под ней рухнет и она окажется внизу. Максимум, что тебе могут предъявить, — это мелкое хулиганство. Все претензии, в том числе и судебные, будут адресоваться правлению ТСЖ, на которое и возложен присмотр за надлежащим состоянием дома и придомовой территории. Они не уследили за состоянием балкона. Будь балконные балки крепче, никакого несчастья бы не случилось. В происшествии с Таисией твоей вины вообще нет. Но скажи, что с Михаилом? Это ты его убил?

— Нет! Клянусь чем угодно — это не я! Это кто-то другой!

— Клянись самым дорогим!

— Клянусь нашим с Таисией будущим. Нашими будущими детьми клянусь. Могилой родных матери и отца! Здоровьем моего приемного отца клянусь!

Не убивал я этого типа. Мразь он был и дешевка. За счет своих женщин жил. Всем им головы дурил. Никудышный человек, я его презирал. Не знаю, кому понадобилась его жизнь, но точно не мне. Я о таком даже руки бы побрезговал пачкать.

Марата увели. Таисия, несмотря на свой гипс, рвалась следом за ним. Прибывший по чьему-то зову дядя Тамерлан задержал свою племянницу дома.

— Сиди, куда ты с костылями пойдешь?

— Но я люблю Марата, — рыдала Таисия. — Он мой жених! Я теперь хочу за него замуж!

Дядя не знал, что и сказать на это. Он выглядел растерянным. И похоже, здорово сожалел о том дне, когда его сестра породила на свет это чудо.

Но в дело вмешалась Алена. Она о чем-то пошепталась с Таисией, после чего та перестала рыдать, задумалась и закивала:

— Да, я так и сделаю. Все правильно. А ваш адвокат может это устроить прямо сегодня?

— Если почувствует, что тут можно хорошо заработать, он все сделает.

Инге было любопытно узнать, о чем шепталась Алена с Таисией. Но ее неугомонная подруга уже обращалась ко всем собравшимся.

— Мои дорогие сообщники! — шутливо произнесла она. — Раз уж мы разобрались с покушением на Таисию, милости прошу с нами в ресторан.

— Отметим удачное завершение нашей сегодняшней операции, — поддержала ее Инга.

— А также то, что никакого покушения на мою жизнь, оказывается, и не было! — добавила Таисия. — Марат меня любит. Мы с ним поженимся. Вот так удача!

Успех отмечали пышно и бурно. Инга хорошо помнила начало, а затем все запомнилось какими-то обрывками. В середине застолья появился Фискалов, а за ним и Блумберг. Они оба о чем-то посовещались с Аленой, а затем между собой. И точно так же непонятно и как-то очень быстро исчезли.

С их уходом память Инги окончательно сдала свои позиции. И утром, проснувшись в собственной кровати, женщина так и не смогла понять, как и каким образом она очутилась у себя дома. К счастью, на сей раз в кровати она была одна. Никаких мужчин, живых или мертвых, рядом с ней не наблюдалось. Но все равно, хорошего мало, когда приличная часть вечеринки остается где-то в черном провале.

— Меня начинает это немного напрягать, — призналась самой себе Инга. — Что у меня творится с памятью? Может, мне обратиться к врачу?

Но внутренний голос очень здраво посоветовал Инге просто меньше пить. А если уж пить, то хотя бы контролировать свои шаги.

Пристыженная внутренним голосом женщина побрела в ванну. Надо было принять душ, смыть с себя вчерашние запахи. Намыливаясь, она протянула руку на полочку, где у нее стояли средства для ухода за телом. Давненько она ими не пользовалась. Пожалуй, с того вечера, когда у нее в гостях был Михаил.

Инга хотела взять скраб для тела, чтобы вновь стать гладкой и шелковистой, но вместо этого ее пальцы наткнулись на что-то маленькое, гладкое и очень приятное на ощупь. Открыв один глаз, Инга увидела синий блеск. Охнув, она быстро смыла с себя мыльную пену и уставилась на свою находку.

Синий камень, сверкающий даже в скудном освещении ванной комнаты. Белый металл — платина. И само кольцо в форме морской раковины. Не было никаких сомнений, она нашла подаренное ей Михаилом кольцо.

— Ура-а-а! — обрадовалась Инга. — Его не украли. Алена, оно тут!

— Кто? — послышался недовольный и сонный голос подруги.

Но Инга не ответила на этот вопрос. Поспешно заворачиваясь в теплую махровую простыню, чтобы бежать к друзьям, она восхищенно повторяла самой себе под нос:

— Оказывается, оно не терялось! Его у меня не украли! Оно все это время было тут! Вот я тетеря забывчивая!

Дверь распахнулась, и на пороге ванной комнаты появилась Алена.

— Ты так орешь, что разбудила всех, — укоризненно произнесла она.

— Но у меня новость. Оно нашлось!

— О чем ты говоришь хоть?

— Кольцо! — восторженно воскликнула Инга, протягивая подруге синий кристалл. — То самое! Подарок Михаила! С танзанитом!

Теперь Алена наконец поняла, о чем речь. И ее глаза тоже сверкнули:

— Да ты что? Нашлось кольцо? Дай-ка мне его сюда! Хочу взглянуть.

— Что у вас тут? Что за шум?

Это появилась Анна. Инга недоуменно на нее вытаращилась. А она-то откуда тут взялась? Осталась ночевать у них после вчерашней праздничной вечеринки? Но почему? Инга потрясла головой. Голова шумела и отказывалась что-либо соображать. Нет, тряси не тряси, а Инга совершенно не помнила, чтобы приглашала к себе Анну. И это сильно ее встревожило. Ведь если так пойдет дальше, она может начудить еще чего-нибудь, уже не столь безобидное.

Но все-таки радость от находки перевесила в Инге все другие чувства.

— Представляешь, я ведь сама кольцо на полочку в ванной комнате положила. Наверное, в тот раз я была не в себе, готовилась к свиданию с мужчиной. Голова плохо варила. Я сняла кольцо, чтобы не потерять его в душе. Да и забыла, куда положила!

Анна внимательно рассмотрела украшение.

— Красивое, — произнесла она. — Откуда такое?

— Так говорю же, от Михаила!

— Удивительно. Впервые слышу, чтобы этот человек сделал что-то хорошее.

Произнеся эту реплику, Анна ушла на кухню, откуда уже разносился аромат кофе. Сегодня Ваня сменил гнев на милость. И кофе вновь благоухал, как ему и положено. Вскоре раздался смех Анны, густой низкий бас Вани. А Инга с Аленой все еще рассматривали кольцо, вертя его перед собой так и этак.

Но как они его ни вертели, женщины так и не поняли, откуда Михаил мог раздобыть такое дорогое украшение. И ладно, это еще полбеды. Как известно, где раздобыл, там уже нету. Но почему он подарил это дорогое кольцо Инге, которая была для него всего-навсего очередной «курочкой», которую требовалось пощипать?

Пусть на сей раз он действовал и не по своему собственному выбору, а по заказу Сони, но все же факт оставался фактом. Инга должна была стать в жизни Михаила случайным эпизодом. За свою работу он получил от Сони аванс, а затем должен был получить и остальное.

— Да и вообще, насколько я понимаю, дарить женщинам кольца по нескольку тысяч долларов — это было как-то не в характере Михаила.

— Но все-таки, откуда у этого нигде не работающего мошенника и проходимца могло взяться такое дорогое кольцо? Где он его приобрел? На чьи деньги?

— Возьмем самый простой вариант. Он его купил.

— Купил? А деньги где взял?

Пообщавшись за время расследования с «курочками» Михаила, сыщицы сделали один вывод. Богачек среди них было немного. Собственно говоря, весь список состоятельных дамочек начинался и заканчивался одной лишь Таисией.

И поэтому Инга вполне закономерно предложила следующую версию:

— Деньги на кольцо проходимцу Таисия дала.

— Спросим у нее?

— Думаю, это украшение и должно было стать тем «сюрпризом», о котором упоминала Таисия. Надо же Михаилу было потом как-то оправдать свое отсутствие. Таисия доверяла мерзавцу. Она бы с восторгом приняла рассказ о том, как ради нее, чтобы порадовать невесту необычным подарком, Михаил мотался в далекую Танзанию за волшебным синим камнем.

— Тогда логично предположить, что кольцо предназначалось для самой Таисии. Тебе-то он его зачем презентовал?

— Небось, забрал бы потом.

— Да, но подарил-то зачем?

За спинами подруг раздался шорох. А потом рассудительный голос Анны произнес:

— Не удивляйтесь, пожалуйста. Мишка просто обожал такие вот шикарные жесты. Жить без них не мог. На мой взгляд, иной раз он даже перебарщивал в ухаживании за дамой сердца. Терял манеры и хороший вкус. Но его было не изменить. Если уж дарить букет, то не один или несколько цветков, а обязательно огромный веник. Если фрукты, то целую корзину. Или вот если кольцо, то обязательно первой встречной, чтобы поразить даму и, образно говоря, сбить с ног своим... своим пылом. Таков был его стиль. И на многих это действовало.

Инге совсем не понравился взгляд Анны. Какой-то оценивающий он был, что ли? И чего, спрашивается, в гляделки играть? У самой рыльце в пушку. Надо было подругу от проходимца защищать, а не интриговать с ним.

Например, самой Инге отнюдь не понравилось, что подаренное ей кольцо столь дорогое. Поняв это, она сразу же почуяла подвох. И если бы она знала стоимость кольца с самого первого момента, как его увидела, то никогда бы не приняла подарок. Да еще бы и задумалась, адекватен ли человек, делающий такие презенты именно что первой встречной. В неземную любовь, охватившую мужчину при одном взгляде на нее, Инга бы не поверила никогда. У нее хватало ума, чтобы трезво оценивать свою пусть и хорошо сохранившуюся, но все же далекую от идеала внешность.

— Предположим, кольцо Миша купил там же, где стянул бейджик с именем Кирилла Охолупко.

На выставке, на стенде «Афины Паллады». Или... или кольцо Михиаил все-таки тоже украл?

— Но тогда почему настоящий Кирилл, когда мы упомянули при нем о подаренном тебе кольце, никак не отреагировал? Если бы украшение и впрямь было украдено, то начальник должен был как минимум заинтересоваться его дальнейшей судьбой. Даже для «Афины Паллады» терять многотысячные кольца — это несколько накладно.

— А если предположить, что кольцо было украдено не с прилавка, а скажем, из кармана покупательницы? Пострадавшая могла даже не заметить этого. И лишь вернувшись домой, понять, что произошло.

— В этом случае она бы не стала сообщать в фирму о пропаже ювелирного изделия. Она пошла бы прямо в полицию или обратилась в службу безопасности, если ситуация имела место быть на самой выставке. А там и там, как водится, изобразили бурную деятельность, а сами втихомолку посмеялись над раззявой, прошляпившей дорогое украшение.

Анне почему-то эти версии подруг сильно не понравились. Она нахмурила свои тонкие, тщательно выщипанные бровки и произнесла:

— К чему гадать без всякого толку? Какой в этом смысл? Миша мертв. Таисия ничего не знает. Единственный, кто мог вывести нас на след преступника, — это Виталя, кустарь-самоучка. Но и он погиб.

— Зато есть его жена и соседи, — заметила Инга.

— Жена ничего не знает.

— А соседи? Они видели, как к Витале буквально за пару часов до его смерти приходила какая-то блондинка.

— Разве можно придавать значения словам каких-то там пьянчуг! — возмутилась Анна. — Небось, им просто померещилось спьяну!

— Блумберг тоже так сказал.

— Вот видите! Это же очевидно!

И Анна вновь удалилась на кухню, где вновь зазвучал ее хорошо поставленный голос. Подруги остались вдвоем и переглянулись.

— Не знаю почему, но меня эта особа раздражает, — шепотом призналась Инга.

— Считает себя умней всех! Не люблю таких!

Однако надо было отдать ей должное, Анна умела быть полезной. Именно она сыграла в деле разоблачения Марата ключевую роль. План от самого начала и до конца был целиком ее идеей. Анна оказалась хорошим психологом. Она предположила, каким образом Марат может отреагировать на известие о скоропостижной кончине Таисии, к которой не только больше не чувствовал ненависти, но и совершенно с ней примирился и надеялся на долгое счастливое будущее вдвоем с любимой.

За это подруги были Анне благодарны. Хотя нравиться больше она им от этого не стала. Они явились на кухню в ожидании своего завтрака и обнаружили там все ту же веско глаголящую Анну, обучающую Ваню различным способам приготовления кофе. Она даже прочла им всем небольшую лекцию о пользе и вреде кофе, о версии его инопланетного происхождения.

— Дикое африканское племя дагонов было уверено, что зерна кофе прибыли с Сириуса. Что эти зерна и выросшие из них деревья привезли неведомые боги.

Правда или выдумка, но земли, где живут дагоны, до сих пор считаются родиной кофе.

Инга вздохнула. Все это она знала и без Анны. Но слушала, не перебивая, понимала, что иначе от Анны не отвяжешься.

— Сами дикари из племени дагонов варили из зерен кофе обычную кашу. Курьезную горчинку обжаренным зернам придали уже арабы, которые не скрывали, где и у кого они позаимствовали напиток инопланетных богов.

— То, что дагоны имели контакт с внеземной цивилизацией, сомнений ныне уже не вызывает, — вторила Инга. — Их ритуальные маски, напоминающие шлемы, их искусство с изображением летательных аппаратов и, наконец, их познания о звезде Сириус, которые только недавно стали доступны современным астрономам.

На истории самого племени дагонов Анна не захотела зацикливаться. Вместо этого она прошлась по истории кофе, упомянула арабские страны, где этот напиток у жителей пустыни возведен в своего рода культ. И затем вернулась к современности, подробно перечислив сорта кофе и способы его приготовления.

Несмотря на свою содержательность, лекция была скучна до зубовного скрежета. И к ее окончанию подруги с трудом сдерживали зевоту. А Ваня окончательно помрачнел.

«Пейте уже и идите! Честное слово, заколебали!»

Это обращенное к Анне послание явственно читалось на его открытом простом лице.

Но Анна то ли не понимала, то ли делала вид, что не понимает. Уходить она явно не собиралась. Она говорила, говорила, говорила... Ее монотонный голос утомлял. И наконец всем сыщикам стало очевидно: если они хотят избавиться от этого мерного голоса, вбивающего им фразы в мозг не хуже парового молота, им надо действовать самим.

Первым не выдержал Ваня. Хлопнув себя по лбу, он воскликнул:

— Блин! Да ведь у меня в машине... Забыл совсем!

И не договорив, вскочил и стремительно кинулся к выходу. Следующей стала Алена. Подруга всегда умела ориентироваться в ситуации быстро. И с возгласом:

— Ваня, мне нужно тебе что-то сказать! Подожди меня! — Алена тоже исчезла из кухни.

За столом остались Инга и Анна. Они вежливо улыбнулись друг другу. И Ингу пробил холодный пот. Не ровен час, Анна вновь примется за свою лекцию. Вон как она на банку с медом поглядывает! Того и гляди, про него рассказывать начнет. А ведь Блумберг уже доказал Инге, что на тему меда можно проговорить не один час, и все равно эта тема будет до конца не исчерпанной.

Но Анна вместо очередной лекции на тему полезных продуктов, к облегчению Инги, произнесла совсем другую фразу:

— Прости, но можно мне еще раз взглянуть на то кольцо?

Инга быстро поняла, о каком именно кольце идет речь. Поднялась, сходила в свою спальню, достала из ящика комода шкатулку с драгоценностями и уже оттуда извлекла украшение. После всего случившегося она решила, что хранить драгоценности на виду она больше не будет. А тем более такое дорогое кольцо, которое еще может послужить уликой в ведущемся следствии.

Анна внимательно изучила кольцо и камень. Она даже вытащила из сумочки крохотное увеличительное стекло, удивившее Ингу. По виду оно явно было очень старое, оправленное в потемневшую старую бронзу. Заметив взгляд Инги, Анна усмехнулась:

— Лорнет моей прабабушки. Верней, то, что от него осталось. В прежние времена люди умели делать хорошие вещи и пользовались ими с умом. В этом лорнете было сорокакратное увеличение. С ним прабабушка могла до самого конца оставаться относительно зрячей. Она не носила очков, считала их слишком вульгарными. Лорнет заменял ей глаза до самой смерти.

Инга не удержалась и взглянула в увеличительное стекло. Несмотря на свой мизерный размер, оно не превышало двухкопеечной советской бронзовой монеты, стекло увеличивало так хорошо, что Инга могла рассмотреть самые мельчайшие детали. Кольцо было идеально. Ни царапинки, ни шероховатости, ни сколов. Оно было совершенно новым. Теперь у Инги в этом не оставалось никаких сомнений.

— Знаешь, — внезапно озабоченным тоном произнесла Анна. — Мне кажется, что камень...

— Что?

— Мне кажется, что это не танзанит.

— А что же?

— Не знаю. Но возможно... возможно, подделка.

Инга ахнула:

— Подделка? Неужели? Но металл — платина?

— У меня нет в этом полной уверенности.

— Но это кольцо работы итальянских мастеров. В «Афине Палладе» не торгуют бижутерией! Это фирма высокого класса. Мастера там работают только с самыми лучшими камнями и материалами.

— И тем не менее... Ты же сама не покупала кольцо? Его подарил тебе Миша?

— Да. И ты думаешь, он всучил мне подделку?

— Что-то в этом роде. Но чтобы точно убедиться, надо показать кольцо ювелиру, лучше всего геммологу — специалисту по драгоценным камням. Только специалист сможет сказать, фальшивый тут камень или же нет.

— Но где взять такого специалиста, которому было бы можно доверять?

— У меня есть знакомый.

— Надежный?

— Очень. Старый мастер, в порядочности которого никто не сомневается.

— Не знаю, — колебалась Инга. — Может быть, поехать в «Афину Палладу»? Там точно скажут.

— Вот там точно НЕ скажут! — возразила Анна. — Если в кольце фальшивый камень, если само кольцо — это подделка, то в фирме сделают все, чтобы никто, в том числе и ты сама, не узнал правды.

— Почему?

— Да ты что, не понимаешь?

— Нет.

— Подделки в такой крутой фирме — это же почти мирового уровня скандал! Все клиенты понесут назад свои украшения, доверие к торговой марке пропадет, весь их бизнес может рухнуть в одночасье. Нет, надо ехать к моему знакомому геммологу. Он лицо незаинтересованное. Он скорей скажет правду. Тем более что мы его сразу же предупредим: кольцо продавать не собираемся, хотим лишь примерно оценить его стоимость.

Анна держалась очень уверенно. И внезапно Инге самой захотелось до конца разобраться с кольцом. Что же ей подарил Миша? Дешевую подделку или дорогой камень танзанит?

Инга быстро оделась, и они с Анной вышли на улицу.

— Поедем на моей машине, — предложила Анна. — Потом я сама отвезу тебя обратно домой.

— Да, спасибо.

Все складывалось как нельзя лучше. Сейчас они с Анной быстренько смотаются к ювелиру, и он расставить все точки. Правда, Ингу немного беспокоило, что она не предупредила Алену и Ваню о том, куда едет. Но в конце концов, они сами виноваты. Убежали, оставили ее слушать занудные лекции Анны. А та взяла и подкинула ценную идею. И за ее реализацию сама взялась. Вот Алена удивится, когда Инга покажет ей документ, в котором четко сказано, что подаренное ей Михаилом кольцо — дешевая подделка.

— Может, позвонить Алене?

— Зачем? Когда будет результат, тогда и позвонишь.

— Мы могли бы все вместе поехать.

— Не надо. Ювелир мой дядька со странностями. Одну меня он еще терпит. Ну, принять тебя я тоже его уговорю. А если с нами притопают Алена с Ваней, тут уж извините. Он может всех нас вместе выставить вон.

— Действительно, какой-то он с приветом.

— Все необычные люди кому-то кажутся слегка того... «с приветом».

Анна уверенно вела машину. Казалось бы, все было в порядке, но внезапно Ингу вновь охватило беспокойство. Оно усилилось после того, как они миновали центр города и спальные районы. Теперь они приближались к выезду из города, и Инга не выдержала, спросила:

— А что, твой знакомый живет где-то за городом?

— Да, в коттеджном поселке. Не волнуйся, пробок сейчас нет. Смотаемся туда за полчаса.

Инга недовольно покачала головой. План Анны перестал казаться таким уж продуманным. Они проехали мимо множества ломбардов и крупных ювелирных магазинов. В каждом из них сидел оценщик. Если бы они зашли к нескольким из них, то пришли бы к какому-то определенному мнению. Ни к чему было тащиться в такую даль. Да еще и оценщик этот, Анна говорит, со странностями. С некоторых пор Инга стала остерегаться людей со странностями. Ехать к оценщику ей хотелось все меньше и меньше.

— Послушай, Анна, а не повернуть ли нам обратно?

— Да ты что? Мы уже почти доехали!

И словно в подтверждение своих слов, Анна свернула на боковую дорогу.

— Все, теперь уже совсем скоро! Вон за тем лесом будет поселок, в котором живет мой знакомый.

Инга с недоверием огляделась вокруг себя. Ни человеческого жилья, ни указателей.

— Что-то не похоже, что по этой дороге часто ездят.

— А по ней и не ездят. Главная дорога подходит к поселку с другой стороны. Но там часто затруднено движение. А этой дорогой пользуются редко. Только осенью, когда грибов в лесу много.

Хорошо, что снега на дороге почти не оставалось. Но все же Инга готова была поклясться, что этой дорогой если и пользуются, то не просто редко, а крайне редко.

— Неуютно тут как-то, — пробормотала она, вглядываясь за темные голые стволы деревьев, которые покачивались за стеклом.

И стоило ей это сказать, как в ту же минуту мотор заглох. Машина дернулась и встала.

— Что случилось?

Инга перевела взгляд на Анну и увидела, что та встревоженно вглядывается в щитки на панели управления.

— Что произошло? Что с твоей машиной?

— Мотор перегрелся. Датчик температуры отметил критический уровень и автоматически блокировал двигатель.

— А почему так?

— Не знаю.

Анна продолжала сосредоточенно хмуриться.

— Думаю, дотянем, — наконец произнесла она. — Тут до поселка рукой подать. Машина остынет, и мы доедем. Сейчас на улице холодно, двигатель не будет долго остывать. Несколько минут, и мотор снова заведется.

И что было делать Инге? Деваться ей некуда. Что называется, назвался груздем, полезай в кузов. И она осталась сидеть рядом с Анной. Нет, недаром ей эта Анна не понравилась с первого взгляда. Все-таки втянула она ее в неприятную историю.

Глава 16

Чтобы как-то скрыть свое раздражение и убить время, Инга стала любоваться кольцом с танзанитом. Пока еще с танзанитом. Ведь вполне возможно, что приговор ювелира будет жесток и категоричен — подделка!

Инга попыталась понять это самостоятельно. Она то подносила руку с кольцом к самым глазам, то отводила ее вдаль. То приближала к окну, то, наоборот, прятала. Одним словом, забавлялась с колечком, как с любимой игрушкой.

Анна заметила это и сухо произнесла:

— Перестань.

— Почему?

Но вместо ответа Анна спросила у Инги:

— Нравится кольцо?

— О да!

— Надеешься оставить его себе?

Голос Анны, а еще больше ее тон донельзя удивил Ингу. Она впервые услышала, как в голосе Анны звучит откровенная враждебность. А еще секунду спустя в глазах у нее загорелся непонятный фанатичный огонь, который напугал Ингу еще сильней. Она вжалась в спинку сиденья и попыталась объясниться с попутчицей:

— Анна, кольцо является уликой. Вряд ли мне его оставят. Разве что вернут после окончания следствия. Ведь кольцо является звеном в целой цепи преступлений.

— Ни черта оно им не является! Кольцо — мое!

— Как это твое? — опешила Инга. — Почему?

— Я сделала заказ на него. Мы с художником вместе готовили эскиз. Прорабатывали малейшие детали. Оно было изначально сделано под мою руку, понятно тебе?

Инга решительно ничего не понимала. И глаза Анны презрительно сузились.

— Какая же ты дура! — воскликнула она. — Все это время я наблюдаю за тобой и поражаюсь твоей глупости! Ты и твоя полоумная подружка, которая носится по городу, распустив свои лохмы, — вы обе слепые! Вы не видели разгадки, хотя все это время она была под самым вашим носом! В двух шагах от вас!

— Разгадка... Но ведь мы...

— Вы самовлюбленные, обеспеченные, сытые клуши, которым приспичило поиграть в сыщиц! Таких, как вы, Миша и любил «пощипать». И я его даже где-то понимаю. Грех упустить такую легкую добычу!

Инга была поражена.

— Анна, что ты говоришь?!

Но ее уже понесло.

— Мы с Мишей любили друг друга! Он просил меня стать его женой.

— Женой? А как же Таисия? Это она была невестой Михаила.

Но Анна уже не слышала, она почти кричала:

— У нас с Мишей все было решено! Мы с ним понимали друг друга. Мы были одного поля ягоды, у нас не имелось тайн друг от друга!

— А как же Таисия?

— Что ты прицепилась с Таисией? Вот еще одна глупая толстая клуша! До тридцати лет просидела у мамки под юбкой, во всем ее слушалась, а после ее смерти во все тяжкие пустилась. Сначала уголовник со своим вольным нравом и рассказами о блатной жизни. Потом пусть и алкоголик, но при этом талантливый музыкант. Неужели Таисия сама не понимала, что не дотягивает до этих людей ни шармом, ни умом, ни чем-то еще. Все, что у нее было, — это деньги.

— И в довершении всего ей достался Михаил.

— Он ей не достался! Как только Таисия нас познакомила, мы с Мишей сразу же поняли: мы созданы друг для друга! Он для меня, а я для него! Мы с ним были одной крови — вот!

И выкрикнув эту фразу, Анна утомленно прикрыла глаза. Но длилось это недолго. Она тут же вновь широко их распахнула и уставилась на Ингу. Затем взгляд Анны сполз по ее рукам, и женщина уставилась на кольцо и уже не могла оторваться от него.

— Отдай мне мое кольцо! — свистящим шепотом приказала она Инге. — Снимай!

— Но я...

— Снимай, я сказала!

Анна порывисто выхватила из своей сумки нож. Собственный нож Инги. И пусть на сей раз это был всего лишь хлебный нож с пилкой вместо лезвия, который Анна украла на кухне у самой Инги, последней совсем не хотелось, чтобы ее этим ножом «попилили». Неужели Анна всерьез намеревается оттяпать ей палец с кольцом? Нет, лучше этого не выяснять. Лучше снять кольцо и не дразнить лишний раз сумасшедшую.

— Вот твое кольцо. Получай.

Анна жадно схватила кольцо и прижала его к груди. Получив назад свое сокровище, она выпустила из рук нож. С глухим стуком он упал на пол машины. Увидев, что Анна снова безоружна, немного приободрившаяся Инга произнесла:

— И все равно я не понимаю, почему ты называешь кольцо своим. Ну, допустим, ты его заказала, но ведь оно было у Михаила.

— Правильно. Михаил его получил, чтобы подарить мне!

— Но ведь ты только что сказала, что сама заказывала кольцо. Значит, ты же его и оплачивала?

— Ну, и что с того? Все равно это была Мишина идея!

— Идея, которую ты за него осуществила от начала и до конца? Извини, но получается, что кольцо ты сама себе подарила! Мишка тут ни при чем.

— Он его забрал на выставке! Хотел подарить мне его вечером. У нас были планы! Но тут вмешалась ты, и все пошло прахом!

— Постой, постой, — остановила ее Инга. — Ты тоже была на выставке?

— Была!

— Но Миша... Он знал об этом?

Анна кивнула. Говорить она не могла, спазм сжал ей горло. Инге даже стало на какой-то момент ее жалко. Бедная Анна. Похоже, ее угораздило влюбиться в совсем неподходящего человека. И даже хуже того, в жениха своей лучшей подруги. А ужаснее этого ничего и быть не может. Разве что только развод родителей. И в том, и в другом случае кого-то одного обязательно потеряешь.

Покосившись на Анну, все еще любующуюся кольцом, Инга произнесла:

— Ну... раз уж кольцо твое и к ювелиру мы не едем, пожалуй, я... пойду? А?

Но Анна не собиралась так рано прощаться с Ингой. У нее накопилось на душе много такого, что она хотела бы поведать. Инга оказалась рядом в нужный момент. И теперь ей на голову буквально лились откровенные признания Анны. И чем дольше Инга слушала ее, тем страшней ей становилось.

— Если бы ты только могла понять Мишку! Какой это был удивительный человек. С ним просто невозможно было соскучиться. В душе он был пиратом, благородным разбойником, конкистадором. Люди его склада меняли карты мира, перекраивая их на свой лад. Если бы он родился в другое время и в другом месте, он был бы первооткрывателем. Мишке не повезло, все белые пятна на карте раскрыли уже до него.

— И поэтому Мишка принялся балбесничать и красть деньги и золото у своих подружек?

— Они сами ему отдавали украшения! Миша мог найти к любой из них нужный ключик! Одной он рассказывал про свою больную маму, другим жаловался на тяжелую болезнь младшего братика. Также никто из его дур-подружек не хотел, чтобы бабушка Миши хромала до конца жизни без нужного ей протеза. Дуры!

— Они были мягкосердечны и доверчивы. Но дурами этих девушек называть не стоит.

— Много ты понимаешь! Тебе еще повезло, что Миша не смог тобой вплотную заняться. Ты бы отдала ему последнее! И еще долго бы не понимала, что произошло и что Мишка просто-напросто воспользовался тобой.

— Спасибо, это я уже давно поняла.

— Ни черта бы ты не поняла! Да и куда тебе? Ты же не любила Мишку. И он тебя не любил.

— А тебя любил?

— Меня – да! Только со мной он бывал откровенен! Он рассказывал мне о нашей с ним будущей совместной жизни. Мы бы с ним были как Бонни и Клайд! Неуловимые преступники! Мы бы вошли в историю криминального мира! Это было бы круто, даже круче, чем открытие Америки!

Ну, допустим, не круче. Инга даже открыла рот, чтобы сказать об этом Анне, но тут же спохватилась. Анна упомянула о каком-то криминале. Если сейчас ее не сбить с темы, она может много чего поведать. То, что Анна принимала живейшее участие во всей этой истории, Инга поняла уже в тот момент, когда Анна упомянула о своем присутствии на ювелирной выставке. А ведь с нее, с этой выставки, все беды Инги и начались. Именно там она познакомилась с Михаилом, тогда еще Кириллом. Именно там она получила от него в подарок кольцо, которое, оказывается, он должен был презентовать Анне в торжественной обстановке.

— Вы с Мишей собирались пожениться? Верно я понимаю? И это кольцо с танзанитом было тем кольцом, которое жених дарит невесте на помолвке?

Анна не ответила. Она собиралась с мыслями.

— Кольцо мое, — наконец глухо произнесла она. — И Мишка тоже должен был стать моим. Ради того, чтобы обладать им, я много чего натворила.

— Так ты говоришь, хорошо знала Мишу.

— Да. У Миши не было от меня тайн!

— Но как же тогда получилось, что ты сочла мою Сонюшку невестой Мишки?

— Ту бледную моль, с которой я застукала его в нашем баре?

— Да. Это и была моя подруга Соня.

— Я это тоже поняла, — поморщилась Анна. — Жаль, что слишком поздно.

— И Соня в кафе совсем не ворковала с Мишкой. Наоборот, у них было деловое свидание. Она диктовала ему задание, а он выторговывал себе оплату побольше.

— Я это знаю, — кивнула Анна. — Я сознательно тебе солгала.

— Зачем?

— Никак не могла предположить, что эта бледная моль окажется твоей подругой и что ты ее так быстро вычислишь. Вот и решила: наговорю тебе с три короба про английскую «прекрасную леди», наследницу земли близ Лондона. Авось, ты со своей сыщицей и этим ее двухметровым амбалом вдоволь побегаете, пытаясь найти английскую «невесту» Миши. Мне это было бы на руку. Я подкинула вам химеру. Гоняясь за ней, вы должны были забыть про меня.

— А что про тебя? Мы про тебя даже до сей поры и не думали.

— И это лишний раз доказывает, какие вы все-таки дуры, — ехидно оскалилась Анна.

Но Инга не дала себя запутать:

— Но в чем тебя можно обвинить? В том, что ты влюбилась в Мишку? Да, это неприятно. Ты пыталась отбить парня у своей подруги. Может быть, даже успешно. Но ты ведь никого не убивала!

Анна молчала. И от этого ее молчания Инге стало совсем нехорошо.

— Что? Убивала?

Анна мрачно кивнула.

— И кого? Неужели это все-таки ты пыталась избавиться от Таисии?

— Да нет же! Глупая дура! Как ты не понимаешь? Таисия не была мне страшна. Даже если бы Мишка на ней и женился, это ничего бы не изменило. Он ее не любил! Он любил только меня!

— Мне кажется, ты сама пытаешься себя в этом уверить. Ты слишком часто повторяешь одно и то же: что Миша любил тебя, что он любил только тебя, что вы с ним были созданы друг для друга. Ты пытаешься убедить саму себя в том, чего не было и в помине!

— Нет!

— В глубине души ты не веришь самой себе! Не веришь тому, что говоришь о вашей с Мишей любви!

— Мишка меня любил!

— Вот видишь! Снова ты повторяешься. А я тебе так скажу: нет, не любил тебя Мишка. И никого он вообще на свете не любил. Не такой он был человек, чтобы любить кого-то кроме себя самого.

— Молчи!

— Не буду! Я тебя слушала, а теперь ты меня послушай! Миша любил только самого себя. Тебя он использовал в своих целях. И если бы вы с ним были одним целым, ты бы это поняла и сама.

— Ну и что? Я тоже... я тоже его использовала. В какой-то мере.

— Как же? Желая быть с ним до глубокой старости вместе? Это ты имеешь в виду? Уверена, насчет тебя у Миши таких планов не было.

Анна молчала. По ее лицу пробегали гримасы от переживаемых ею внутренних мук. Обычно сдержанная и невозмутимая, она оказалась способна на бурные чувства. Она то скрипела зубами от еле сдерживаемой боли и злости, то стонала, то что-то бормотала себе под нос. Но в конце концов кризис миновал. Лицо Анны стало унылым и каким-то погасшим.

Но так как она теперь молчала, то Инга закончила свою мысль без помех:

— Мишка был эгоистом до мозга костей. Но ты, Анна, очень упряма. И ты готова до истерики доказывать всему миру и в первую очередь самой себе то, чего не было! А мне думается, что Мишка просто использовал тебя, как использовал всех и всегда.

— Не смей так говорить про Мишу! Он был лучше всех!

Но это был уже прощальный залп. Запал в Анне погас. Она больше не отстаивала с пеной у рта красивую историю их с Мишей любви. И Инга безжалостно закончила:

— Твой Миша был преступником! Жуликом. И умер он тоже как преступник! Его зарезал сообщник! Человек, которому Мишка так насолил, что стерпеть этого тот человек уже не смог! Ты любила преступника. Радуйся, что кто-то избавил тебя от него.

Но Анна что-то не торопилась радоваться. Совсем напротив.

— Да если бы я только знала, как мне будет потом фигово! — горько воскликнула она.

И впервые Инга увидела, как у Анны на глазах навернулись слезы.

— Зачем мне теперь жить? Для кого? Для чего? Ради этого кольца я натворила таких глупостей... Если бы ты только знала!

— Так расскажи мне.

— А теперь все пропало! Мишки нет, и смысла продолжать дело тоже нет.

Анна уронила голову на руль. И не поднимая головы, она глухо спросила у Инги:

— Знаешь, зачем я тебя сюда привезла?

— Нет.

— Убить хотела. Честно. Не веришь? Я и нож прихватила у тебя на кухне. Решила, что, как в первый раз, мне все с рук сойдет. А теперь вот сижу и думаю: зачем мне все это? К чему еще один грех на душу брать? И так довольно уже наворотила. Знаешь, что у меня руки по локоть в крови?

— Н-н-нет... — пролепетала Инга, чувствуя, как холодеет.

— Двух человек я погубила.

— Кого? Мишку?..

— Я его зарезала, — угрюмо произнесла Анна. — Права ты, Мишка меня использовал. Я это поняла, когда увидела, с какой легкостью он тебе мое кольцо на выставке подарил. Даже не подарил, а так... просто сунул, как какую-нибудь безделицу!

— А кольцо настоящее?

— Более чем, — кивнула Анна. — Настоящий танзанит, платина, работа. Я выбирала это кольцо тщательней, чем выбирала бы потом платье. Это был наш с Мишей первый знаковый символ. А он просто подарил его немолодой встречной тетке! Тогда-то у меня глаза и открылись. Тогда я и поняла, что ничего у нас с ним общего не будет. Он меня кинет, как только я скажу, что больше денег не осталось. Счета у нас в совместном пользовании, Мишка заберет все деньги и даст деру.

Какие счета? Какие деньги? О чем говорит эта сумасшедшая?

— Анна, ты бредишь!

— Нет! Слушай меня... Я тебе все расскажу. Хочу, чтобы ты знала, что именно я натворила, чтобы любовь Мишки завоевать.

Инга не имела возможности возразить. Она была в машине наедине со спятившей от неразделенной любви женщиной. И женщина эта только что призналась в своем желании убить Ингу. Как бы вы поступили в такой ситуации? Уж точно злить эту женщины вы бы не стали. Инга покорно кивнула и украдкой покосилась на свой хлебный нож. Он все еще лежал у ног Анны. Дотянуться до него было невозможно. Но все могло измениться в любую минуту. А пока что Инга была вынуждена слушать то, что ей хотела поведать Анна.

Глава 17

Но уже скоро рассказ Анны целиком и полностью захватил Ингу. Она даже забыла про опасность, исходящую от ножа на полу машины. Она слушала и слушала, не в силах поверить в то, что все рассказанное ей — это правда.

— Мишку я полюбила в ту же минуту, как увидела. Нас познакомила Таисия. Наивная дуреха! Она думала, что мы станем дружить все втроем. Но я-то знала, что такое невозможно. Как только я увидела Мишку, то сразу же поняла: либо этот мужик будет моим, либо мне спокойно на этом свете не жить!

Анна прекрасно понимала, что против Таисии она может выставить только свою ухоженную внешность и стройную фигуру, подобной ее подруга не обладала даже в юности. Но хватит ли этого, чтобы завоевать сердце такого отъявленного донжуана, каким был Михаил? В отличие от Таисии, Анна отнюдь не была слепа в отношении Михаила. Она прекрасно отдавала себе отчет в том, насколько глубоко циничен этот человек. Но тем выше награда! Михаил мог похвастаться богатыми трофеями. Женские сердца буквально были нанизаны им на воображаемую пику. Да, это так. Зато сердце самого Михаила будет принадлежать одной лишь Анне!

Женщина приняла решение и взялась за его осуществление. Помимо внешности и фигуры, природа одарила Анну еще и острым, совсем не женским умом. Она была очень трудоспособна. Закончила школу с золотой медалью, без труда поступила в вуз по своему выбору. И все педагоги в один голос прочили умнице-студентке большое и светлое будущее.

Но выйдя за порог родного экономического института, Анна внезапно столкнулась с парадоксальной вещью. Потыкавшись по разным местам, она всюду получала один и тот же результат: работала она, идеи создавала она, а вот лавры неизменно доставались другим. Она создавала идею, а продвигать ее на рынке выпадало на долю других.

Плодотворную идею разрабатывали хозяева, на которых Анна работала. И следовательно, именно они снимали с ее идеи самые жирные сливки. Ей самой оставалась лишь жидкая простокваша. Ее имя на получившемся изделии частенько вообще не указывалось.

— А где ты работала?

Но Анна продолжала говорить, никак не отреагировав на вопрос Инги.

Такое положение дел Анну в корне не устраивало. Но у нее хватало ума, чтобы помалкивать о своем недовольстве. Заветной ее мечтой было открыть свое дело. Однако, начиная с нуля, вряд ли поднимешься на высокий уровень. Анне для реализации ее собственной идеи был необходим стартовый капитал. При этом залезать в долги к ростовщикам она не хотела. Долговая кабала ее страшила. К тому же она знала или думала, что знает людей, которые задолжали ей кругленькую сумму.

— Мои хозяева больше десяти лет обогащались за счет моего труда и моих идей. Теперь пришла их очередь раскошелиться.

— И кто же твои хозяева?

— Богатые итальянские ювелиры. «Афина Паллада» тоже принадлежит им.

Стоило Анне произнести название ювелирного дома, как многое у Инги в голове встало на свои места. Теперь она понимала куда больше. Оставались еще незначительные пробелы, но это были частности. Основную мысль Инга уловила. Цепочка наконец выстроилась перед ее мысленным взором:

«Афина Паллада» — Анна — Михаил. Где-то в промежутке находилось еще кольцо с танзанитом. Но о нем речь еще впереди.

План Анны был до смешного прост. И основывался он в первую очередь на доверии хозяев к своей верной и безотказной работнице. За десять с лишним лет Анна поднялась по служебной лестнице очень высоко. Она стала первым лицом торговой фирмы «Афина Паллада».

— А как же Кирилл Охолупко?

— Это мой зам.

Хозяева-итальянцы редко удостаивали питерский филиал своим личным посещением. К тому же они доверяли Анне как самим себе. И она полагала, что у нее все получится — она обманет своих хозяев. Тот факт, что ее поступок может поставить их на грань банкротства, Анной не рассматривался. Это ее не касалось. Хочешь преуспеть — забудь о других, думай только о самой себе.

Анна видела, какие огромные суммы частенько перекочевывают на счета итальянских ювелиров, и только кусала губы от еле сдерживаемой злости. Почему не ей? Почему эти деньги принадлежат не ей? Ведь ничего особенного в ювелирных изделиях нет. А покупатели — полные лохи. Многие даже не требуют сертификата подлинности на изделие. А кто требует, все равно закидывает его в дальний ящик и спокойно забывает о нем.

И Анна решила: она будет торговать изделиями от имени фирмы, но поставлять продукцию теперь будет сама. Но при этом она понимала, что вдвоем с Михаилом им не справиться.

— Нам нужен был еще один человек, который взял бы на себя техническую сторону вопроса. Ювелир. И такой у меня на примете уже был. Какое-то время он поработал у нас, а потом ушел. Его заподозрили в шпионаже. А он, в свою очередь, объяснил это тем, что его не устраивала оплата. И в кое-чем я с ним согласна. Мастер такого уровня, каким был Виталя, не должен получать копейки за свою работу.

— Виталя?

Забрезжившая в голове у Инги догадка начинала обретать все более и более полные формы. А к цепочке из трех звеньев добавилось еще одно — Виталя, оказавшийся кустарем-ювелиром.

— С Виталей мы могли горы свернуть. Я помогла раздобыть материал для работы — камни и металл. Кое-что было у самого Витали припасено еще с давних пор, кое-что он получил от меня. Виталя принялся за работу, эскизы поставляла ему также я. А Михаил осуществлял общее руководство, метался между мной и Виталей. Впрочем, у меня на работе я ему запрещала появляться. Не хотела, чтобы в случае форс-мажора нас с ним объединили в одно целое.

— А какой форс-мажор мог случиться?

Анна вновь устремила взгляд на кольцо. Глаза у нее приобрели мечтательное выражение. И даже лицо смягчилось. Она явно обожала драгоценности, и это кольцо было у нее на особом счету.

— Вот это кольцо, — задумчиво произнесла она. — Оно прекрасно, не так ли?

— Да! Спорить не приходится.

— Ну а если бы кто-то раздобыл его эскиз или даже готовую модель? Можно было бы отлить десять таких же колец?

— Думаю, что труда это не составило бы. Но ведь «Афина Паллада» не тиражирует свои изделия. Каждое из них уникально, так написано на их сайте.

— Все правильно. Но кто сейчас говорит об этих зажравшихся итальяшках? Легко можно было обойтись без них. Я так и думала, но действительность даже превзошла мои ожидания. И теперь мы трое поставляли на рынок изделия с танзанитом. Виталя изготовил первоклассные подделки, он был настоящим мастером своего дела. Из ничего не стоящих металлических болванок он лил «белое золото» и «платину». Именно эти металлы чаще всего использовали в своих работах ювелиры «Афины Паллады». И Виталя достиг большого искусства в их подделке.

— А потом? Допустим, подделка получалась настолько схожей с оригиналом, что ее невозможно было отличить. Но что с ней делать потом? Кому продать?

— О, желающих хватало, — хмыкнула Анна. — Отбою от них не было.

Анна занимала высокое положение в фирме. Собственно говоря, она одна руководила всем питерским отделением итальянского ювелирного дома. И, кроме нее, никто другой не мог общаться с вип-клиентами.

— Какими бы тугими кошельками они ни обладали, но, заслышав про скидочку, не могли удержаться от выгодной, с их точки зрения, сделки. Даже много не нужно было предлагать. Хватало и пяти процентов скидки, чтобы заключить сделку.

Анна предлагала фальшивые изделия только проверенным клиентам. Тем, кто уже много лет покупал у них драгоценности и кто, как она знала, не станет проверять их подлинность. Эти люди уже настолько привыкли доверять фирме, что если вначале и отдавали купленные изделия на оценку, то затем расслабились и перестали.

Но и на слишком дорогие, поистине эксклюзивные, изделия Анна тоже не замахивалась. Гарнитур стоимостью в сотни тысяч долларов его хозяева, скорее всего, будут страховать. А страховщики точно настояли бы на экспертизе. Обман мог раскрыться очень быстро. Ну а недорогое кольцо никто из клиентов страховать бы не стал. Вот только недорогим оно было лишь по сравнению с остальными товарами.

— А нам с Мишей и Виталей хватало и этого.

В день Анна продавала несколько подделок, умудряясь не проводить продажу через кассу. Покупатель получал фальшивый чек к фальшивому же изделию. И фальшивый же сертификат, удостоверяющий его подлинность. Настоящими тут были только печать и личная подпись Анны.

— Но ты же рисковала! — воскликнула Инга. — Если бы обман раскрылся, тебе бы не поздоровилось.

— Конечно, я и не собиралась играть в эту игру до бесконечности. Подделки и так слишком наводнили рынок. В любой момент кто-то из покупателей мог пожелать расстаться с приобретенным у нас поддельным изделием. Отнес бы его в аукционный дом, ломбард или к частному ювелиру... И все! На этом бы наша песенка была спета.

Трое мошенников уже собирались сворачивать свою деятельность. С самого начала у них был один счет, на который поступали деньги от всех мошеннических продаж. Но все трое имели к нему равный доступ. Это должно было показать степень доверия между ними тремя.

— Мы все были в одной лодке. И если бы потонули или выплыли, то только все вместе.

Так задумывалось с самого начала. Но потом судьба сыграла с Анной роковую шутку. Если в начале своего романа с Михаилом женщина считала, что сможет держать свои чувства в узде, сможет удержаться от ревности, то потом ситуация изменилась.

— Я с трудом выносила, когда Михаил прикасался к Таисии. И хотя секса у них не было, но...

— Как не было секса? — изумленно перебила ее Инга, для которой это стало своего рода откровением.

— Так, не было.

Инга не смогла удержаться и воскликнула:

— Но все вокруг ведь считали Михаила и Таисию женихом и невестой!

— Жених еще не муж, — фыркнула Анна. — Надо было знать Таисию. Секс только после свадьбы! Такой была позиция Таисии, я хорошо о ней знала.

— Но почему?

— Не забывай, она мусульманка. И потом, она из семьи с довольно строгими нравами. Женщина должна сохранить свою чистоту до брачной постели.

— Значит, у Таисии ничего не было ни с Мишей, ни... ни с теми двумя?

— Секса точно не было.

Инга была потрясена, хотя и не вполне понимала, почему. Она должна была догадаться о чем-то подобном. Ведь Марат, воспитанный дядей Тамерланом в строгости и почитании традиций, ни за что не принял бы обратно девушку, отдавшуюся другому. Значит, он верил, что Таисия сохранит свою девственность до самой свадьбы. И теперь вновь был готов на ней жениться, ведь главная ценность была Таисией сохранена. Да и ее дядя, хоть и порицал племянницу за легкомыслие и желание выйти замуж за недостойных кандидатов, явно не сомневался в чистоте невесты. Иначе бы он Марату ее и не предложил.

— Ну и ну, — пробормотала Инга. — Верно говорят: в каждой избушке свои погремушки...

Но Анна явно не была расположена говорить про свою подругу.

— Да что мы снова об этой жирной клуше? У нее-то все будет отлично. Пусть даже Марат и оказался злодеем, но кто-нибудь приличный ей в конце концов подвернется. А вот что будет теперь со мной?

— Действительно. Твои сообщники мертвы, деньги ни с кем делить не нужно. Ты свободна как ветер. Что же будет с тобой?! О ужас!

Инга не скрывала издевки. И Анна неожиданно тихо попросила:

— Не издевайся надо мной. Если бы ты только знала, как мне фигово!

— Муки совести мучают? Это ведь ты убила Мишку?

— Да.

— Да! Но за что?

— А как ты думаешь? Что бы ты почувствовала, когда на твоих глазах жених подарил бы твое кольцо посторонней бабе? Что бы ты подумала?

— Ну... что он собирается жениться на этой особе.

— И я тоже так подумала! Я просто взбесилась, когда увидела мое кольцо у тебя на руке!

— Когда?

— Господи, как с тобой тяжело! Да там же! На выставке!

Как лицо и глава «Афины Паллады», Анна должна была присутствовать на выставочных мероприятиях.

Инга растерянно покачала головой:

— Не помню такого, чтобы мы там, на выставке, с тобой встречались.

— На выставке толкутся тысячи людей. Ты меня не видела, но я-то тебя хорошо разглядела. И Михаила, к которому ты приникла, и мое кольцо у тебя на пальце!

Уже одного этого было достаточно для того, чтобы взбеситься. Но дальше было еще хуже. Анна знала, что Михаил наврал Таисии о том, что сильно занят, а скоро будет должен уехать на пару-тройку дней, чтобы подготовить своей «невесте» сюрприз. Анна надеялась, что все это время они проведут вместе с Михаилом. Но он ни о чем таком явно не думал. И в тот вечер сильно опоздал на назначенное ему свидание. Анна терпеливо ждала. У нее была надежда, что кольцо на пальце соперницы ей просто померещилось.

— Но Михаил явился ко мне без кольца. Хуже того, он начал мне врать. Наплел, будто бы кольцо он отдал в починку. Что там расшатался камень. Что он не хотел дарить мне дефектное изделие. Очень убедительно ругал наших мастеров, хвалил Виталю. Мол, у него в подделках камни никогда не шатаются. А тут хоть камень и настоящий танзанит, а руки у того, кто его обрамлял, из задницы растут.

Инга в очередной раз порадовалась. И камень, и кольцо все-таки подлинные. Их сделали мастера «Афины Паллады», а не безвестный Виталя. Оно и понятно, не стала бы ведь Анна заказывать для себя подделку. Нет, себе на помолвку она приобрела эксклюзивное изделие, пусть даже оно и стоило куда больше, чем она могла себе позволить. Но, в конце концов, помолвка у девушки бывает не каждый день. Один раз в жизни можно на себя, любимую, и потратиться. Тиражируемые подделки пусть покупают другие люди. Сама Анна достойна только подлинного шедевра!

— Итак, ты сначала решила, что у нас с Михаилом серьезный роман. А потом поняла, что он тебя обманывает. Что горбатого только могила исправит и что жениться на тебе он не собирается, предпочтя отношения со мной.

— Вот именно. А когда я увидела, что в качестве личного шофера с ним ездит Виталя, у меня прямо пелена с глаз упала. Эти двое надумали меня обмануть! Сговорились за моей спиной!

Анна сделала и более глубокие выводы. Если сообщники сговорились против нее, то скоро они обчистят свою компаньонку. Оставят ее отдуваться перед полицией, а сами исчезнут с денежками.

— В последнее время недорогие изделия у нас в «Афине Палладе» подлинными вообще не были. Либо я заменяла камень на подделку, либо изделие вообще по нашим документам не проходило. Все это требовало скоординированной работы. И Мишка часто мотался к Витале.

— У него дома была мастерская?

— Да. Он многое умел, этот ювелир. Мутный был человек, упокой господи его душу. Нехороший. Но дело свое знал отменно.

— Ну а с ним что случилось? Отчего он умер?

— Пожар.

При этом глаза Анны так страшно полыхнули, что Инга невольно ахнула:

— Пожар в его доме тоже твоих рук дело? Да?!

Женщина молча кивнула.

— Я была очень зла на Виталю за то, что он знал, кому Мишка подарил мое кольцо, но промолчал. Я сочла, что он тоже меня предал. Он тоже заслуживал смерти.

— Кроме того, оставшись в живых, он мог потребовать свою долю прибыли. Значит, правильно соседский мужичок клялся и божился, что в ночь, когда дом Витали полыхнул, он видел идущую в гости к хозяину блондинку. Это была ты!

— Я! Не думала, что соседи у Витали такие глазастые. Да не беда, в темноте хорошо разглядеть они меня не могли.

— У покойного над калиткой висел фонарь.

— А даже если и разглядели, то кто поверит пьянчугам?

— Но ко мне домой ты пришла, переодевшись в мужской плащ! — внезапно сообразила Инга.

— И что?

— Ты маскировалась!

— Не хотела, чтобы мою слежку за вами двумя заметил бы Миша.

Вот оно как! Ради того, чтобы остаться с незапятнанной репутацией перед своим женихом, Анна была готова соблюдать осторожность. И она ведь шла домой к Инге, даже еще не имея твердого намерения убить Михаила. Эта мысль посетила ее внезапно, когда она вошла в открытую квартиру и увидела любимого в постели с другой женщиной. Тогда-то Анна и схватила кухонный нож, бросившись на неверного.

Но к Виталию женщина шла, чтобы убить сообщника. И о маскировке даже не подумала. Ей было совсем безразлично, вычислят ее или нет? Может быть, Анна говорит правду? И после убийства Михаила жизнь потеряла для нее смысл?

Виталя впустил сообщницу без колебаний. Предварительно он избавился от присутствия жены, которую в свои дела предпочитал не посвящать. Лялька уехала к матери. А Виталя... Виталя впустил к себе в дом свою смерть.

— Я его угостила водкой, до которой Виталя, надо сказать, был большой охотник. Нарочно купила подороже. Знала, что он от дармовой выпивки не откажется. Он выпил один целый литр и, конечно, быстро заснул. А потом я устроила у него в доме короткое замыкание. У Витали было много пожароопасных веществ, полыхнуло — будь здоров! Я стояла поодаль и наблюдала, как горит дом. Виталя так и не проснулся, задохнулся в дыму. И у полиции даже сомнений не возникло в том, что пожар был следствием неосторожного обращения с приборами.

— Ты здорово рисковала.

— К тому времени Мишка был уже мертв. Мне нечего было терять. Любовь была утеряна, я хотела хотя бы сохранить свои деньги.

— И много вам удалось наворовать у итальянцев?

— Несколько миллионов евро.

Ого, несколько миллионов евро! Это приятный бонус для молодой одинокой девушки. Пожалуй, с таким приданым можно и замуж выйти. Но Анна возразила:

— Сначала я так и думала: освобожусь, избавлюсь от предателя — Мишки. Избавлюсь от обузы —

Витали. Останусь одна, но с деньгами. С большими деньгами. Отправлюсь куда-нибудь на край света, открою собственный бизнес.

— Тебя бы все равно схватили!

— Нет. Я все продумала. На этот счет не беспокойся. Покойников ведь не ищут? Ну, так я инсценировала бы свою собственную смерть и уже на новом месте открыла бы новый бизнес. Способности и знания у меня есть. Да и с деньгами проблем не будет: не нужно обращаться за кредитом в банк, не нужно клянчить у родных или знакомых. Есть деньги — будет и бизнес! Так я думала раньше... Но теперь...

— Что?

— Мишки моего больше нет, а меня с каждым днем тоска охватывает все больше и больше. Ведь у вас с ним ничего не было?

Взгляд Анны был таким молящим и одновременно безумным, что, даже если бы что-то и было, Инга в этом никогда не призналась бы.

— Что ты! — горячо заверила она ее. — Ничего у нас с ним не было. Он ухаживал за мной по просьбе Сони. А свою просьбу Соня подкрепила деньгами.

— Да, еще и Соня эта! — вздохнула Анна. — Она-то откуда появилась так некстати?

И так как Инга молчала, она продолжила:

— Откровенно скажу: Соня — это моя ошибка. Пыталась вас с Аленой по ложному следу пустить, вот и наврала про английскую «прекрасную леди». Кто же знал, что эта особа твоей близкой приятельницей окажется и ты так быстро ее вычислишь? Надо мне было язык на привязи держать, а я пустилась им болтать без умолку. А впрочем, с другой стороны, даже хорошо получилось. Ведь Соню теперь в полиции в подозреваемых держат?

— Да. Там думают, что это она зарезала Михаила.

— Вот и чудно.

— Что же тут чудесного?! Соня — дрянь, но не убийца. Это ты убила Мишку, поддавшись сиюминутному порыву.

— Я!

— А зачем? Поговорила бы с ним, все недоразумения между вами и разъяснились бы.

— Нет! — яростно возразила Анна. — Он начал мне лгать! Соврал про кольцо. И он не должен был его тебе дарить! Это было мое кольцо. Оно было, есть и будет моим! Ясно?

Теперь Анна вновь напоминала Инге сумасшедшую. Глаза дикие, озлобленные. На лице звериный оскал. Безумна — таков был диагноз Инги. Безумна и очень опасна. Пожалуй, куда опасней, чем милая и робкая Сонечка!

Инга вновь попыталась дотянуться до хлебного ножа, все еще валяющегося под ногами у Анны. И на сей раз ее маневр не укрылся от Анны.

— Ах, вот ты как? Угрожать мне вздумала? Ну, пеняй сама на себя!

Анна наклонилась. Ее пальцы принялись шарить по коврику. Еще секунда — она будет вновь вооружена и очень опасна. Дальнейшие свои действия Инга могла объяснить с трудом. В ней включился какой-то древний инстинкт: на тебя нападают — ты должна обороняться.

Она стукнула наклонившуюся Анну по голове. А потом распахнула дверцу машины и быстро выскочила наружу. Ошеломленная Анна, по лицу которой потекла кровь, не смогла вовремя остановить Ингу. Она лишь зарычала, когда ее пальцы схватили в воздухе пустоту. Секунду спустя Инга услышала, как хлопнула дверца машины — Анна кинулась за своей жертвой следом.

Инга мчалась по дороге, чувствуя, как ветер свистит в ушах. Но кроме свиста ветра в ушах еще звучал топот ног Анны. Понимая, что ее настигает убийца, Инга еще прибавила ходу. И все равно, сомнений в том, на чьей стороне будет победа, у нее не оставалось.

Если бы Анна не была вооружена ножом, тогда у Инги еще мог появиться шанс. В рукопашной схватке не факт, что победила бы именно Анна. Но выстоять ей, безоружной, против разъяренной Анны с ножом... Пусть этот нож и предназначался всего лишь для резки хлеба, но был сделан на совесть: тяжелый, с опасными зазубринами на лезвии. Он запросто мог вспороть кожу, добраться до артерий.

Шаги Анны слышались все ближе. Она настигала свою жертву. Инге ничего не оставалось другого, как свернуть с дороги в лес. Она петляла между деревьями, словно заяц, за которым гонится хищник. Прыжок, еще прыжок... Но долго так продолжаться все равно не могло. Снег под ногами был мягким и рыхлым, он мешал Инге двигаться свободно. Она надеялась, что снежный покров будет ей подмогой, а получилось наоборот. Длинные ноги Анны позволяли той легко преодолевать снежные сугробы и завалы, а вот Инге частенько приходилось буксовать в них.

Да, Анна настигала свою жертву, и тут внезапно ликующий крик резанул Инге ухо. Врагиня была совсем близко! Инга дернулась вперед и тут же почувствовала, что ее что-то держит.

— Попалась! Не уйдешь теперь!

На сей раз Анне удалось схватить Ингу за рукав куртки. Анна не рассчитывала на то, что молния куртки расстегнута. Инга мгновенно высвободилась из рукавов, оставив преступницу и на сей раз с носом. Но долго ей так везти, конечно, не могло. Да она и сама чувствовала, что силы ее уже на исходе. Она увернется один раз, второй, но на третий или десятый убийца ее настигнет.

— Стой! Все равно догоню. Тебе не уйти от меня!

И это была правда. Инга с тоской понимала это. Так не лучше ли прекратить изнуряющую гонку? Может, остановиться и дать бой? Так у Инги будет хоть какой-то шанс на спасение.

Оружие! Ей нужно оружие. Неожиданно на глаза Инге попалась сучковатая ветка. Она потянула за нее на бегу, искренне надеясь, что ветка не слишком глубоко увязла в снегу и ей удастся ее вытащить. Ах, как же она сглупила, ничего не рассказав Алене о том, куда и с кем она отправляется! Но теперь поздно пенять на саму себя. Скоро ее жестоко накажут за эту оплошность.

— Есть!

Теперь в руках у Инги было хоть какое-то средство самообороны. Нож против крепкой палки — это было совсем неплохо. Инга остановилась, развернулась лицом к Анне и подняла вверх свою палку. Анна увидела палку и притормозила.

— Совсем неплохо, — тяжело дыша, похвалила она Ингу. — Ты доставила мне даже больше хлопот, чем мужики.

— Еще бы. Они оба спали, а со мной ты промахнулась.

— Да, надо было прирезать тебя спящей. Еще тогда!

— Чего же не прирезала?

— Убивать не так-то просто. Мишку я зарезала в каком-то безумии. А убить тебя рука не поднялась.

— А теперь поднимется?

— Теперь у меня уже нету другого выхода. Ты все про меня знаешь.

— Ты могла бы и не рассекречивать себя.

— Ты надела себе на руку мое кольцо. А оно мне нужно. И потом, вы с приятельницей до многого уже и сами докопались. Еще чуть-чуть — и вы бы поняли, что произошло. Нашли и связали бы ниточки, которые вели от Витали к Михаилу, а от него — в «Афину Палладу». Рано или поздно вы все равно явились бы прямиком ко мне. Нет, бизнес с поддельными украшениями все равно себя исчерпал. Пора сматывать удочки. Пора исчезать!

— Так оставь меня в покое! Кольцо у тебя, ты успеешь скрыться прежде, чем я выберусь из этого леса.

— Думаешь?

Было видно, что в Анне происходит борьба. Ее лучшая половина борется с охватившей женщину тьмой. Но победа оказалась на стороне зла.

Анна покачала головой:

— Нет, мне нужно время, чтобы завершить свои дела и скрыться. Если я оставлю тебя живой, этого времени у меня почти не будет. Я должна тебя убить, закопать тут в лесу и бежать.

И без предупреждения она кинулась на Ингу. Той ничего не оставалось, как взмахнуть своей палкой и приготовиться нанести удар посильнее. Сперва ей это удалось. Она ударила по правой руке Анны. В этот удар Инга вложила всю свою силу. И зажатый в руке нож полетел в снег. Металлический тяжелый клинок сразу же зарылся в рыхлый покров, потерялся в нем.

Инга лишь на миг задержала взгляд на том месте, надеясь, может, ей удастся увидеть и схватить нож. Напрасная надежда. Талый снег быстро поглотил свою добычу. Анна же не стала терять времени даром — она сразу же кинулась на Ингу, выиграв драгоценные доли секунды.

Вскрикнув от страха, Инга почувствовала, как у нее на шее сомкнулись холодные, словно у покойницы, пальцы Анны. Хватка у нее была такой сильной, что вырваться у Инги не получалось. Охватившее Анну безумие и жажда убийства придали ей дополнительные силы. А вот у Инги этих сил совсем не было. Она почувствовала, что воздух совсем перестает поступать к ней в легкие. Они буквально разрывались от нехватки кислорода. Сердце стучало как бешеное, но не справлялось с возросшей нагрузкой.

И последнее, что запомнила Инга, были картинки из ее прошлой жизни, замелькавшие перед ее мысленным взором с невероятной быстротой. Они появлялись откуда-то из глубины сознания — яркие и четкие, но держались меньше сотой доли секунды. На смену одним воспоминаниям приходили другие. Они уводили Ингу все дальше за собой. Еще мгновение — и цепь их совсем прервется...

Но когда Инга уже прощалась с жизнью, клешни на ее горле внезапно ослабли. Она почувствовала, что вновь может дышать. И принялась с жадностью втягивать в себя холодный свежий воздух. Боже, до чего же он был вкусен! Ничего вкуснее Инге в жизни не приходилось вдыхать. Она дышала и никак не могла надышаться этим чистым лесным воздухом. Просто сидела на снегу, дышала и была совершенно счастлива.

Глава 18

Но уже спустя несколько минут, когда красная пелена у нее перед глазами немного развеялась, Инга подняла голову. Рядом с ней в снегу лежала Алена, которая тоже тяжело дышала. Едва ли не тяжелее, чем сама Инга. Чуть дальше стоял господин Блумберг, который имел вид одновременно счастливый и сконфуженный. Он запыхался гораздо меньше. И еще какие-то мужчины, лица которых Инге были не знакомы.

Алена поймала взгляд подруги и кивнула ей:

— Как ты? Очухалась?

— Жива. А вы... Вы тут откуда?

— Ну ты даешь! Задала стрекача! Я так со школы не бегала. Да и тогда я филонила, если сравнивать с сегодняшним забегом.

— Откуда вы тут появились?

— За вами с Анной ехали, — ответила наконец Алена.

— Но... но почему? Вы что... вы все поняли?

— Блумберг вычислил Анну, — призналась Алена. — Он еще вчера на вечеринке мне сказал, что насчет Анны у него большие подозрения. Просил, чтобы мы оставили ее у себя. Сказал, что сегодня он привезет с собой специалистов по прослушке. И привез!

И она кивнула на двух молодых мужчин, один из которых в ответ поднял большой палец правой руки, показывая, что вся операция прошла отлично.

— Но мы, конечно, никак не ожидали, что ты усядешься в машину к Анне. А после задашь такого стрекача по лесу. Мы уже подходили к машине, когда ты вылетела на дорогу, а потом побежала в лес.

— Я никого из вас не видела.

— Еще бы! Вы с Анной были заняты исключительно диалогом друг с другом. И как ты только решилась поехать с ней!

— Она сказала, что танзанит в кольце может быть поддельным. Дескать, поэтому Мишка так легко с кольцом и расстался.

— Фактически она себя сдала. Увозя тебя с собой, она собиралась тебя убить!

Инга ничего не ответила. Во-первых, у нее болело горло. Говорить она могла, но с трудом. И поэтому лишних разговоров ей не хотелось. А во-вторых, Анна сама призналась в своем желании избавиться от Инги. Она и нож с собой прихватила. А последние ее действия и вовсе сомнений в серьезности намерений преступницы не оставляли.

— А где... где Анна?

— Вон, в снегу валяется. Мы ее скрутили, надели на нее наручники, можешь посмотреть, она больше не опасна.

Но Инге не хотелось двигаться. На нее внезапно навалилась страшная усталость. Все мышцы дрожали от пережитого напряжения. И сейчас ей не хватало сил ни шевелиться, ни обсуждать что-то, ни даже просто говорить. Ей хотелось, чтобы ее оставили в покое. Позволили бы прийти в себя и осознать тот факт, что, попрощавшись с жизнью, она все же осталась жива.

— А кто меня спас? — лишь спросила она у Алены. — Ты оттащила от меня Анну?

— Нет.

— Блумберг постарался?

— Тоже нет.

— А кто тогда?

— Один из ребят, которых привел Блумберг. Хорошие ребята, крепкие.

Инга согласно кивнула. Верно. Крепкие.

— Это они установили в машине Анны прослушку. А потом мы поехали за вами следом, слушая и записывая. После один из них очень кстати огрел Анну по башке. Ты уже синяя вся была. Кстати, парень схватил ту же палку, которой пыталась от нее отбиться ты, и пустил ее в ход.

— Ничего не помню, — вздохнула Инга. — И мне непонятно, как я могла не заметить, что мы с Анной не одни?

— Мне это тоже непонятно. Могу лишь предположить, что вы с Анной были так заняты друг другом, что ничего вокруг себя просто не замечали.

С помощью подруги Инга поднялась на ноги и заковыляла в сторону дороги. Блумберг хотел ей помочь, но Инга остановила его. Почему-то прикосновение Блумберга было ей неприятно даже через одежду. Впрочем, адвокат и не настаивал. Он был занят куда более важными для него делами. Он вернулся к молодым оперативникам, помогая им дотащить все еще сопротивляющуюся Анну до машины. Свой трофей он трогательно оберегал.

— Осторожнее. Не повредите, — стенал адвокат. — Она еще должна дать показания.

Глядя на них, Инга спросила у Алены:

— Значит, Анну теперь отправят за решетку?

— Степень ее вины определит суд. Но уже сейчас могу сказать: два трупа и одно покушение — это вам не шуточки! На их фоне меркнут даже художества Анны с поддельными драгоценностями.

Как и предсказывала Алена, преступницу отправили в камеру сразу же после того, как адвокат и его помощники сдали ее в полицию. Ни о каком смягчении наказания речи не шло. Да и некому было за Анну просить и заступаться. Тех, кто был ей близок, она своими руками отправила к праотцам. А Таисия, узнав про двойную игру Анны, поспешила отказаться от дружбы с ней.

— Она мне больше не подруга! Это она меня обманывала все это время! Говорила, что Миша меня любит, а сама пыталась его у меня увести. Зачем мне такая подруга?

Но парадоксальным образом эта же Таисия, порвав все контакты с Анной, не пожелав выслушать ни ее оправданий, ни объяснений, ни просьб, смягчилась в отношении Марата. Она простила ему все. А попытку ее убить и вовсе воспринимала как своего рода подвиг во имя любви.

— Маратик так меня любит, что даже убить готов, лишь бы другому не отдавать, — восторженно делилась она со всеми, кто соглашался ее слушать. — Вот это любовь! Представляете? И как я могла быть такой глупой? Но теперь я точно выйду замуж за Марата. О, как я счастлива!

Даже тот факт, что Марат находится под следствием, влюбленную Таисию не отпугнул.

— Про Анну ничего слышать не хочу. А Марата я люблю. Мы с ним поженимся!

А ведь Анна всего лишь обманывала ее. В то время как Марат мог Таисию запросто убить! И разберись после этого в том, что происходит в головах у некоторых особ женского пола. Лично сама Инга не хотела провести остаток дней с человеком, который однажды уже покушался на ее жизнь. Но Таисия сделала свой выбор: она выходит замуж за Марата. Вся родня этот ее выбор наконец одобряет. Так что свадьба — это дело решенное. Она состоится сразу же, как только будут закончены пышные приготовления к ней.

Приглашения на свадьбу получили все, кто был задействован в этом деле. Алена обещала, что приедет на торжественное событие. И Василия Петровича с собой привезет.

— Но сейчас мне нужно уезжать. Прости, подруга, но мужу тоже следует уделять время.

— Ничего, я понимаю. Давай только встретим вместе с тобой Соню. Пусть она видит, что мы на нее не сердимся.

Инга хотела быть рядом с Соней, когда та выйдет из следственного изолятора. Но Алена неожиданно возмутилась:

— Ты опять носишься с этой малахольной? Учти, в следующий раз, когда ей приспичит сделать тебе гадость, ты можешь так легко и не отделаться!

— Все равно, мне ее жалко.

— Жалко у пчелки! А у твоей Сони скорпионье жало. Кстати, кто она по гороскопу? Скорпион? Вот видишь, как я сразу взяла и угадала!

И все-таки Инге удалось настоять на своем. Алена сама встречать Соню не поехала, но Ваню послала. Инга полагала, что, увидев встречающих ее друзей, Соня наконец поймет, что не одна на этом свете. Что все еще может у нее в жизни наладиться, только надо верить и ждать.

Однако когда двери СИЗО открылись и из них появилась Соня, Инга поняла, что вновь, сама того не желая, нанесла ей очередной удар. После камеры Соня выглядела плохо. Ее тонкие белые волосы потемнели от грязи и висели вдоль бледного лица безжизненными прядями. Одежда была мятой и несвежей. И радостная улыбка, которой Соня приветствовала свободу, быстро сползла с ее губ при виде подруги и трех окружающих ее кавалеров.

— Привет! — помахала Соне букетом Инга. — Иди к нам!

Она стояла в окружении Блумберга, Вани и Татаринцева, который также увязался с ними. Радостно улыбалась и довольно долго не понимала, почему Соня внезапно сделала вид, что не замечает ее, пригнулась и какой-то прыгающей походкой бросилась бежать вдоль унылых стен следственного изолятора.

— Что-то она не выглядит обрадованной встречей, — резюмировал невозмутимый Блумберг, отряхивая невидимую пылинку со своего костюма.

— Похоже, что каждая ваша встреча больно травмирует Соню, — добавил добрый Ваня.

И даже Татаринцев выступил с благоразумным предложением:

— Может, вам лучше с этой особой больше вообще не общаться?

Инга вернулась домой, все еще пребывая в недоумении. И встречающей ее Алене так прямо и заявила:

— Соня — точно законченная сумасшедшая! У меня нету никакого сомнения в этом. И пусть врачи хором твердят, что ей лишь надо посещать психолога, лично я считаю: Соня спятила!

Инга рассказала о том, как прошла встреча.

— Это я должна обижаться на Соню. А она себя ведет так, словно жертва — это она!

Но Алена неожиданно встала на сторону Сони.

— Это не она сумасшедшая, а ты! — без обиняков заявила она подруге. — Явилась вся расфуфыренная, на дорогой машине, с букетом цветов, с прической, да еще и с тремя поклонниками на заднем плане. И хочешь, чтобы она радовалась?

— Постой, какие поклонники?

— Блумберг, Татаринцев и Ваня, — четко отрапортовала Алена. — Один другого краше! Думаешь, я не вижу, как они возле тебя кругами ходят? И возьмем ту же Соню. У нее что? Дома разоренный алтарь, на котором ни одной твоей изуродованной фотографии не осталось, и голые стены! Глазу не на чем отдохнуть! Сердцу нечем порадоваться! Бедная, бедная Соня! Честное слово, Инга, теперь мне ее и самой стало жалко!

На следующий день Ваня уезжал вместе с Аленой. Он не скрывал своей грусти. И пока длились сборы, все время поглядывал в сторону Инги. Но с духом так и не собрался и никаких решительных шагов не предпринял. Может быть, потому, что вокруг все время крутились Блумберг и Татаринцев? Последний просто поселился в квартире у Инги. Участковый никак не мог успокоиться и сокрушался по поводу того, что Инге пришлось рисковать своей жизнью.

— Как они могли подставить вас? — возмущался он шепотом, оставаясь с ней наедине. — И Алена Михайловна туда же! Впрочем, на нее не нужно сердиться. Это все этот проныра-адвокат виноват! Понял, что может получиться громкое дело, вот и подсуетился. Небось, если бы дело касалось только убийств, он бы и пальцем о палец не ударил. А тут подделка драгоценностей! Блумберг теперь для владельцев этих драгоценных изделий герой.

Инга лишь вяло отмахивалась. Она и без Татаринцева знала, что почти все клиенты Блумберга — люди обеспеченные. Многие из них являлись не только клиентами или даже знакомыми адвоката, но они также были постоянными покупателями «Афины Паллады». И у некоторых из них в последнее время закрались кое-какие подозрения насчет чистоплотности этого торгового дома. Но, будучи людьми сановитыми, они не заподозрили в обмане очень богатых итальянских хозяев. Они предположили, что обманывает их кто-то из служащих компании. И, как оказалось, были правы.

— Анну все равно бы вычислили рано или поздно. Правильно ей чутье подсказывало, что надо бежать. И верно, что она собиралась замести за собой следы, инсценировав собственную смерть. С Виталей это у нее хорошо получилось.

— Анну подвело то чувство, которое она питала к Михаилу. Она считала, что любит его, что понимает его и разбирается в его поступках. Но на самом деле, я думаю, Михаилу было плевать на Анну. Он намеревался с ее помощью заработать, а потом... Трудно сказать, что было бы потом.

— А теперь уж совершенно точно никакого «потом» у этих двоих не будет.

Анна получила пятнадцать лет колонии. Ее сообщникам грозило по десятке. Но смерть избавила их от этого наказания.

После суда Инга больше не виделась с Блумбергом наедине. Он несколько раз выступал с предложением провести вечер в ресторане, но ей не хотелось этого. Она никак не могла забыть Блумбергу, как легко он пожертвовал ею, чтобы взять с поличным Анну. Он не только не предупредил Ингу, что она выступит в роли подсадной утки, но и побуждения, которые им двигали, ее сильно смущали.

Вот к Алене она никаких претензий не имела. Пусть подруга сидела в одной машине с Блумбергом и его ребятами с прослушкой, но Алена старалась в первую очередь для Инги. Не окажись Анна за решеткой, еще неизвестно, чего бы она натворила дальше. А вот Блумберг старался ради своих сановитых клиентов. Это перед ними он мечтал выслужиться, им хотел оказать немаловажную услугу. Безопасность Инги в тот момент интересовала его меньше всего.

Итак, Ваня уехал. Блумберга она вежливо отшила. Оставался один Татаринцев. И он взял обыкновение каждый вечер заглядывать к Инге с отчетом о проделанной работе. Сидел, пил чай, трескал домашние пирожки или купленный им самим тортик. И страшно, просто страшно раздражал своим присутствием Ингу!

Литературно-художественное издание

ДЕТЕКТИВ-ПРИКЛЮЧЕНИЕ Д. КАЛИНИНОЙ

Калинина Дарья Александровна

ОБЕЩАТЬ – НЕ ЗНАЧИТ ЖЕНИТЬСЯ

Ответственный редактор *О. Рубис*
Редактор *М. Бродская*
Художественный редактор *С. Киселева*
Технический редактор *О. Куликова*
Компьютерная верстка *М. Тимофеева*
Корректор *Г. Москаленко*

ООО «Издательство «Эксмо»
127299, Москва, ул. Клары Цеткин, д. 18/5. Тел. 411-68-86, 956-39-21.
Home page: **www.eksmo.ru** E-mail: **info@eksmo.ru**

Өндіруші: «ЭКСМО» АҚБ Баспасы, 127299, Мәскеу, Клара Цеткин көшесі, 18/5 үй.
Тел. 8 (495) 411-68-86, 8 (495) 956-39-21.
Home page: www.eksmo.ru . E-mail: info@eksmo.ru.
Қазақстан Республикасындағы Өкілдігі: «РДЦ-Алматы» ЖШС, Алматы қаласы,
Домбровский көшесі, 3«а», Б литері, 1 кеңсе. Тел.: 8(727) 2 51 59 89,90,91,92,
факс: 8 (727) 251 58 12 ішкі 107; E-mail: RDC-Almaty@eksmo.kz
Қазақстан Республикасының аумағында өнімдер бойынша шағымды Қазақстан
Республикасындағы Өкілдігі қабылдайды: «РДЦ-Алматы» ЖШС,
Алматы қаласы, Домбровский көшесі, 3«а», Б литері, 1 кеңсе.
Өнімдердің жарамдылық мерзімі шектелмеген.

Сведения о подтверждении соответствия издания согласно
законодательству РФ о техническом регулировании можно
получить по адресу: http://eksmo.ru/certification/

Подписано в печать 22.04.2013. Формат $84x108^{1}/_{32}$.
Гарнитура «Таймс». Печать офсетная. Усл. печ. л. 18,48.
Тираж 2800 экз. Заказ 2627.

Отпечатано в ОАО «Можайский полиграфический комбинат»
143200, г. Можайск, ул. Мира, 93
www.oaompk.ru, www.оаомпк.рф тел.: (495) 745-84-28, (49638) 20-685

ISBN 978-5-699-64486-5

9 785699 644865 >